恋は双子で割り切れない

高村資本
SHIHON TAKAMURA

[イラスト]
あるみっく

KOI WA FUTAGO DE WARIKIRENAI

4

プロローグ

TITLE

PROLOGUE

KOI WA FUTAGO DE WARIKIRENAI

（白崎《しろさき》 純《じゅん》）

「——土曜日、家に女の子を泊《と》めた？」

その一言は、腑抜《ふぬ》けた男子高校生から思考力を奪《うば》うには余りにも強力だった。即座《そくざ》に否定することすら出来なかった。母さんはどうしてそんなことを——脳が遅《おく》れて反応する。

この問いには、どう答えるのが正解なんだ？

聞き返すには、間が空き過ぎた。白を切るには、質問の内容が具体的過ぎる。

母さんは女の子を泊めた、と言った。

友達を呼んだでもなく、女の子が来たでもなく、女の子を泊めた、と言った。

母さんは鎌《かま》を掛《か》けるタイプじゃない。確信を持って訊《き》いている。

迂闊《うかつ》なことは言えない。その確信が、何に基《もと》づくのかを確かめる必要がある。

「那織《なおり》が、ちょっと寄ったんだよ」

動揺《どうよう》を悟《さと》られないよう、自分なりに精一杯《せいいっぱい》落ち着いて答えた。

「そう、那織《なおり》ちゃんが来たの」

「ああ。隣《となり》で夕飯をよばれて、そのあとに。ほら、前みたいにチェスを——」

「そうなの。じゃあ、これは那織《なおり》ちゃんのってこと？」

母さんが、ピンクの布を――明らかに女性用の下着を掲《かか》げた。


――えっと……どういうことだ⁉


その三角形の布は、誰《だれ》がどう見てもパンツ――花を模した刺繍《ししゅう》に見覚えがあった。那織《なおり》が泊まった日の朝、意識して目を逸《そ》らしつつも、目に焼き付いたあのパンツに酷似《こくじ》している……酷《こく》似《じ》？　違《ちが》う。見間違《みまちが》えるわけが無い。

日曜日の朝に見た下着――那織《なおり》だ。

あいつ、よりにもよって家《うち》にパンツを忘れただと？　いや、そんな筈《はず》はない。忘れようがない。僕の眼前に提示されたパンツは、あの日、那織が穿いていた物だ。

つまり、わざわざ脱《ぬ》がない限り……帰る前に脱《ぬ》いだってことか？　何のために？

まさかっ、こうなることを想定してわざと――いや、今はそれどころじゃない。

那織《なおり》が家《うち》でパンツを脱《ぬ》ぐ正当な理由を考える方が先決……ねぇよっ‼‼‼

風呂《ふろ》に入るか、そういうこと以外、思い付かないっ！

落ち着け。親を前にして後者は有り得ない。実際、していない。だから、那織《なおり》が我が家で風《ふ》呂《ろ》に入る尤《もっと》もらしい理由を捻《ひね》り出《だ》すんだ。考えろ、考えるんだ白崎純《しろさきじゅん》。

人間が風呂《ふろ》に入る理由は何だ？　身体《からだ》を洗う為《ため》だ。

つまり、何らかの原因で那織《なおり》が身体《からだ》を洗う必要に迫《せま》られた――雨はどうだ？　ダメだ、降っていない。じゃあ、何かを零《こぼ》して濡《ぬ》れた――悪くない。例えば、すぐに洗い落とさなきゃいけない溶剤《ようざい》とか薬品……それは別の理由で心配される。却下《きやっか》だ。

だが、僕の家で起きたトラブルの結果、濡《ぬ》れたり汚《よご》れたりしたパターンなら、その場で入浴する理由として有り得なく無い。有り得なくは無い……が、パンツを脱《ぬ》いだあとはどうするんだ？　替《か》えのパンツを持っていたとすると、どうして着替《きが》えがあったのかという話になる。

そもそも何かの拍子《ひょうし》にずぶ濡《ぬ》れになったとして、だ。那織《なおり》の家は隣《となり》。我が家で風呂《ふろ》に入る理由など無い。家《うち》の風呂《ふろ》に入る理由が見付からない。家《うち》の風呂《ふろ》特有の何かがあれば……温泉を引いているでもないし、ジャグジーみたいに珍《めずら》しい機能も無いし、特別広い訳でも無い。何なら、隣《となり》の家の方が風呂場《ふろば》は広いまである……いや、着眼点はそこじゃない。落ち着け。

仮に、那織《なおり》がどうしても家《うち》の風呂《ふろ》に入らなきゃいけない緊急な何かがあったとして――それが何だか僕には分からないが、仮にだ、そう仮にあったとして、着替《きが》えはどう説明すれば良《い》いんだ？　着替《きが》えを準備している段階で、緊急な何かが封《ふう》じられてしまう。着替《きが》えがある＝予《あらかじ》め入浴する可能性を示唆《しさ》してしまう。大体、隣《となり》の家に行けば着替《きが》えがあるんだ――いや、着替《きが》えって云《い》うか、そもそも隣《となり》の家には風呂《ふろ》がある。ダメだ。堂々巡《どうどうめぐ》りになってしまう。

隣家《りんか》という様態が、それらしい理由を悉《ことごと》く封《ふう》じていく。

無理だ。全然思い付かない。

細かいことに目を向け出すと、何も言えなくなる——どうやら、僕に完全犯罪は向いていないようだ。ミステリに出て来る犯人達の偉大《いだい》さをこんな形で知ることになるとは。

って、諦《あきら》めるな。このままでは、泊《と》まったとするのが至極《しごく》自然な流れになってしまう。

そうだ落ち着け。僕はモリアーティだ。ホームズ《母さん》の目を欺《あざむ》くのだ。

多少無理があったとしても、せめて筋の通った説明を用意しなければ。

一先《ひとま》ず整理しよう。那織《なおり》は服が濡《ぬ》れて風呂《ふろ》に入った＝パンツを脱《ぬ》ぐシチュエーションとして無理はない。成立する。次に緊急性《きんきゅうせい》だ。すぐさま我が家で風呂《ふろ》に入る何かが無ければ……熱湯を被《かぶ》ったのはどうだろう？　それなら、急いで服を脱《ぬ》ぐのは自然だ。自分の家に帰る時間を奪《うば》うにも十分だ。我が家で風呂《ふろ》に入ることに、破綻《はたん》は無い……よな？　うん、無い。

次に、風呂《ふろ》から出た後だ。替《か》えのパンツは何処《どこ》にあった？　僕のパンツを替《か》わりに……苦しい。母さんの、という訳にもいかない。待てよ、那織《なおり》が風呂《ふろ》に入ってる隙《すき》に、僕が着替《きが》えを取りに行ったのはどうだ……那織《なおり》のクローゼットを漁《あさ》るのか？　有り得ない。だとしたら、おばさんに……おばさんに言うのか？「那織《なおり》のパンツを取りに来ました」って？

ここを解決出来なければ、泊《と》まったことを前提に諸々を再構成する必要が……そうか、僕じゃ無ければ良いんだ！

琉実《るみ》だったら——琉実《るみ》に着替《きが》えを持《も》って来《き》て貰《もら》ったというのはどうだろうか？

悪くない。この回答は隣家《りんか》という状況《じょうきょう》を内包出来ている。冴《さ》えてるじゃないか。

あとは、どうして、パンツだけ忘れたのか、だ。これに関しては、那織だからの一言で押し通すしかない。母さんは那織《なおり》のだらしなさを知っている。脱《ぬ》いだ服をまとめて持った時、パンツだけ取《と》り零《こぼ》してしまったことにすればいい。その事実を僕は知らなかった。

僕は今、初めて那織《なおり》が忘れ物をしたことに気付いたんだ。

よし、思考速度は戻《もど》りつつある。

「那織《なおり》のヤツ、忘れて――」

「今日、溜《た》まってた洗濯物《せんたくもの》を干してたら、中に紛《まぎ》れていたの」

新しい情報を、母さんが口にした。

あいつ……わざわざ洗濯機《せんたくき》の中に入れやがったのかっ！！！

よく考えてみれば、日曜日から火曜日までの間、我が家に那織《なおり》のパンツが落ちている異常事態に気付かない筈《はず》がない。実際、僕自身《じしん》気付いていなかった。

日曜の朝、母さんは仕事から帰って来て夕方まで眠《ねむ》っていた。昨日は朝から出掛《でか》けていて、今日は家のことをしていた——そして、那織《なおり》のパンツを発見した。

洗濯機《せんたくき》の中にあったならば、誰《だれ》も気付かなかったことに不自然さは生まれない。

今日までパンツの存在が明るみに出なかった事実を、僕は完全に見流していた。

実の母親から那織《なおり》のパンツを見せられるという想定外の局勢に気を取られ、そこに思い至れなかった。だが、見過ごさなかったとして、この短時間で洗濯機《せんたくき》の中にあったと推察出来ただろうか。僕の部屋に那織《なおり》が隠《かく》したという仮定だって存在した筈《はず》だ。過ぎたことを言っても仕方がない。

那織《なおり》のパンツは洗濯機《せんたくき》の中にあった、その事実を加えるだけだ。

「慌《あわ》ててたから、うちの洗濯機《せんたくき》に入れたんだろうな。全く」

「どういうこと？」

「紅茶を淹《い》れようとして、お湯を零《こぼ》したんだよ。すぐ風呂《ふろ》場《ば》に行ったから、火傷《やけど》にはならなかったけど。琉実《るみ》に着替《きが》えを持《も》って来《き》て貰《もら》ったりして、バタバタだった」

話しながら、僕は琉実《るみ》にどう根回ししようか検討していた。あとは、おばさんに話が行かないよう、この場で上手《うま》く収めないと面倒《めんどう》なことになる——既《すで》に面倒極《めんどうきわ》まりないんだが。

「そう。那織《なおり》ちゃんは大丈夫《だいじょうぶ》だったの？」

母さんの目は疑義《ぎぎ》に満ちている。明らかに疑っている。

「沸騰《ふっとう》した直後じゃなかったし、ちょっと零《こぼ》しただけだったから。大丈夫《だいじょうぶ》」

「念のため、私が——」

「土曜の夜の話だし、流石《さすが》にもう大丈夫《だいじょうぶ》——」

「そういうわけにはいかないでしょ。家《うち》で起きたことなんだし」

スマホを取ろうとする母さんを制して、「そんなに心配なら、那織《なおり》を呼ぼうか？」とすかさず言った。那織《なおり》が一人で来るなら、大事《おおごと》にはならない。だが、隣《となり》の家に電話でもされたら、皆《みな》に知《し》れ渡《わた》ってしまう。それだけは避《さ》けなければならない。何とかして内々で処理せねば。

大体、土曜日の夜、那織《なおり》は雨宮《あまみや》の家に泊《と》まっている設定だ。部活のメンバー以外、那織《なおり》が僕の家に居たとは知らない——そう言えば、あいつらの口から琉実《るみ》に伝わる……のは無いよな。

いや、油断は出来ない。あとで、僕から琉実《るみ》に説明しなければ。

「ううん、それは那織《なおり》ちゃんに迷惑《めいわく》だろうし……本当に何でもないのね？」

「ああ。家《うち》にあった軟膏《なんこう》も塗《ぬ》ったし、本人も大丈夫《だいじょうぶ》って言ってた。何度も確認《かくにん》したから間違《まちが》いない。どうしても心配なら、今、ＬＩＮＥで訊《き》こうか？」

「陽向《ひなた》さんは知っているの？」

おばさんに訊《き》かれるのだけはっ！

「どうかな。火傷《やけど》にはなってなかったし、那織《なおり》がおばさんに言ったまでかは分かんない——あんまり騒《さわ》ぎになると、那織《なおり》も気にするだろうし、琉実《るみ》も知ってるから大丈夫《だいじょうぶ》だって」

承服《しょうふく》し兼《か》ねると云《い》った顔で、懐疑《かいぎ》に支配された母さんが「うーん」と唸《うな》った。

「信じて良《い》いのね？」

「当たり前だろ」こう返す以外の選択肢《せんたくし》など、存在しない。

ここで動じたら疑われる。目を逸《そ》らすのは自白と同じだ。

重い沈黙《ちんもく》が辺りを支配した。

母さんがゆっくりと息を吐《は》き出《だ》した。

「じゃあ、そういうことにしておくわ」

母さんが那織《なおり》のパンツを小さい紙袋《かみぶくろ》に仕舞《しま》った。

そ、そういうことって何だよ……真意を問《と》い質《ただ》す勇気は、リビングに落ちてはいなかった。

※　※　※

本を読んでいると、呼び出し音《コール》を上《あ》げ乍《なが》ら、スマホが忙《せわ》しなく震《ふる》えた。純《じゅん》君から。

「どうしたの？　私の鈴《すず》の様な声が聴《き》きたくなっちゃった？」

『その……パンツ、どういうことだよ』

言《い》い籠《ごも》り方《かた》で、すぐ感取した。私のダチュラ——けど、まずは乗らない。

（神宮寺那織《じんぐうじなおり》）

「パンツ？　ちゃんと穿《は》いてるよ？　あ、色を知りたいの？　もう、純《じゅん》君たらえっち――」

「違《ちげ》ぇよっ！　なんで家《うち》の洗濯機《せんたくき》に入れたんだよ」

もう、そんな督責《とくせき》するみたいに怒《おこ》らなくても良《い》いじゃん。

てか、ようやく気付いたんだね。もう火曜日だよ？　おばさん、忙《いそが》しかったのかな？

「んーと、プレゼント？　お気に入りのヤツなんだから、大切にしてくれなきゃ怒《おこ》るよ」

『は？』

「そうだ、あとでブラもあげようか？　上下セットだし、柄《がら》が合ってないと――」

『そういうことじゃなくてだな』

「じゃあ、どういうこと？　要《い》らないの？」

『要《い》るとか要《い》らないじゃなくて……何を考えてるんだよ……。母さんを説得するの、大変だったんだぞ。雰囲気《ふんいき》からして、信じてくれたか怪《あや》しい……が、とにかく那織《なおり》はあの日、熱湯を零《こぼ》してお風呂《ふろ》に入ったってことにしたからな。何かあったらちゃんと口裏を合わせてくれ』

熱湯を零《こぼ》して、ねぇ。それで私が純《じゅん》君の家の洗濯機《せんたくき》に下着を入れた、と。

ふーん。さいですか。

「僕が脱《ぬ》がしたくらい言っても、良かったのに」

『良くねぇよっ！　ふざけんなっ！』

「洗濯後《せんたくご》で、ごめんね。でも、脱《ぬ》ぎたては流石《さすが》に恥《は》ずかしかったの」

『どうしてもって言うから泊《と》めたのに、こんなこと……二度と泊《と》めないからな』

スルーしたっ！　今の、結構パワーワードだと思ったんだけどっ！

「なんでそんな寂《さび》しいこと言うの？　今度は見てる前で脱《ぬ》ぐから、そんなこと言わないで」

『だーかーら、そういうことじゃねぇってさっきから……本当の目的は何だったんだ？　親を巻き込んで、既成《きせい》事実でもでっち上げる気だったのか？』

察しがよろしいことで。勿論《もちろん》、純《じゅん》君は言《い》い逃《のが》れると踏《ふ》んでた。

日曜日の朝――純《じゅん》君のベッドで目覚めた朝、洗面所で歯を磨《みが》いていて、はたと洗濯機《せんたくき》が目に入った。そして、思った。この中に私の下着を放り込んだらどうなるだろうか、と。目覚めの気分は悪くなかったし、何なら近年稀《まれ》に見る幸福的な目覚めだったんだけど、夜の事を思い出したら、やり場の無い苛《いら》みと、どうすることも出来なかったもどかしさが込《こ》み上《あ》げてきた。

私がどんな想《おも》いであんなことを――あの根性無《こんじょうな》しめっ。

一歩間違《まちが》えれば、ビッチ扱《あつか》いされ兼《か》ねないリスクを冒《おか》してまで頑張《がんば》ったのにっ！！！

どう考えても最後までする流れだったじゃんっ！　ベッドでだらだらと話してるのは楽しかったけどっ！　楽しかったけど、あれは事後の楽しみ《ピロートーク》でしょっ！

私の覚悟《かくご》と昂《たか》ぶりを返せっ！

返してくれないのなら、せめて私の覚悟《かくご》だけでも思い知らせてやらねばっ！　そうじゃなきゃ、私の頑張《がんば》りが報《むく》われないっ！　私は、私がそこに居たという事実を隣《となり》の家に残しておくことにした。後の事は、知らない。ええ、厄介《やっかい》な女で結構です。私は超面倒臭《ちょうめんどうくさ》い自覚がありますのでお気になさらず——これ位してやらなきゃ気が済まないんだって。

序《つい》でと言っては何だけど、おばさんがどんな反応をするのかも気になった。勘違《かんちが》いされようが問題無いし、最早勘違《もはやかんちが》いして欲しいまである……とは言え、純《じゅん》君なら循循《じゅんじゅん》とそれらしい話を並べ立てて上手《うま》くやってくれるだろうし、それで回避《かいひ》に成功したなら、可愛《かわい》いいたずらとして処理されるだけ。どっちに転んでも構わない。

だから私は、白崎家《しろさきけ》の洗濯機《せんたくき》に爆弾《ダチユラ》を投じた——これは私なりの檸檬《れもん》。

「……一緒《いっしょ》にお風呂《ふろ》に入ってくれなかったから。手を出してくれなかったから」

『え？』

「純《じゅん》君、逃《に》げたじゃん。だから、悔《くや》しくて。私、頑張《がんば》ったのに」

『そんなこと言ったって……ああするしか無いだろ』

「だとしても、あんな露骨《ろこつ》に拒否《きょひ》られると、私だって悲しい」

『それで僕を困らせようと？』

「そんな積もりは無くて……ちょっとしたいたずらだったの。檸檬《れもん》みたいな？」

はぁ。私ったら、ほんとに文学少女で役者さん。

『何が檸檬《れもん》だよ。とんでもない爆弾《ばくだん》を置いてきやがって。言い繕《つくろ》うの、大変だったんだからな。こういういたずらは今回限りにしてくれ』

「ごめんね。お詫《わ》びに、下着あげるよ。私だと思って」

『明日、返すからな。ちゃんと受け取れよ』

「本当に、良《い》いの？　後悔《こうかい》しない？　明日まで熟慮《じゅくりょ》してからでも——何なら使ってもいいよ？　それとも、もう使用済みだった？」

『うるせぇ。じゃ、切るからな』

もう、連れないんだから。口が解《ほぐ》れてきたとこだったのに。

使ってもいいなんて言ってみたけれど、純《じゅん》君もひとりでするのかな？　するよね？　年頃《としごろ》の男の子だし。興味無い訳、無いよね？　この前だって確実に反応してた——興奮してくれたのは嬉《うれ》しいけれど、その気になってくれたんだったら、もっと言う事あるんじゃない？

私だって、触《さわ》ってみたかった——てか、触《さわ》らせてくれても良くない？

それに、こうして冷静になってみると、私だけ下着あげるの、不公平じゃない？　私も欲《ほ》しい。等価交換《こうかん》になってない。やっぱり、洗濯機《せんたくき》から拝借しておけば良かった。

ダチュラを投じる時——私だって衝動的《しょうどうてき》に下着を入れた訳じゃない、洗濯前《せんたくまえ》の下着を見られるのは恥《は》ずかしいし、洗濯物《せんたくもの》が少なかったらやめようと判断する位の怜悧《れいり》さは残っていた。けど、洗濯機《せんたくき》の中にはそこそこ衣類が溜《た》まっていて、かつ見覚えのある柄《がら》の下着が手前にあった。ジャージから覗《のぞ》いていた紺色の布地《カルバンクライン》——純《じゅん》君の下着が手前にあった。

私の有徳《うとく》な精神を掻《か》き乱《みだ》す別の問題が急浮上《きゅうふじょう》した。これって……那織《なおり》、それはダメ。

玉響《たまゆら》の邪念《じゃねん》だった筈《はず》なのに、どうせだったら拝借してしまおうかと悪辣《あくらつ》な思量が脳裏《のうり》を占拠《せんきょ》した。従容《しょうよう》で高貴な性向が瓦解《がかい》する寸前だったが、清廉《せいれん》で奥ゆかしい私の理性が非道徳的な誘惑《ゆうわく》に勝利した——うん、パンツを盗《ぬす》むのは良くない。

嗅《か》いだけど。嗅《か》ぎましたけど。

そもそも、洗濯機《せんたくき》に入ってる方が悪い。取《と》り易《やす》い位置にあるのが悪い。私は悪くない。ほんの少しの間、借りただけ——男の子の家でって云《い》う背徳感はやばかった。一通り堪能《たんのう》し終《お》わった後、私は汚《よご》れた下着をその場で脱《ぬ》いで、純君《じゅん》の下着と一緒《いっしょ》に洗濯機《せんたくき》の奥に押し込んだ。

あそこでちゃんと戻《もど》した私、ほんと偉《えら》い。超良《ちょうい》い子。褒《ほ》めて欲《ほ》しい。

洗面所から出ると、純《じゅん》君が「パン焼いたけど、食べるか？」なんてリビングから顔を出して訊《き》いてくるから、流石《さすが》の私もちょっと焦《あせ》った。タイミング良すぎない？　バレて無いよね、もしバレてたら純《じゅん》君は顔に出るよねって自分を落ち着けつつ、「ちょっと化粧道具《ポーチ》置いて来るから待ってて」と言って、純《じゅん》君の部屋で昨日着けてた下着を引っ張り出して穿《は》いた。

冷静になると居《い》た堪《たま》れなくて、おばさんごめんなさいって感じで食卓《しょくたく》についた。

それなのに諸悪の根源たる人物と来たら、澄《す》ました顔で私にパンを配膳《はいぜん》してくれたりして、紛《まぎ》らわした筈《はず》の苛《いら》みがいとも簡単に蘇生《そせい》した。

もうっ、誰《だれ》の所為《せい》でっ！　やっぱり盗《と》っておけば良かったたっ！
この苛辣《からつ》な罪悪感と茫漠《ぼうばく》な虚無《きょむ》と耐《た》え難《がた》き義憤《ぎふん》を沈《しず》めるには、あそこで洗濯機《せんたくき》に戻《もど》さず生地《きじ》が擦《す》り切《き》れる迄使《までつか》い倒《たお》して――でも、現に私は盗《と》って無《な》い。可愛《かわい》い悪戯《いたずら》はしたけど、引《ひ》き換《か》えに私のお気にで高い下着を贈呈《ぞうてい》するんだし、褒《ほ》めて欲《ほ》しい。ううん、褒《ほ》めてくれなくても良《い》いから私だけを見て欲しい。ずっとずっと、私の事だけを考えて居て欲しい。
純《じゅん》君の初恋《はつこい》が私だって知った時、もっとあっさり叶《かな》うものかと思ってた。初めて純《じゅん》君の家でキスした時、琉実《るみ》の事は簡単に追い出せると判断した。

でも、違《ちが》った。

純《じゅん》君の中に琉実《るみ》が居る限り、私はずっと幼馴染《おさななじみ》の双子《ふたご》の一人でしかない。神宮寺姉妹《じんぐうじしまい》の那織《なおり》じゃなくて、神宮寺那織《じんぐうじなおり》として私のことを見て欲しい。

想定よりも、琉実《るみ》の存在が大きくて、歯痒《はがゆ》い。

ベッドの隅《すみ》に追《お》い遣《や》られたジンベイザメの抱《だ》き枕《まくら》を、力一杯《ちからいっぱい》に懐抱《かいほう》した。
このままだと歯止めが利《き》かなそうな気がして、読《よ》み止《さ》しの本を手に取る。

※　※　※

那織の部屋をノックして中に入ると、那織は寝転んで本を読んでいた。

「那織、お風呂は？」

「あとで。先入っていいよ」

「わかった」

そのまま立ち去ろうと思ったんだけど、言わなきゃいけないとか訊かなきゃいけないことがあるみたいな、変な引っ掛かりがあって——何となく、何となくだけど、那織の声が怒っているような気がしたからだと思う。わたしは、那織のベッドに座った。

喧嘩したわけじゃないのに、どこかぎこちない。

土曜日、わたしが純を連れ回したから……そう言われたわけじゃないけど、わたしが那織の立場だったらって考えると、気持ちはわかる。あの日、純と何をしたとか、どんな話をしたとか——そんなこと、わたしだったら聞かされたくない。そんな意図はなくても、わかるけど、だからと言ってわたしに出来ることはない。

余裕を見せつけてられてるみたいで、イヤだ。だから何も言えない。

（神宮寺琉実）

それに、あの時の気持ちとか、純《じゅん》の言葉とか……わたしだけのもの。共有したくない。

「お風呂《ふろ》に入るんじゃなかったの？」那織《なおり》はわたしの顔を一度も見ない。

「うん……部活はどう？　順調？」

「厳密にはまだ正式じゃない。掃除《そうじ》とか準備の名目で、勝手に部室使ってるけど」

「勝手に使って大丈夫《だいじょうぶ》なの？」

「依田《よだ》先生から何も言われないってことは、大丈夫《だいじょうぶ》なんでしょ」

「まぁ、そう言われればそうなんだけど……いつ承認《しょうにん》されるの？」

「さぁ。そのうちされるでしょ」

「え？　そんなんでいいの？」

「人数も顧問《こもん》も部室もあって、書類も出した。何の不備も無い。厳密にはまだってだけ」

「なるほど」

「そんな話をするために、わざわざ私のベッドに座ったの？」

那織《なおり》が寝返《ねがえ》りを打って、こっちを向いて言った。

「そういうわけじゃないけど……なんか、話してなかったなって」

「何それ」

「うん、ごめん」

「なんで謝るの？」

そんなつもりじゃなかったのに、わたしは謝った。部屋の空気が重い。

——妹と白崎《しろさき》を取り合ってるって、冷静に考えると、軽く地獄《じごく》だよね

麗良《れいら》の言葉が甦《よみがえ》る。わかり切っている、当たり前のこと。

意識しないようにしていても、那織《なおり》の傍《そば》に居るとどうしても考えてしまう。わたしは那織《なおり》と喧嘩《けんか》したいわけじゃない。ぎすぎすしたいなんて思ってない。

わたしはただ、もう一度、純《じゅん》と——それだけの願いなのに、そう願えば願うほど、わ、た、し、達、は遠くなる。わたしのバカな間違《まちが》いを正してくれた妹と、離《はな》れていく。

でも、わたしだけじゃない。那織《なおり》だって同じ。

わたし達は、お互《たが》い様《さま》なんだ。

バスケの試合みたいに、本気で戦うけど、相手を憎《にく》んでするわけじゃない——そんな風にできたら……ルールを設けるとか？　うーん、それはないっしょ。うん、ありえない。

多分、わたし達に必要なのは、そ、う、い、う、ことじゃない。

だって、そういうの、那織《なおり》は嫌《いや》がるに決まってるから。

遠慮《えんりょ》とか手加減みたいなこと、那織《なおり》は大嫌《だいきら》い——特にわたしがした場合。というか、自分が真剣《しんけん》になれる勝負で、かつ相手がわたしや純《じゅん》の場合って言う方が正確。昔からそう。ゲームとか簡単な勝負ごとで、ちょっと飽《あ》きてきたりして、適当にやると那織《なおり》は凄《すご》く怒《おこ》った。その割に、身体《からだ》を使って何かをするみたいな時は真剣《しんけん》にやらなくて、逆にわたしが怒《おこ》ってた。

そうだよね……決めた以上、わたしも真剣《しんけん》にやる。やれることは何だってする。

那織《なおり》がなんて言おうがかまわない。

もちろん、那織《なおり》には感謝してる。那織《なおり》のお陰《かげ》で、わたしは再びスタートラインに立てた。

だからせめて、姉妹《しまい》として、一緒《いっしょ》に育った家族として、卑怯《ひきょう》なことはだけはしたくない。

うん。それが、わたしのルール。

「ちょっと話したいんだけど、いい？」

「今？　お風呂《ふろ》に入るんでしょ？」

「あー、うん。お風呂《ふろ》のあとでどう？」

那織《なおり》は、わたしの言葉に反応しなかった——お風呂《ふろ》の中で、さっきの会話を思い出す。

そもそも、わたしは何を言おうとしているんだろう。

純《じゅん》が待ってくれって言ったこと？

少しの間、純《じゅん》とデートしたこと？

それを言えば、卑怯《ひきょう》じゃないの？

それを言って、どうにかなるの？


そっか。わたしは、純《じゅん》のことについて、那織《なおり》と向き合っていなかったんだ。

純《じゅん》とわたしは、話をした。

でも、那織《なおり》とはしてない。

那織《なおり》はわたしの気持ちを知っている。わたしも那織《なおり》の気持ちを知っている――ぼんやりと、互《たが》いにわかってるって思ったまま、これからどうするのか、ちゃんと話してない。今のわたしが何を考えて、どうしたいのか――もやもやしていた理由が、わかった気がした。

わたしはどうするつもりなのか。

那織《なおり》は、どうするつもりなのか。

そのことについて、改めて話した方がいいって感じてたんだ。


わたしは、那織《なおり》がどうしたいのか、ちゃんと聞いてない。


昔は、那織《なおり》の考えそうなこと、なんとなくでも、もっとわかったんだけどな。

同い年だし、友達なんかより一緒《いっしょ》にいる時間長いし――双子《ふたご》のわたしたちは姉妹《しまい》だけど友達みたいなとこがあって、普通《ふつう》の姉妹《しまい》って感じとはちょっと違《ちが》ってて……他の双子《ふたご》も、わたしと那織《なおり》みたいに好きな人が被《かぶ》ったりするのかな？　そんな時、どうしているんだろう。

どうやって、折り合いをつけているんだろう。

二人で取り合って仲が悪くなったりしたら――他の人たちはどうかわからないし、近くに双《ふた》子《ご》が居るわけじゃないから訊《き》くこともできないけど、これだけは言える。


わたしは何があっても、那織《なおり》を本気で嫌《きら》いになったりはしない。


口ではあれこれ言い合っても、わたしにとって那織《なおり》は大事な姉妹《しまい》だから。

お風呂《ふろ》から出て、いつもより時間をかけて、確かめるように身体《からだ》を拭《ふ》く。

わたしは、これから一緒《いっしょ》に育ってきた大切な同い年の妹と向き合うんだ。

4
高村資本
SHIHON TAKAMURA
[イラスト]
あるみっく

恋は双子で割り切れない
KOI WA FUTAGO DE WARIKIRENAI

第一章

TITLE

なんだよ、わたしが一番わがままだったんじゃん

（白崎純《しろさきじゅん》）

KOI WA FUTAGO DE WARIKIRENAI

今朝のことだ、母さんが「これは私から渡《わた》しておくね」と、那織《なおり》のパンツが入った小袋《こぶくろ》に目を遣《や》ったのを見て、反射的に「僕が渡《わた》すからいい」と言ってしまった。その時は、琉実《るみ》やおばさんに見られたら——そのことで頭が一杯《いっぱい》だった。勢いで手に取って家を出たものの、冷静になってみれば、その袋《ふくろ》の中に入っているのは女子の下着で、それを僕の手で那織《なおり》に返すのは流石《さすが》に問題がある気がして、それでも自分で渡《わた》すと言った手前、家の前で持ち主の登場を待つしかなかった。頼《たの》むから誰《だれ》も話しかけないでくれ——そう願いながら。

本当は言いたいことが沢山《たくさん》あるのに、暫《しばら》くして現れた那織《なおり》は救世主に見えた。ようやく解放されるという安堵《あんど》感《かん》と、朝から何をしているんだという滑稽《こっけい》さを感じつつ、僕はダチュラの入った紙袋《かみぶくろ》を那織《なおり》に差し出した。

こういう時だけは、琉実《るみ》が朝練で先に行っててくれるのが有《あ》り難《がた》い。

「何？」首を傾《かし》げた那織《なおり》が、目を細めた。

「忘れ物」

「忘れ物って？」

「とぼけるなよ。家《うち》に置いてっただろ。ほら、受け取れって」

「何か分かんなきゃ受け取れない」

ゆっくりと、だが確かに那織《なおり》の口角が上がった。

こいつ……どこまでっ！　「おまえの下着だよ」

そう言った刹那《せつな》、那織《なおり》が声を上げて笑い出した。お腹《なか》を抱《かか》えてひとしきり笑うと、僕の肩《かた》をバンバンと叩《たた》いて、「さ、行こ」と言って歩き出した。

「待てよっ！　これっ！」

「持ってて」

「は？　何でだよ。受け取れって」

「やだ。放課後まで持ってて」

「放課後ってどういうことだよ。ほら」

手に持たせようとするが、身をよじって那織《なおり》が逃《に》げる。

「私に、下着を持ったまま放課後まで過ごせって言うの？」

「そっくりそのまま返すわ。てか、家に戻《もど》って置いてくれば――」

「だめ。もう歩き出しちゃったから無理」

「僕が持ってる方が問題だろ。那織《なおり》、頼《たの》むよ」

「放課後になったら、ね。そんなことより、仕舞《しま》ったら？　職質されたら捕《つか》まっちゃうよ？」

「登校中の学生相手に職質はしないだろ……お願いだから、受け取ってくれ」

「放課後まで受け取らない。私だと思って、今日一日大切に預かってて」

「それだったらもっと別の物が――」

「私の下着が鞄《かばん》に入ってるってだけで、ずっと意識してるでしょ？」

いたずらっぽく那織《なおり》が笑った――完全にただのいたずらだけどな。

「それはそうだが、意識の種類が別じゃないか……そんなことしなくても、忘れないって」

「分かった。じゃあ、こうしよう。今日一日、罪の意識に苛《さいな》まれてて」

「罪の意識って――」

「女の子の覚悟《かくご》を受け止めなかった、器《うつわ》の矮小《わいしょう》さと言《い》い換《か》えても良《い》いよ」

無茶言うなよ――言《い》い掛《か》けたが、止《や》めた。

口ではふざけているけど、表情が真剣《しんけん》だ。

那織《なおり》が怒《おこ》るのも無理は無い、か。幾《いく》ら那織《なおり》でも勇気は必要だった筈《はず》で、僕がそれを反故《ほご》にしたのは紛《まぎ》れも無《な》い事実だ。その先に進んでしまったらすべてが変わってしまう、今までとは物事ががらりと変わってしまう恐怖《きょうふ》が、僕をその場に留《とど》めた。

那織《なおり》の想《おも》いを受け入れる度胸が、僕には無かった。

正直なところ、このまま流れで――そう短慮《たんりょ》する自分が居なかったわけじゃない。あの時の僕は、那織《なおり》しか見えてなかった。その自覚もあるし、衝動《しょうどう》も認識《にんしき》している。今でもそうだ。

こうして那織《なおり》の横に居るだけで、色んな出来事が鮮明《せんめい》に蘇《よみがえ》って来《く》る。ふとした瞬間《しゅんかん》、那織《なおり》の制服の下を想像――思い出してしまう自分が居る。妍艶《けんえん》な身体《からだ》がフラッシュバックする度《たび》、生々しい感触《かんしょく》が想起される度《たび》、自分の情欲を突《つ》き付《つ》けられている様で、自己嫌悪《じこけんお》に陥《おちい》った。

そんな時に那織《なおり》と目が合うと、すべてを見透《みす》かされそうな気がして、恥《は》ずかしさや居《い》た堪《たま》れなさすら覚えた。その癖《くせ》、以前より積極的な那織《なおり》のスキンシップを喜ぶ自分も居た。

ここ二、三日は、ずっとそんな調子だった。

つまり、僕はずっと土曜日の夜に囚《とら》われている。留《とど》まり続《つづ》けている。

「ねぇ」

「ん？」

「それ、使った？」那織《なおり》がいたずらっぽく笑って、紙袋《かみぶくろ》を顎《あご》でしゃくった。

「な、何言ってんだ――」

「それを使って、一人でした？」

ニヤついた那織《なおり》が、僕の顔を覗《のぞ》き込《こ》むようにして言った。

「わざわざ言い直すな」

「ね、どうなの？　正直に言って」

「そんなことするわけ無いだろっ」

もちろんしていないが、リビングの隅《すみ》に置かれた紙袋《かみぶくろ》が放つ異質な存在感に幾度《いくど》となく視線を奪《うば》われたのは事実だし、一階《した》に下《た》りる度《たび》、気になっていたのも認める。記憶が薄《うす》れる程《ほど》、時間は経《た》っていない。全てが鮮やかなままだった。

　一度だけ中を見ようともした。

　だが、僕は見なかった——厳密に言えば、見ようとして思い止《おもいとど》まった。

　深夜のリビングで袋《ふくろ》を手に取った時、静まり返ったリビングにガサッと無機質な音が反響《はんきょう》して、慌《あわ》てて手を引っ込めた。その場で固まったまま暫《しばら》く物音に耳を欹《そばだ》てていると、冴《さ》えて冷静になった頭の中で警報が鳴り出した——中を見たら戻《もど》れなくなる、と。

　だから僕は、中を覗《のぞ》くことすらしていない。

「ほんとに？」

「ああ。つーか、訊《き》くなよ。そういうの、女子からしたら嫌《いや》だろ？」

「好きな人が自分の下着に興奮してくれるのは、嫌《いや》じゃないよ」

　何て返せば良《い》いか困惑《こんわく》していると、那織《なおり》が「それを踏《ふ》まえた上で、本当はどうなの？」と畳《たた》み掛《か》けて来《き》た。本当はって言われても、していない以上、那織《なおり》の望む答えは持っていない。

「してない。全く、朝っぱらから変なこと言うなよ。あと、この袋《ふくろ》だが——」

「私はしたよ」

ん？　今、何て言った？

私はしたよって言った？　聞《き》き間違《まちが》いじゃなければ、確かにそう言った。

したって、つまり……話の流れ的にそう云うことだよな？

深く考えそうになって、慌《あわ》てて淫猥《いんわい》な嬌姿《きょうし》を追《お》い遣《や》った。

落ち着け、考えるんじゃない。思《おも》わせ振《ぶ》りな言い方で僕をからかって楽しんでるだけだ。

那織《なおり》の方を見ないようにして、何も聞かなかった体でやり過ごそうかとした矢先だった。

「この前の夜を思い出して……って、女の子に何言わせてるの？　最低なんだけど」

「いやいや、おまえが勝手に――んぐっ」

口の中にいきなり指を突《つ》っ込《こ》まれて、文字通り言葉に詰《つ》まる――どころか、喉《のど》の奥まで入って来た指の所為《せい》で嘔吐《えず》きそうになって、慌《あわ》てて那織《なおり》の指を引《ひ》き抜《ぬ》いた。

「何やってんだよっ！　吐《は》くかと思ったぞ」

そう言うと那織《なおり》が、僕の肩《かた》を引き寄せて「間接接触《せつしょく》だね」と耳元で囁《ささや》いた。

「間接接触《せつしょく》って、意味が――」

「話の流れで分かるでしょ？　それとも言わせて辱《はずかし》めたいの？」

僕の口に入れた指で、那織《なおり》が自分の唇《くちびる》の端《はし》をゆっくりとなぞった。


――限界だった。

その場で立ち止まった僕を置いて、那織《なおり》は楽しそうに歩き出した。

「ほらっ、行くよ。それとも、想像して動けなくなっちゃった？」

土曜日からずっと、那織《なおり》は僕のキャパシティを軽々と超《こ》えて来《く》る。

周章狼狽《ろうばい》どころじゃない。僕の心を惑《まど》わせて、胸奥《きょうおう》を疲弊《ひへい》させる。

それなのに——楽しいと感じる自分が居る。

HRが終わり、部屋の隅《すみ》にまだ備品の残る部室に教授と向かいながらも、例の紙袋《かみぶくろ》を意識せずには居られない。それは授業の間もずっと頭の片隅《かたすみ》を陣取《じんど》っていて、誰《だれ》かに見付かったら人生が終わるという危機感が、絶えず付きまとっていた。全《まった》く以《もっ》て気が休まらない。

罪の意識に苛《さいな》まれてて、か。那織《なおり》の目論見通《もくろみどお》りだな。

那織《なおり》は最初「私の下着が鞄《かばん》に入ってるってだけで、ずっと意識してるでしょ？」と言っていた。常に私の存在を感じていて欲しい、私を忘れないでとでも言っているようだったが、下着の存在なんて無くても、僕は今まで以上に那織《なおり》を意識しているし、十分に考えている。

那織《なおり》が泊《と》まった日からずっと——風呂《ふろ》に入っても、ベッドに入っても、そこに那織《なおり》が居る姿を想起する。家中に那織《なおり》の気配が残っている。逃《に》げ場所《ばしょ》は何処《どこ》にも無かった。

気付けば那織《なおり》に会いたいなと思案する自分が居た。

従前以上に、那織《なおり》と居る時間が楽しくて堪《たま》らない。

だったら——そう思うのに、決め切れないで居る。


わたし当てられそうだから、次の授業のノート、ちょっと見せてなんて琉実《るみ》に話《はな》し掛《か》けられる度《たび》、教室で友達と楽しそうに談笑《だんしょう》する琉実《るみ》の姿が目に映る度《たび》、言いようの無いもやもやとした感情が湧《わ》き立《た》って来《き》て、どうしようも無いくらい息苦しくなった。


僕は琉実《るみ》についてもずっと考えている。那織《なおり》はそれが気に入らないのだろう。

那織《なおり》について考えれば考える程《ほど》、那織《なおり》に惹《ひ》かれれば惹《ひ》かれる程《ほど》、琉実《るみ》のことが表裏《ひょうり》一体《いったい》となって追《お》い掛《か》けてくる。付いてまわる。切り離《はな》すことなんて出来ない。

大宮公園《おおみやこうえん》で僕は、琉実《るみ》に待って欲しいと言った。紛《まぎ》れも無《な》い本心だった。

琉実《るみ》はわかったと言ってくれた。

その言葉を聞いて、僕は心の底から安堵《あんど》した。執着《しゅうちゃく》とかキープ——その類の言葉や感情は、あの場では一切《いっさい》無かった。教授に指摘《してき》されるまで考えもしなかった。

だが、そう思い込んでいただけだった。

教授は「好きってより執着《しゅうちゃく》してるって感じだな」と言った。

自問自答を繰《く》り返《かえ》す中で、琉実《るみ》に対して愛惜《あいせき》や執心《しゅうしん》を抱《いだ》いているのは理解した。だとしても、琉実《るみ》と僕が過ごした時間は今でも続いていて、それは簡単に割り切れる物でもない。喧嘩《けんか》や諍《いさか》いもあったけれど、僕は一度だって琉実《るみ》を嫌《きら》いになったことはないし、今でも好きだ。様々なことを一緒《いっしょ》に経験してきたからこそ、大切に思っている。積み重ねがあったからこそ、手放したくないと思ってしまう。だから、執着《しゅうちゃく》の一言で片付けられるのは得心出来ない。琉実《るみ》を好きな気持ちだって、僕の中に間違《まちが》いなく存在している。

「なぁ、やっぱ、ここで待つより直接言いに行った方が良くね？」

部室のドアを開けながら教授が振《ふ》り返《かえ》った。

教室を出る間際《まぎわ》、依田《よだ》先生に呼び止められた僕等は、「部活の件だが、正式に認可《にんか》された。本来であれば部長の亀嵩《かめだけ》に言うべきだろうが、このあと用事があるんだ。すまないが伝えといてくれ」と告げられた。教授はその件を言っている。

依田《よだ》先生からその話を聞いた教授は、ガッツポーズを携《たずさ》えて小さく「っしゃぁ」と口にした後、「部室で待って、みんなを驚《おどろ》かせようぜ」と提案してきた。僕は「正式に認められるのは既定《きてい》路線だったし、時間の問題だったろ？　今更驚《いまさらおどろ》くか？　まぁ、良《い》い話《はなし》なのは間違《まちが》いないし、驚《おどろ》かすとかじゃなく、普通《ふつう》に報告すれば良《い》いと思うんだが」と返したばかりだった。

「だからさっきそう言っただろ？　聞いてなかったのか？」

「そう言うなって。ったく、白崎《しろさき》はいちいち細かいんだよ」

教授の発した小言を受け流して、部室に入ろうとした時だった。肩《かた》からリュックを下ろそうとした刹那《せつな》、背後から「入り口塞《ふさ》がないでよ」と聞こえた——瞬間《しゅんかん》のことだった、「フォースを喰《く》らえっ！」と云《い》う声と共に視界が振盪《しんとう》した。厳密に言えば、膝《ひざ》から崩《くず》れ落《お》ちた。

声の主——那織《なおり》に膝《ひざ》カックンをされたと気付くのに、時間は掛《か》からなかった。

座り込みそうになるのを、どうにか壁《かべ》に手を突《つ》いて回避《かいひ》した……が、下ろそうとしていたリュックが、手から滑《すべ》り落《お》ちた。

ファスナーが閉じ切っていないとは思わなかった。

那織《なおり》のフォースによって、鞄《かばん》の中身が零《こぼ》れ落《お》ちた。

例の紙袋《かみぶくろ》も。

慌《あわ》てて、散らばった荷物を掻《か》き集《あつ》めようとした時だった。

那織《なおり》の後ろから現れた亀嵩《かめだけ》が、足元の紙袋《かみぶくろ》を拾い上げた。

「先生、不意の膝《ひざ》カックンは危ないんだよ。白崎《しろさき》君、大丈夫《だいじょうぶ》？」

「ああ。すまない」亀嵩《かめだけ》に答えつつ、「何がフォースだよ、子供みたいな真似《まね》しやがって」と那織《なおり》を諫《いさ》めて、あくまで自然に、焦《あせ》ってる風は出さないように細心の注意を払《はら》った。

亀嵩《かめだけ》に礼を添《そ》えつつ、さりげなく手を伸《の》ばして紙袋《かみぶくろ》を受け取ろうとした時だった。

僕の筆箱を拾った教授が「それなんだ？」と興味を示してしまった。

「何でも無いって」

「何でも無いってことはないだろ？」

流石《さすが》の那織《なおり》も、この場で開示されるのはマズいと判断したらしく、「これは私のだから。教授には関係無いのっ」と、亀高《かめだけ》の手に渡《わた》ったままの紙袋《かみぶくろ》を隠《かく》すように立《た》ち塞《ふさ》がった。

焦《あせ》ってるのは分かるが……その言い方はどう考えても悪手だ。

「先生のなの？」那織《なおり》の横から顔を出した亀嵩《かめだけ》が、舌っ足らず気味に尋《たず》ねる。

案の定、亀嵩《かめだけ》が食い付いた。言わんこっちゃない。那織《なおり》にしては珍《めずら》しい凡《ぽん》ミス……なんて言ってる場合じゃなくて、最後まで隠《かく》し通《とお》してくれないと僕も困るんだが——言えない。

ここで口を挟《はさ》むのも悪手……やり取りを見守るしかないのが、歯痒《はがゆ》い。

「そう。だから、これは私が受け取る」

「見て良《い》い？」

「だめ」

「あ、もしかして、前に言ってた例の物？」

「そう。だから、この場じゃ……」

ん？　待てよ。

例の物って、亀嵩《かめだけ》は知ってるのか？

那織《なおり》のヤツ、亀嵩《かめだけ》に言ってるのか？

つまり、亀嵩《かめだけ》は僕が何を持っていたのか気付いたってことじゃないのか？　何かフォローを入れなければ――荷物を拾う手を止め、顔を上げようとした時だった。

亀嵩《かめだけ》が僕の眼前にしゃがみ込んで、にっこりと微笑《ほほえ》んだ――ように見えた。表情は確かに笑っているのだが、目の奥が笑っていない。寧《むし》ろ、蔑《さげす》みすら感じる。

「白崎《しろさき》君が持ってたの？」

「ああ。ただ、それは、那織《なおり》が――」

「じゃあ、朝からずっと持ってたんだぁ。授業受けてる間も持ってたんだよね？」

「事実だけを述べるなら、そうなるが……」

「みんなが真面目に授業を受けてる中、ずっとこれを抱《かか》えてたのって、どんな気分？」

こいつっ！　やっぱり那織《なおり》の友達だな、おいっ！

先般《せんぱん》の雨宮《あまみや》の件といい、僕が思っている以上に亀嵩《かめだけ》はヤバいヤツかも知れん……那織《なおり》の親友だし当然か。普通《ふつう》の女子なわけが無い。冷静に考えればそうだわ。僕が間違《まちが》ってた。

「早く返したいって、それだけだよ」

楽しそうに揺《ゆ》らめく眼差《まなざ》しから、紙袋《かみぶくろ》から、目を逸《そ》らして言った。

「で、中身は何なんだ？」教授が蹲踞《そんきょ》して僕の肩《かた》を叩《たた》いた。

ちらっと那織《なおり》に視線を送る——教授には言うなって目をしてる。もちろん言う気は一欠片《ひとかけら》も無い。どちらかと言えば、助け舟《たすぶね》を出して欲しい合図だったんだが。

「えっとねぇ、先生の大事な大事な——」

「ちょっと部長！」

「冗談《じょうだん》だよ。言わないって。幾《いく》ら私でも、女の子のおパンティが入ってるなんて言えない」

こいつっ！！！　わざと言いやがったっ！！！

「部長っ！　何バラしてんのっ！」

「おい白崎《しろさき》、どういうことだ？　納得のいく説明をしてもらおうか？」

「それは僕よりも那織《なおり》の方が……」

「白崎《しろさき》君、この状況《じょうきょう》で女の子に助けを求めるのはどうかと思うよ？」

澄《す》ました顔で亀嵩《かめだけ》が正論を吐《は》いて来《き》た。

「この事態を引き起こした張本人が言うなっ！　亀嵩《かめだけ》がバラさなければ——」

「純《じゅん》君、ばれちゃった以上しょうがないよね。教授に私達の関係を教えてあげよ？」

「そういう面倒《めんどう》な嘘《うそ》を吐《つ》くんじゃねぇよっ！」

「白崎《しろさき》、黙《だま》れ。まずはどうしてパンツを——」

部室のドアが開き、全員が一斉《いっせい》に振《ふ》り向《む》く。

「パンツ？　なになに？　どーゆーこと？」

金髪《きんぱつ》を揺《ゆ》らしながら、目を丸くした女子が入って来た。

面倒《めんどう》な人間が、増えた。

※　※　※

（神宮寺《じんぐうじ》琉実《るみ》）


昨夜、わたしは那織《なおり》に、土曜日にあったことを伝えた。黙ってるのは無理だった。

そして、はっきり「わたしは純《じゅん》とやり直したい」って宣言した。「ずっと考えてた。わたしの失敗は、別れたこともそうだけど、那織《なおり》に何も言わずに付き合ったことだって。那織《なおり》に言っておけば、罪悪感はマシだったのかなって。付き合ってる間中、悪いことしたってずっと引《ひ》っ掛《か》かってたから。だから、今度は先に言っておく。これがわたしの気持ち。那織《なおり》は？」

わたしは那織《なおり》の目をまっすぐ見て、一息に言った。

那織《なおり》はわたしの言葉を聞き終わると、あんまり興味ないって感じで、爪《つめ》やすりで爪《つめ》の形を整えながら、「それがさっき言ってた話？」と言った。

「そうだけど？　何？」

「わざわざ私に言うって事は、琉実《るみ》なりのけじめ？　そう捉《とら》えれば良《い》い？」

「その言い方、何？　むかつく」

那織《なおり》が、爪《つめ》やすりを置いて向き直った。

「そういう積もりじゃ無かったんだけど……うん、言いたい事は分かった。と云《い》うか、最初から分かってた。でも、はっきり言ってくれてありがとう」

「う、うん」いきなりお礼を言われると、反応に困る。

「私は、たっくさん言いたい事があるけど、具合が悪くなるんじゃないかってくらいずっとずっと溜《た》め込《こ》んでた事があるけど、一言だけ――私は私のやりたいようにやる。以上」

「すっごくイヤな言い方――だけど、呆《あき》れるくらい那織《なおり》らしいわ」

「うざ。用が済んだなら出てってくれる？」那織《なおり》が爪磨《つめみが》きを手に取った。

「そこまで言わなくても良くない？」

付き合いの長いわたしにはわかる。

那織《なおり》は言うほど怒《おこ》ってないし、機嫌《きげん》も悪くない。本気で怒ってたら全力で追い出そうとしてくるし、機嫌《きげん》が悪かったらあんな優雅《ゆうが》に爪《つめ》に息を吹《ふ》きかけたりしてない。

机の上にネイルの小瓶《こびん》があるから、このあと塗《ぬ》るつもりなのかも――けど、派手なネイルは学校にバレるし、そんながっつり作業はしないはず。まだ喋《しゃべ》っても大丈夫《だいじょうぶ》でしょ。

だから、もうちょっとだけ。那織《なおり》としかできない話を――うちらだけの話を。

「ね、那織《なおり》って純《じゅん》のどういう所が好きなの？」

「は？　この状況《じょうきょう》とタイミングでそれを訊《き》こうって、どう云《い》うメンタリティなの？」

「いやぁ、那織《なおり》とそういう話、したことなかったなぁって」

「したくないし。そんな地雷原《じらいげん》に足を踏《ふ》み入《い》れたくない。前世でどんな罪咎《ざいきゅう》を犯《おか》したら、同じ男の子を取り合う家族とキラキラ恋愛《れんあい》トークをする羽目になる訳？」

「はいはい。訊《き》いたわたしがバカでした」

別に、キラキラした恋《こい》バナしようとか思ってたわけじゃないし。ただ、そういう話、してこなかったし、もしかしたら盛り上がれるのかなぁってだけなんだけど——いいですっ。

頭に来たから、こっちから出て行ってやろうって、立ち上がった時だった。

「ねぇ、琉実《るみ》」

「何？」

「どんな結果になったとしても、恨《うら》みっこは無しだからね」

那織《なおり》は、最後にそう言った。


部活に行く途中《とちゅう》、遠くに那織《なおり》と亀《かめ》ちゃんが見えた。一瞬《いっしゅん》、那織《なおり》と目が合った気がした。

いい、いい、いい、
どんな結果になったとしても——昨夜の言葉が頭に浮《う》かぶ。

那織《なおり》は本気だ。

わたしは、心のどこかで、そうは言っても……みたいに考えていた部分があった。関係が悪くなったとしても、最後はいつも通りに戻《もど》れるって、信じてた。だからちゃんと話そうってなったし、何だかんだ言っても通じ合えるって、多分安心してた。

だって、今までがそうだったから。

那織《なおり》とケンカするのはしょっちゅうだし、お互《たが》いに顔も見たくないみたいになることは何度もあった。だけど、ふとした時に、例えば「それ取って」みたいな何気ない言葉から、少しずつ会話を取《と》り戻《もど》していく――そんな風にしてわたしたちは仲直りしてきた。

そっか、麗良《れいら》の言う地獄《じごく》って、こういうことなんだ。

わたしは、当事者なのにいまいちわかってなかった。

でも、当事者だからこそ、わたしも那織《なおり》に言いたい。

どんな結果になったとしても、恨《うら》みっこは無しだからねって。

那織《なおり》が本気だからこそ、わたしだって本気でやれる。

わたしは、純《じゅん》とデートがしたい。ちゃんとしたやつ。

一番の希望は、純《じゅん》の誕生日に二人でデートがしたい。


七月二十四日までもう少し。夏休み入ったらすぐ……はやくプレゼント、考えなきゃ。

一度、純《じゅん》を誘《さそ》って軽く出掛《でか》けようかな。話してるうちに何か思い付くかもだし。

うん、それがいい。声掛《か》けてみよう。もちろん、純《じゅん》の誕生日が本番。その前に軽く、軽く。

誕生日しかデートしちゃいけないなんて決まりは無いし。

部活中、どうやって純《じゅん》を誘《さそ》おうかずっと考えていた。部活が終わった今も考えている。

こんなことで悩《なや》むなんて、付き合い始めた頃《ころ》みたい。あいつは自分から誘《さそ》うタイプじゃなかったから、通話とかはしたけど、付き合ってしばらく出掛《でか》けたりとかは無かった。

だから、これってわたしから言い出さなきゃダメだよねってなって、プランとか全く準備してなかったけど、とりあえずデートの約束だけ取り付けた——そのあとすぐ、行く場所とか服とかどうしたら良《い》いかわかんなくて、麗良《れいら》に泣きついたんだけど。超懐《ちょうなつ》かしい。

あの頃《ころ》は、すべてにおいてもっと必死だった気がする。周りも見えてなくて。

当時と比べれば、わたしも大分成長したはずなのに、深く考えすぎちゃって、逆に決められないでいる——誘《さそ》うだけなら、普通《ふつう》で良《い》いよね？　出掛《でか》けない？　的な感じで。

問題はどこに行くかだよね。今、行きたいところ、どこかあったかな——

「琉実《るみ》って、白崎《しろさき》と付き合ってる時、デートとかどうしてたの？」

ちょっ、何そのタイムリーな質問っ！

駅に向かいながら、隣《となり》を歩いていた真衣《まい》が訊《き》いてきた。

「えーと、普通《ふつう》にお店行ったり、ご飯食べたり、みたいな。なんかあったの？」

「うん……夏休みになったら、瑞真《みずま》と遊ぼうって話してて……」

「マジで？　良かったねっ！」

わたしの声に、先を歩いていた可南子《かなこ》が振《ふ》り返《かえ》った。「なになに？」

「可南子《かなこ》に言ってないから。こっちの話だってー」

そう言っても可南子《かなこ》が聞くはずなくて、無理矢理わたしと真衣《まい》の間に入って来て、ちっちゃい身体《からだ》を精一杯《せいいっぱい》伸ばして肩《かた》を組んできた。「ほらほら、何があったの？　言いなって」

「今度、瑞真《みずま》と遊ぼうって。それで琉実《るみ》に……」

「真衣《まい》、やるじゃんっ！　琉実《るみ》が白崎《しろさき》に惚《ほ》れてて感謝だねっ！」

「可南子《かなこ》っ！　言い方っ！」

よくそういうこと言えるよねっ！　ったくぅ。

「まぁまぁ。事実だし」

わたしを雑にあしらって、可南子《かなこ》が真衣《まい》に訊《き》く。「そんで琉実《るみ》に相談してんの？」

「ま、そんなとこ」

「でもさー、リアルな話、琉実《るみ》に相談すること、なくない？　まともなアドバイスなんて貰《もら》えないっしょ？　だって琉実《るみ》だよ？」

「ちょっとっ！　幾《いく》らなんでも失礼すぎないっ？」

もうっ！　黙《だま》って聞いてればっ！

「だって、この前、琉実《るみ》から付き合ってる時の話聞いたけど、超《ちょう》ポンコツじゃん。白崎《しろさき》も含《ふく》めて。真衣《まい》だって思ったっしょ？　絶対相談する相手間違《まちが》えてるって」

「でもさ、琉実《るみ》だってそれなりに経験あるでしょ？　ねぇ？」

真衣《まい》がそう言ってくれたのに、可南子《かなこ》のヤツが、「だとしても、キスまでどんだけ時間掛《か》かってるのって話じゃん」とか言い出した。マジでなんなの？　バカにしすぎでしょ。

「はいはい。もういいです。何かあっても、可南子《かなこ》には絶対話してあげない」

「琉実《るみ》の場合、そもそも何もないんだけどねー。ね、真衣《まい》」

うっっっわ、マジでムカつく。

「でも、ほら、あたしと違《ちが》って琉実《るみ》はそこそこ付き合ってたし、何もなくはないって」

「真衣《まい》、無理にフォローしなくてイイから。どうせ、わたしには何もないですよ」

「可南子《かなこ》が余計なこと言うからぁ。琉実《るみ》がすねちゃった」

「真衣《まい》のフォローが雑だったからっしょ？」

「え？　あたし悪くなくない？　超普通《ちょうふつう》のフォローだったじゃん」

「琉実《るみ》の言いたいこともわかるけど、ここはうちに免《めん》じて真衣《まい》を許して――」

「あんたの所為《せい》でしょうがっ！　ほんと、可南子《かなこ》はそういうとこだかんね？」

「何？　だから彼氏《かれし》が出来ないとでも言いたいワケ？」

「そこまでは言ってないけど、可南子《かなこ》がそう思うなら、そうなんじゃない？」

こっちは散々言われてるんだし、これくらい言ったってイイでしょ。

「出た出た。自分だって彼氏《かれし》いない癖《くせ》に、言うよねー」

「可南子《かなこ》と違《ちが》って、わたしは居たし」一年は付き合ったもん。

「うん居たね。今は居ないけど」

「あー、ムッカつくっ！　ねぇ、真衣《まい》、お願いだから可南子《かなこ》を黙《だま》らせてくんない？」

わたしがそう言うと、先を歩いていた麗良《れいら》が振《ふ》り返《かえ》って「またやってるの？　あんたらもたいがい仲良《なかい》いよね」と呆《あき》れ声《ごえ》を出した。

「麗良《れいら》は黙《だま》ってて。あんたが入って来ると、ややこしいから」

可南子《かなこ》が麗良《れいら》に毒を吐《は》く——けど、麗良《れいら》は余裕《よゆう》たっぷりって感じでこっちに来て、可南子《かなこ》の頭をぽんぽんと叩《たた》きながら、「お母さん、がんばっ」と呟《つぶや》いた。

「このっ！　今、絶っ対バカにしただろっ！　だから麗良《れいら》はヤなんだよ」

そんないつものやり取りで盛り上がりながら歩いて、駅で解散。

麗良《れいら》と二人で電車に乗り込む時、辺りを見回して純《じゅん》が居ないか確認《かくにん》してしまう。

ホームで見掛《みか》けなかったし、居るはずないってわかっているのに。

もしここで純《じゅん》に会えたら——昔からそんなことばかり考えていた。

学校の廊下《ろうか》だったり、階段だったり、駅だったり、電車だったり、家の近くのコンビニや駅前の薬局、お母さんと買い物に行ったスーパーとか——つまり、純《じゅん》の行動範囲《はんい》にあるところ全部。もしかして居るかなって、つい確認《かくにん》する。駅の本屋さんは、今でも覗《のぞ》いてしまう。

も、もちろん、そこで会えたら運命！　なんて言う気はない。

でも、もし純《じゅん》がこの電車に居るとしたら、那織《なおり》と一緒《いっしょ》——って、何を今さら。あの二人、放課後はいつも一緒《いっしょ》に居るじゃん……なのに、なんでこんなに胸騒《むなさわ》ぎするんだろう。

ちょっと前までは耐《た》えられたのに。

もう我慢《がまん》しないって、決めたから？

そっか、わたしは見て見ぬ振《ふ》りしてただけなんだ。

なんだよ、わたしが一番わがままだったんじゃん。

家に帰って那織《なおり》が居なかったら。想像すると、わたしはどうしようもなく悔《くや》しい。

（神宮寺《じんぐうじ》那織《なおり》）

※　※　※

「お疲《つか》れ様《さま》」

駅でみんなと別れてすぐ、私は純《じゅん》君を労《いたわ》ってあげた。優《やさ》しいな。

みんなったらもう、えろいことに興味があり過ぎて、純《じゅん》君はずっと質問攻《しつもんぜ》めされて、見るからに疲《つか》れてる。私ったら罪作りな女——純《じゅん》君、ごめんね。フォースと共にあらんことを。

「お疲《つか》れ様《さま》じゃねぇよ。那織《なおり》が素直《すなお》に受け取ってくれさえすれば……マジで疲《つか》れた」

「でもさ、みんな、私達の事そういう目で見てたよね。もう公認《こうにん》の仲だね。いやん」

「いやんじゃねぇよ。何が『純《じゅん》君がどーしても欲《ほ》しいって言うから……私は嫌《いや》だって言ったのに無理矢理脱《ぬ》がされた』だよ。あん時の雨宮《あまみや》の蔑《さげす》んだ目、一生忘れられないわ」

「私だってまさか真に受けるとは……だから、お疲《つか》れ様《さま》。私の為《ため》にありがとう」

「ったく、何処《どこ》までも都合の良《い》いヤツだな……」

「我が性は自由を想《おも》う。自在を欲《ほっ》する。気ままを望む」

「それは？」

「泉《いずみ》 鏡花《きょうか》の『夜叉《やしゃ》ヶ池《がいけ》』。知らない？」

「読んだことないな。今度、読んで――って、違《ちが》う。そうじゃなくてだな、繰り返しになるけど、もうこういうことはやめろよ？　部活のみんなもそうだが、うちの母親まで巻き込んでるんだからな。泊《と》まりのこと、おばさん達にバレたらどうすんだよ？　言ってないんだろ？」

「うん。琉実《るみ》は知らない。てか、言ったら怒《おこ》る」

「うーんと……言い訳の中で、琉実《るみ》を使ったんだが。だから、琉実《るみ》には話をしておきたい」

「だめ。琉実《るみ》には秘密にしてて。純《じゅん》君だったら、上手《うま》く回避《かいひ》出来るでしょ？」

「無茶言うなよ。我が儘《まま》には十分付き合っただろ？　少しは僕の言うことも聞いてくれよ」

「……私のお願いは聞いてくれなかった」

「わかったよ。だからもう言わないでくれ。僕だって、その――」

純《じゅん》君が言《い》い損《そこ》なって、下を向いた。

反対側のホームに、電車が轟音《ごうおん》を引き連れて流れ込んで来る。やめて。静かにして。圧縮空気の合間を縫《ぬ》って、私は先を促《うなが》した。「その、何？」

「出来ることなら叶《かな》えてやりたかった……じゃない、ええと、僕だって……出来ることならしたかった。そう思う気持ちはあったんだ。その、僕も男だし、そういうのに興味が無いわけじゃ無い。もちろん、那織《なおり》に魅力《みりょく》が無いわけでも無い。寧《むし》ろ、那織《なおり》は魅力的《みりょくてき》だった。だからこそ、僕は――ああっ、もうこんなこと言わせないでくれ」

近くに人が居るから、純《じゅん》君の声はとても小さかった。けど、周りに人が居なくても、きっと小さかった。言い終わって横を向いた純《じゅん》君の耳が、先端《せんたん》まで赤く染め上がっていたから。

「やだ。もっと言って。もっと聞かせて」

純《じゅん》君のそう云《い》う本音を、私はもっと知りたい。もっともっと知りたい。

何を考えているのか。何を思ったのか。全部包《つつ》み隠《かく》さず教えて欲しい。

「あの日のこと、それこそ毎日思い出すんだよ。お風呂《ふろ》に入れば『ここに那織《なおり》が居た』、ベッドに寝転《ねころ》べば『ここにも那織《なおり》が居た』――そんな風に、毎日だ。下着なんて置いていかなくたって、僕は忘れたりしない。忘れるって云《い》うか、ずっと囚《とら》われてる」

周りに聞かれないように、純《じゅん》君が私の耳元で喋《しゃべ》る。

耳朶《じだ》に触《ふ》れる言葉がくすぐったくて、鼓膜《こまく》を揺《ゆ》らす合間の吐息《といき》がいやらしい。

「囚《とら》われてるって表現は、ちょっと否定的過ぎない？　私は呪物《じゅぶつ》か何かなの？　でも、ありがとう。そんなに考えてくれてるって知れて、超嬉《ちょううれ》しい。ね？　思い出すだけ？」

「……何が言いたいんだ？」

「分かってる癖《くせ》に。言わせたいの？」

「はいはい。そう云《い》うの良《い》いから。そんなことより――」

身体《からだ》を伸《の》ばして、純《じゅん》君の耳に唇《くちびる》が触《ふ》れそうな距離《きょり》まで接近。

「(即座《そくざ》に否定しないって事は、したんだ？　私を思い出して、したの？)」

だって、私ばっかりじゃ、なんかずるい。

「してねぇよ」

アナウンス。数多《あまた》の鉄車輪が軌道《きどう》を踏《ふ》み締《し》める音。ホームの端《はし》に電車が見えた――周囲の空気を巻き込みながら、私と純《じゅん》君の間に溜《た》まった暑気を入《い》れ替《か》えて巨軀《きょく》が停止した。

純《じゅん》君の腕《うで》を摑《つか》んで電車に乗る。ほんとは抱《だ》き着《つ》きたいところだけど、我慢《がまん》した。

否、抱《だ》き着《つ》いた。

だって、人ぎゅうぎゅうだったし。摑《つか》まるとこが無かったんだもん。これは緊急避難《きんきゅうひなん》。

純《じゅん》君と袖仕切《そでしき》りの間に挟《はさ》まれた私は、周りから見えない。純《じゅん》君のシャツを摑《つか》んで、顔を寄せる。汗《あせ》の匂《にお》いがした。電車が揺《ゆ》れる度《たび》、私達は密着する。純《じゅん》君の背中に手を回して、その距離《きょり》を維持《いじ》する。何度か純《じゅん》君に引《ひ》き剝《は》がされそうになったけど、離《はな》れてなるものかと耐《た》えた。

最寄《もよ》り駅《えき》に着いて、私は提案する。「公園、寄らない？」と。

短く同意して、純《じゅん》君が歩き出す。私はシャツを摘《つ》まんで着いて行く。

純《じゅん》君が私の事を考えている。毎日思い出して悩乱《のうらん》している。

その事実だけで嬉《うれ》しい。だから、純《じゅん》君の我慢《がまん》を一刻も取り去りたい。

もう悩《なや》まなくて良《い》い様《よう》に、琉実《るみ》の事を忘れさせてあげたい。


幼い頃《ころ》から知る馴染《なじ》みの公園に着いて、いつもの四阿《あずまや》に向かう。

かつて純《じゅん》君が私に告白した場所——琉実《るみ》が告白した場所。純《じゅん》君がベンチに鞄《かばん》を置く。

私はスクバを漁《あさ》ったりして、わざと座らない。純《じゅん》君が座るのを、待つ。

純《じゅん》君がベンチに座る。私は純《じゅん》君の肩《かた》に手を置いて、投げ出された脚《あし》を跨《また》ぐ。訝《いぶか》しむ声がしたけれど、無視してベンチに膝《ひざ》を突《つ》く。膝《ひざ》にじゃりっとした感触《かんしょく》が伝わって、疼痛《とうつう》を覚えつつ、向かい合わせのまま純《じゅん》君の太腿《ふともも》に文字通り腰《こし》を下ろした。

逃《に》げられないように退路を塞《ふさ》ぎ、双眼《そうがん》をじっと捉《とら》えて私は投《な》げ掛《か》ける。

「私には何が足りないの？　教えて」

「何を言ってるんだ？」

視線が右下に逸《そ》れた。純《じゅん》君の頭を抱《だ》いて、ゆっくりと問う。

「琉実《るみ》と悩《なや》むって、私は琉実《るみ》に勝ってないって事だよね？」

「勝ち負けじゃないって……なぁ、頼《たの》むから離《はな》れてくれ。誰《だれ》かに見られたらどうすんだ」

胸の辺りでくぐもった声が響《ひび》く。

頼むから離れてくれ？　本気で嫌《いや》がってるなら、自分から離《はな》れれば良《い》いよね？

蝉《せみ》の声が一斉《いっせい》に止《や》んで辺りが粛然《しゅくぜん》とする。

「キスしたい」

淅瀝《せきれき》たる公園の四阿《あずまや》に欲望の残響《ざんきょう》が彷徨《さまよ》った後、私の言葉に呼応するかの如《ごと》く、繁栄《はんえい》を希求する生命の慟哭《どうこく》が再び場を埋《う》め尽《つ》くした――私達だって同じだ。そうだよね？

「……良くないよ、こういうの」

「この前、散々したのに？」

「ごめん」

「謝るのはやめて――どうして今日はだめなの？」

汗《あせ》でしっとり湿《しめ》った純《じゅん》君の耳輪《じりん》を指でなぞる。唇《くちびる》で挟《はさ》んで舌を沿わせると、ちょっとしょっぱくて鶏《とり》の軟骨《なんこつ》みたい――実際、軟骨《なんこつ》なんだけど。私の耳元で漏《も》れた吐息《といき》を追《お》い掛《か》けて身体《からだ》を離《はな》すと、上気した頬《ほお》を隠《かく》すみたいに俯《うつむ》いて、純《じゅん》君が確かめるように自分の耳を触《さわ》った。

頬《ほお》に添《そ》えた手でこっちを向かせ、眸子《ぼうし》を捕《つか》まえる。純《じゅん》君の瞳孔《どうこう》が、私の瞳孔《どうこう》と同期《リンク》する。

「我慢《がまん》、出来なくなりそうだから……」

視線が外されて、瞳孔《どうこう》の同期《リンク》が切れる。遅《おく》れて下がりそうになる顔を、再度受け止める。ゆっくりと純《じゅん》君の顎《あご》を持ち上げて、私は唇《くちびる》を重ねた。抵抗《ていこう》する頑《かたく》な唇《くちびる》を、無理矢理舌でこじ開ける。頬《ほお》に添《そ》えた手で、ゆっくりと緊張《きんちょう》を溶解《ようかい》させていく。強張《こわば》った筋肉が解《ほぐ》れていく。そっと舌を差し込むと、少し硬《かた》い舌と巡《めぐ》り合《あ》う。

んっ。

口の中を掻《か》き回《まわ》されるの、堪《たま》らなく気持《きも》ち良《い》い。

じっとりと舌尖《ぜっせん》を絡《から》め合《あ》って、私の唾液《だえき》を流し込む。言葉なんて不要だ。純《じゅん》君が私の口唇《くちびる》を舌で舐《な》める。純《じゅん》君の舌の裏に舌先を潜《もぐ》り込《こ》ませて、筋――舌小帯をなぞる。口腔内《こうこうない》で繰《く》り広《ひろ》げる応酬《おうしゅう》を、私達は暫時楽《ざんじ》しんだ。

顔を離《はな》すと、純《じゅん》君の口元がぬらぬらと濡《ぬ》れていた。

距離《きょり》を詰《つ》めて、純《じゅん》君の手を胸元《むなもと》に導いた。「我慢出来《がまんでき》なくなったって良《い》いよ」

「それは――」引っ込めようとする手を、摑《つか》んで胸に押し当てる。

「どきどきしてるの、分かる？　私の鼓動《こどう》、伝わってる？　私は我慢出来《がまんでき》ない」

遠慮《えんりょ》がちだけど、指先に力が籠《こも》った。でもそれは触《さわ》られたと云《い》うより置かれたに近くて、そういう触《さわ》り方《かた》でもなければ直接でもなくて、気持ち良くなんて無い。それでも、純《じゅん》君が私の胸を触《さわ》っている――この状況《じょうきょう》に、筆舌《ひつぜつ》に尽《つ》くし難《がた》い高揚《こうよう》と興奮が打ち寄せる。

背中に手を回して、ぐっと密着する。男の子の欲情が、幾重《いくえ》の布を越《こ》えて私に伝わる。

純《じゅん》君に胸を触《さわ》られたまま、もう一度、私はキスをする。

「直接触《さわ》って確かめてみる？」

「外だぞ……って言うか、やめよう。絶対によくない」

そんなこと言って。密着してるから分かるんだよ？　「でも、反応してる」

「……しょうがないだろ。て言うか、押し付けるな。もう終わりっ！　これ以上は無理だ」

純《じゅん》君が私の肩《かた》をぐいぐい押して、離《はな》そうとして来る。やだ。まだ離《はな》れたくない。

お互《たが》いの体温なのか、気温の所為《せい》なのか、身体《からだ》が酷《ひど》く熱い——どっちもか。

この熱さをもっと堪能《たんのう》したい。もっと共有したい。

「頼《たの》むからどいてくれ」

「もうちょっとだけ。ね？　触《さわ》りたくなったら触《さわ》って良《い》いから。だから、もう少しだけ」

「触《さわ》らねぇよ。あと、その……腰《こし》を微妙《びみょう》に動かすのは、やめてくれ」

だって丁度当たるから——てか、わざわざ言わないでよ。顧慮《こりょ》が足りないと思います。

まるで私が純《じゅん》君を使って一人でしてるみたいじゃん。「純《じゅん》君は気持ち良くないの？」

いいよ、中途半端《ちゅうとはんぱ》に指摘《してき》されるくらいなら、はっきり言ってあげる。

純《じゅん》君の耳に口付けた後、そっと耳元で囁《ささや》いた。「(私は気持《きも》ち良《い》いよ)」

「那織《なおり》……これ以上は無理だ。本気でやめてくれ」

「純《じゅん》君はそれで良《い》いの？　それとも、手で触《さわ》ってあげようか？」

「やめろって」背凭《せもた》れに身体《からだ》を預けた勢いで、純君《じゅん》が私の腰《こし》を掴《つか》んですっと逃《に》げた。

「そうなっちゃうと苦しいんでしょ？　前もそうだったけど、どうしてるの？」

別に笑わせる積もりなんて無くて、シンプルに疑点だっただけなんだけど、スラックスのベルトをぐいっと居直した純《じゅん》君が、口を押さえて噴《ふ》き出《だ》した。

「なんで笑うの？」そんな空気じゃ無かったでしょっ！　もうっ、白けさせないでよっ！

「エロ漫画《まんが》みたいな台詞《せりふ》、現実で聞くとは思わなかった」

「よ、読んだって良《い》いだろ」

「へぇー、読むんだ」

「だめなんて言って無いじゃん。てか、読んでるの、知ってたし。純愛系がお好みだよね」

「なら言うな……って、何で知って――」

「また映画でも行こうよ。水族館も楽しかった――屋外は暑いし、今の時期こそちょうど良くない？　水の塊《かたまり》に圧倒《あっとう》される感じ、好き。あ、外に出るのが億劫《おっくう》だったら家でも良《い》いよ。お家《うち》デート。それはそれで、思う存分キスできるもん。ね？　どう？」

「もうすぐ夏休みだしな。出掛《でか》けるのも悪くない。確かに、楽しかった。それとは別に、部活のみんなで出掛《でか》けるのも良《い》いな。ようやく正式な部活になったんだし」

キスの部分を無視されたのは釈然《しゃくぜん》としないけど、会話を止めるほど野暮《やぼ》じゃない。

「うん。そうだね。てかさ、その話、普通《ふつう》は部室に入って一番最初に言うべきじゃない？」

「『フォースを喰《く》らえっ！』とか言って邪魔《じゃま》したのは、誰《だれ》だよ」

「なおりちゃんにはむずかしくてわかんない」

「何が那織《なおり》ちゃんにはわかんないだよ、まったく」

私に立つよう、純《じゅん》君が優《やさ》しく促《うなが》した。「さ、そろそろ帰ろう。夕飯に遅《おく》れそうだ」

先に立った私は、純《じゅん》君に手を差し伸《の》べる。

純《じゅん》君がスラックスで手汗《てあせ》を拭《ぬぐ》った。

私の手を摑《つか》んで、純《じゅん》君が徐《おもむろ》に立ち上がる。

「私とキスするの、好き？」

純《じゅん》君は黙《だま》ったまま。「ねぇ、好き？　どうなの？　教えて」

「……好きだよ」

満足。それを聞ければ、言う事は無い。

「私も好き。またしようね。ところで、太腿《ふともも》は大丈夫《だいじょうぶ》？　重くなかった？」

重いって言ったら屠《ほふ》るけど、淑女《レディ》として形だけでも気遣《きづか》っておかなきゃ。念《ねん》の為《ため》、純《じゅん》君のスラックスも確認《かくにん》──染《し》みになってたら流石《さすが》に死ねる。まだ大丈夫《だいじょうぶ》だろうけど、自信無い。

「重くないよ。僕だって、そこまで筋肉無い訳じゃないからな」

「ねぇ。その言い方、すっごく気に障《さわ》るんだけど。重かったって言いたいの？」

はい、怒《おこ》った。絶対許さない。

「重くないって。気にしすぎだよ。誤解させたなら謝るけど、那織《なおり》は今のままで十分可愛《かわい》いと思うし、スタイルだって悪くないと思うぞ」

今のままでって言われても、嬉《うれ》しくない。「女子的には、褒《ほ》められてる気がしない」

「僕は褒《ほ》めてるつもりなんだがな……すまん。ちなみに、何て言うのが正解だったんだ？」

歩き出した私に、言葉を連れた純《じゅん》君がやや遅《おく》れて追い付いた。

「ひとから聞いたって、君がなるほどと思えるかどうか、わかりはしないんだ。自分自身で見つけること、それが肝心《かんじん》だ——わかったかい、コペル君」

「何だよ、教えてくれたって良《い》いだろ？」

「それは次の機会に、ね」

そう、私は次が欲《ほ》しい。今じゃない。その先、もっと先、ずっと先まで欲《ほ》しいんだ。

※　※　※

良くないと分かっていても、衝動《しょうどう》を我慢出来《がまんでき》なかった。

あの二人でそういうことはしない。そういう対象として見ちゃいけない、そう自分に言い聞かせていた。大切な物を汚《けが》す気がしたし、歯止めが利《き》かなくなると思った。

（白崎純《しろさきじゅん》）

それなのに——帰宅してからも公園で植え付けられた熱情が冷めなくて、甘い香りと汗《あせ》の混ざった、噎《む》せ返《かえ》るような濃密《のうみつ》な匂《にお》いと那織《なおり》の体温や柔《やわ》らかくもしっかりとした感触《かんしょく》が生々しい程《ほど》くっきりと脚《あし》や手や身体《からだ》に満遍《まんべん》なく残っていて、耐《た》えようがなかった。

一度我慢《がまん》を諦《あきら》めると、水族館でデートした時に見た紐《ひも》と見紛《みまが》う下着姿や風呂場《ふろば》の薄明《うすあ》かりで浮《う》かび上《あ》がった裸体《らたい》、薄着《うすぎ》でベッドに潜《もぐ》り込《こ》んだ嬌態《きょうたい》……網膜《もうまく》に焼き付いた那織《なおり》の姿が、思い出す度《たび》に別のことを考えて紛《まぎ》らわせていた艶《なま》めかしい那織《なおり》が、記憶《きおく》の中の那織《なおり》が堰《せき》を切ったように止《と》め処《ど》なく溢《あふ》れてきた——込《こ》み上《あ》げる物を吐《は》き出《だ》すしか無かった。

丸めたトイレットペーパーが水流の渦《うず》に飲まれていく——果てた後に残ったのは、激甚《げきじん》な自己嫌悪《こけんお》と苛辣《からつ》な悔悟《かいご》だった。明日からどんな顔して那織《なおり》に会えば良いんだ？

教授のこと言えねぇよ。

自室に戻《もど》り、スマホで画像を開く。入学式の日、家の前で撮《と》った写真。新鮮味《しんせんみ》が無いから撮《と》らなくて良《い》いと言ったのに、母さんやおばさんに押し切られて撮《と》った、琉実《るみ》と那織《なおり》と僕の三人が映っている貴重な写真——高校生になった二人が一緒《いっしょ》に映っている、唯一《ゆいいつ》の写真。にこやかに笑う琉実《るみ》とつまんなそうに口を結んだ那織《なおり》、そして僕。

最近、この写真を見てばかり居る。

琉実《るみ》と付き合って居た時の写真は、沢山《たくさん》ある。琉実《るみ》はよく写真を撮《と》りたがった。ことある毎《ごと》に撮《と》っていた。写真が嫌《きら》いというわけじゃないだろうが（最近は雨宮《あまみや》が何かにつけて那織《なおり》と写真や動画を撮《と》っている姿を見掛《みか》ける）、那織《なおり》にそういうイメージは無い。

また三人で——いや、僕は映らなくていい、あの二人が一緒《いっしょ》に居る所、楽しそうにしている所を残しておきたい。どうしてそう思ったのか、僕はそんな気分になった。

三人で出掛《でか》けようなんて言ったら、那織《なおり》は怒《おこ》るだろうか——落ち着いてみれば、怒《おこ》るって何だよって感じだが、最近の那織《なおり》を見ていると、そう思わずには居られない。

琉実《るみ》を話題にする度《たび》、那織《なおり》は不機嫌《ふきげん》そうな顔をする。

二人の仲が悪くなるのは見たくない。そう考えているのに、僕は那織《なおり》とキスをした。結論を出すと言ったその口で、待ってくれと言ったその口で、二度も求めに応じた。

流されるままに那織《なおり》と——違《ちが》う。僕は、那織《なおり》のキスを受け入れた。拒否《きょひ》しなかった。那織《なおり》を拒《こば》めなかった。そして、心の底で那織《なおり》とのキスを望んでいた。

初めて好きになった女の子が求めるキスの断り方を、僕は知らない。

ハグまでなら、キスまでなら——自分の基準が次第《しだい》におかしくなっていく。自分の情欲を内包したまま、まるで破滅《はめつ》に向かって歩み出すように、麻痺《まひ》していくのが分かる。

そもそも僕は、二人からの申し出を断れない。

それが間違《まちが》った優《やさ》しさだと気付いているのに。

二人に嫌《きら》われたくない余り、良《い》い顔《かお》ばかりしようとする。自分の狡《ずる》さが嫌《いや》になる。

夕食後、自室で予習をしていると、スマートフォンが音を立てて、メッセージの到着《とうちゃく》を告げた。問題の途中《とちゅう》だったので、数式を解き終えてから確認《かくにん》すると、《今度の休み、二人で出掛《でか》けない？》と表示されていた。

琉実《るみ》からだった。あんなことをした後だったから、那織《なおり》じゃないことに安心した。

〈いいよ。何かあるのか？〉

《ううん》

《純《じゅん》と出掛《でか》けたいなって》

《それだけ》

手が止まった。何て返そうか、言葉に詰《つ》まった。

散々悩《なや》んだ挙げ句、僕は〈わかった〉と短く返答した。

《久しぶりに水族館とか動物園でも行く？》

《博物館でもいいよ》

〈博物館は動きが無いから、見るなら生き物の方が良《い》いって言ってなかったか？〉

《そうだっけ？》

《覚えてないや》

《今、外出られる？》

時間を確認《かくにん》する。八時半。まだ咎《とが》められるような時間じゃない。家の前で話すくらいだったら問題ない。母さんは口うるさいタイプじゃないし、余程《よほど》じゃない限り何も言われない。

〈大丈夫《だいじょうぶ》〉

《そっちの玄関《げんかん》、行くね》

ランニングの時間だ——琉実《るみ》は、これくらいの時間によく家の周りを流している。この辺りはちゃんと街灯があるし、比較的《ひかくてき》落ち着いている住宅街だ。その為《ため》、九時までだったら走っても良《い》いと神宮寺家《じんぐうじけ》のルールブックには定められている。尤《もっと》も、走るのは琉実《るみ》しか居ないが。

まさか一緒《いっしょ》に走れなんて言わないよなと思いつつ、階段を下りてリビングでテレビを観《み》ていた母さんに「ちょっと外出るけど、家の前だから」と告げて、ドアを開けた。

遅《おく》れて、隣《となり》でドアの開く音。Tシャツにハーフパンツ姿の琉実《るみ》が出て来た。

「早いじゃん」

「ごろごろしてただけだから」

「そっか。一緒《いっしょ》に走る？」

「走らない」

「だよね。言うと思った」

「だったら訊《き》くなよ」

「いやぁ、こういうのってお約束でしょ？」

琉実《るみ》が笑いながら来て、玄関《げんかん》ポーチの段に座った。

隣《となり》に腰《こし》を下ろして、「いきなりどうしたんだ？」と声を掛《か》けた。

「別に深い意味は無いんだけど、ちょうどいい時間だったから。最近、学校でもあんまり喋《しゃべ》ってないじゃん。席、離《はな》れちゃったし。だから——ダメだった？」

そんなつもりじゃないって分かっていても、責められている気がした。

「そんなことない。僕も琉実《るみ》と喋《しゃべ》りたいなって思ってた」

琉実《るみ》がふふっと鼻を鳴らした。「そっか。よかった」

「落ち着いて話すの、土曜日振《ぶ》りだな。あれから、安吾《あんご》とはどうだ？」

「んー、意外と普通《ふつう》かも。純《じゅん》はなんか言われたりした？」

「特にないな。いつも通りだ」

安吾《あんご》からあの日の話をされたことはない。意識して触《ふ》れないようにしているって雰囲気《ふんいき》ではなくて、わざわざ言う必要がない——そんな感じだ。そう、いつも通り。

だから僕も安吾《あんご》といつも通り接するし、わざわざ触《ふ》れるような話もしない。琉実《るみ》とはどうなんだろうかと気になったが、杞憂《きゆう》だったようだ……杞憂《きゆう》？　僕は何を心配しているんだ？

「でも、考えちゃうんだよね。もうちょっとやり方あったんじゃないかなって」

「過ぎたことは仕方ないよ。僕なんか後悔《こうかい》ばっかりだ」

琉実《るみ》が眉根《まゆね》に皺《しわ》を寄せて、「わたしの前で、それ言う?」と口を尖《とが》らせた。

「そう言うなって。僕も琉実《るみ》と同じだ。もうちょっとやり方があったんじゃないかって、後悔《こうかい》ばかりしてる。今もそうだ。嫌《いや》な思いさせて、ごめん」

「ちょ、いきなり何? え? わたし、そんなつもりじゃなくて——」

「良《い》いんだ。琉実《るみ》に迷惑掛《めいわくか》けたのは事実だから」

本心だった。ずっとそう思っていた。

琉実《るみ》は、言おうとした言葉を飲み込むみたいに、一度頷《うなず》いてから、口を開いた。

「それを言うと、わたしもごめん。一方的に振《ふ》ったりして。那織《なおり》と付き合ってなんて横暴なこと言って、ごめん。わたしも後悔《こうかい》ばっかだよ。純《じゅん》と一緒《いっしょ》。本当に、ごめんね」

頭の中で、何かが瓦解《がかい》する音がした。氷山が崩落《ほうらく》するみたいに、崩《くず》れた何かが形を失って溶《と》けていく、全身を巡《めぐ》る血に何かが溶《と》け出《だ》していく、そんな気がした。

「琉実《るみ》に言われた時は面食らったよ。那織《なおり》と付き合えだなんて。今更《いまさら》何を言い出すんだって思ったけど、それが琉実《るみ》の願いならと受け入れたのは僕だ。琉実《るみ》だけの所為《せい》じゃない」

「でも、純《じゅん》は苦しんでる。那織《なおり》の気持ちを知っちゃったから。それこそわたしの所為《せい》なんだけど、知らない振《ふ》りを続けるのも限界だった。だから、ごめん」

「謝らないでくれ。受け入れたのは僕だ。いずれにしたって時間の問題だったさ」

「時間の問題かぁ……もしさ、えっと、もしもの話だよ？　春休みに別れてなかったら、うちらって今でも——ごめん、やっぱ何でもない」

琉実《るみ》と別れなければ——何度想定したか分からないシミュレーションだが、あのまま付き合っていたとして関係が良好だったかは怪《あや》しい。僕の態度が原因で、擦《す》れ違《ちが》いが絶えなかったかも知れない。もしそうなら、僕等は遅《おそ》かれ早《はや》かれ別れていた——それも、今よりもっとギスギスした形で。その場合、こうして琉実《るみ》と話せたかすら怪《あや》しい……琉実《るみ》だけじゃない。

那織《なおり》との関係はどうなっていただろうか。

琉実《るみ》と付き合い続けていたとして、那織《なおり》と上手《うま》くやれていただろうか？　琉実《るみ》は那織《なおり》と上手《うま》くやれていただろうか……あの時、琉実《るみ》から別れを告げられて、結果的に救われた。

過程はどうあれ、あのタイミングで別れたから今がある。それが結論だ。

それに気付いてから僕は、シミュレーションを止《や》めた。

「付き合ったままだったかも知れないし、別れてたかも知れない」

「別れてた？　わたし、彼女として失格だった？」不安そうに、琉実《るみ》が僕の顔を覗《のぞ》き込《こ》んだ。

「まさか。失格なのは僕の方だ。琉実《るみ》に色々と我慢《がまん》させていたのに、それに気付かないままだった。子供だったんだ。別れてたかも知れないってのは、そういう意味だよ」

「そんなことないっ。わたしは今でも……純《じゅん》の言う通りかも。その、全部じゃないよ？　全部が言う通りって意味じゃないけど、付き合ってる時、わたし、言いたいこと言えてなかった」

「それに関しては、本当にごめん。無理させてたよな」

「わたしこそ、ごめん。えっと——この話、やめない？　なんかしんみりしちゃう」

「そ、そうだな。でも、ほんの少しだけ、軽くなった気がする」

「うん、ちょっとわかる。ね、言い合いとかケンカじゃなくて、こんな風に落ち着いてあの頃《ころ》の気持ちを話し合えたのって、もしかして別れてから初めてじゃない？」

「そうかも知れない……僕らは今まで何してたんだろうな。時間は有ったのに」

「だね。自分でもびっくりするくらい、自然に言葉が出て来た。わたしも胸のつかえがとれたかも知んない。うん、軽くなったかも」琉実《るみ》の頰《ほお》がやんわりと緩《ゆる》んだ。

「琉実《るみ》と話せて良かったよ」

「わたしも……この際だから言っちゃうけど、純《じゅん》を振《ふ》ったこと、ずっと後悔《こうかい》してる。純《じゅん》と別れなければ良かったたって、何度も泣いた。でも、言っちゃった手前、後には引けなくて、那織《なおり》に申しわけないって思ったのも本当だったし、結構、苦しかった。全部、全部、わたしのわがままだったから。自分から何か言い出すの、違《ちが》うかなって」

琉実《るみ》が顔を上げて、身体《からだ》ごと僕の方を向いた。

「わたしのわがままに付き合ってくれて、ありがとう。純《じゅん》のこと、今でも好きだよ」

じっとりとした温《ぬる》い風が、琉実《るみ》の髪《かみ》を撫《な》で去《さ》った。

ほんのりと色付いた頰《ほお》が、しっとりと潤《うる》んだ目が、ぽってりとした唇《くちびる》が、深く刺《さ》さった。

「――って、わたしったら、何言ってんだろっ。さっき、やめよって言ったのに！」

「ありがとう。琉実《るみ》にそう言《い》って貰《もら》えて、嬉《うれ》しいよ」

「今日はやけに素直《すなお》だね。どうしたの？」

「琉実《るみ》に待ってくれって言ってから、ずっと考えてるんだ。どうすれば二人を悲しませないで済むのかって。正直、那織《なおり》と話しているのは楽しい。でも、こうして琉実《るみ》と話していると安心する。だからどちらも手放したくないって気持ちが――」

琉実《るみ》が僕の口を手で塞《ふさ》いだ。

「いい、大丈夫《だいじょうぶ》。わかってる。だから、まだ言わないで。聞かせないで」

琉実《るみ》の手を退《ど》かせて、僕は言った。

「気を遣《つか》わせて、ごめん。僕は最低だよな。自分でも分かってる。二人の女の子に、こんな気持ちを抱《いだ》いて、琉実《るみ》にこんな気を遣《つか》わせて。自分で自分のことが嫌《いや》になる」

「ううん。那織《なおり》だから、いいの。わたしの知らない女の子とかだったら、超《ちょう》イヤだけど、わたしの大切な妹で家族の、那織《なおり》だもん。那織《なおり》のいいところ、わたしが一番わかってる。あの子が純《じゅん》のことをどう思ってるかも、知ってる。純《じゅん》がわたしたちのことを大切に思ってくれてるのも、知ってる……知ってるからこそ純《じゅん》が辛《つら》いってのも、わかる。周りからすれば、優柔不断《ゆうじゅうふだん》だってなるかもだけど、わたしはそうは思わない。悩《なや》むくらい、わたしたちについて真剣《しんけん》に考えてくれてるってことだもん。だから、気にしないで。そうじゃなきゃ待つって言ってない。

それに、わたしは純《じゅん》も家族だって思ってる。本当の家族だと色々問題だろうけど、でも、ずっと一緒《いっしょ》に過ごしてきたんだし、家族みたいなもんでしょ？　家族みたいだからこそ、純《じゅん》の辛《つら》さ、他の人よりはわかるつもり。わたしが言えたことじゃないし、悩《なや》んでくれることは嬉《うれ》しいんだけど……わたしだから言うね。そんなに思《おも》い詰《つ》めないで。わたしは純《じゅん》の味方だから」

僕は——思わず琉実《るみ》を抱《だ》き締《し》めていた。

下心は無かった。琉実《るみ》と話せて良かった、心の底からそう思って出た行動だった。

「琉実《るみ》、ありがとう」

「わたしこそ、わたしたちの為《ため》に悩《なや》んでくれてありがとう」

腕《うで》の中で、琉実《るみ》が呟《つぶや》いた——その時だった。

ドアが音を立てた。

慌《あわ》てて身体《からだ》を離《はな》す。

母さんが「純《じゅん》？」と僕を呼んで、顔を覗《のぞ》かせた。

危ないっ！　見られるところだったたっ！

「あ、琉実《るみ》ちゃんも居たの？」

「夜分遅《おそ》くにすみません」琉実《るみ》がさっと立ち上がって、頭を下げた。

「ううん、気にしないで。そうだ、この前はごめんなさいね」

「この前って、何のことですか？」

まずいっ！

「ほら、那織《なおり》ちゃんが家に来た時、着替《きが》えやらを――」

「えっと、用事は何だった？」すかさず立ち上がって、琉実《るみ》と母さんの間に割って入る。

「お風呂《ふろ》溜《た》めようかと思って。でも、あんまり時間が空くと勿体《もったい》ないから――そんなことどっちでも良《い》いのよ。今、琉実《るみ》ちゃんと――」琉実《るみ》と話を続けようとする母さんを、「琉実《るみ》は今から走るとこだし、話し込むと時間が無くなっちゃうだろ？　だから、その話は、また今度」と宥《なだ》めて、無理矢理家の中に押し込める。不満を漏《も》らす母親をどうにかドアの向こうに追《お》い遣《や》って、小声で「(今はちょっとタイミングが……)」と濁《にご》す。

頼《たの》む、引き下がってくれっ！

僕の困った顔で何かを察してくれたのか、それともあらぬ勘違《かんちが》いをしたのか、何度か雑に頷《うなず》いて「はいはい。頑張《がんば》ってね」と言って、戻《もど》ってくれた。危なかった。

ほっと胸を撫《な》で下《お》ろす――のは、まだ早い。

振《ふ》り返《かえ》った僕の目に映ったのは、怪訝《けげん》な顔で佇《たたず》む琉実《るみ》だった。

「那織《なおり》が純《じゅん》の家に行ったの？　いつ？　着替《きが》えって何？」

――琉実《るみ》には秘密にしてて。

那織《なおり》、僕には無理だ。この状況《じょうきょう》で秘密にしておく方法があるなら、是非《ぜひ》とも教えてくれ。

「黙《だま》ってないで説明して」

さっきまでの和《なご》やかな雰囲気《ふんいき》が一変した。琉実《るみ》の凄《すご》みに気圧《けお》された僕は、逡巡《しゅんじゅん》しつつも那織《なおり》が泊《と》まりに来たことを正直に告げた。誤魔化《ごまか》せる空気じゃなかった。言うしかなかった。

「待って。あの子は慈衣菜《しえな》ん家《ち》に泊《と》まるって話だったよね？　嘘吐《うそつ》いてたの？　なにそれ。純《じゅん》もグルってこと？　ずっと騙《だま》してたの？」

それまで黙《だま》って聞いていた琉実《るみ》が、鋭《するど》い目を向けて僕を難詰《なんきつ》した。

返す言葉も無かった。誹《そし》られて然《しか》るべきだ。ただ——「琉実を騙《だま》すつもりはなかった」

「でも、ずっと黙《だま》ってたじゃん。だったら一緒《いっしょ》だよ。那織《なおり》と一緒《いっしょ》になって、わたしのことを騙《だま》してたんだよっ！　那織《なおり》が泊《と》まってたなんて、一言も言ってくれなかったじゃん」

質量を伴《ともな》った琉実《るみ》の言葉が、深いところに刺《さ》さって息苦しい。

「それは……言えなかった」

「なんで？　もしかして、言えないようなこと、したの？　だから言えなかったの？」

「違《ちが》うっ。そこまでは——」

「そこまではってなに？　どこまでしたの？」

「……キスはした」

琉実《るみ》が唇《くちびる》を噛《か》んで下を向いた。身動《みじろ》ぎもせず、黙《だま》ったまま下を向いていた。

深閑《しんかん》とした玄関《げんかん》で、ねっとりとした夏の空気が汗《あせ》を誘《さそ》う。額に浮《う》いた汗《あせ》を拭《ぬぐ》いたいのに、身体《からだ》が動かない。重力場に囚《とら》われたみたいに言うことを聞かない——汗《あせ》が、落ちた。

ようやく琉実《るみ》が小さく言葉を発した——聞き取れなくて、僕は優《やさ》しく聞き返す。

「……純《じゅん》は、那織《なおり》が好きなの？」今度ははっきりと、僕を正視して琉実《るみ》が言った。

言葉に詰《つ》まった。

何か言わなきゃと思うのに、すんなり言葉が出てこない。那織《なおり》も好きだが、同じくらい琉実《るみ》も好き——白々しい言葉しか思い付かない。用意された言葉を、琉実《るみ》は求めていない。

それが分かるのに、気持ちを言葉に出来ない。もどかしさだけが募《つの》っていく。

「わたしじゃなくて、那織《なおり》が好きなんでしょ？　だったら、そう言ってよっ！」

「……違《ちが》う」

「ひどいよっ！　二人でわたしのことバカにして——」

琉実《るみ》の目が薄《う》っすらと光を屈折《くっせつ》する。

「違《ちが》うっ！　バカにするわけないっ！」

「だって……おかしいよっ！　なんで……せっかくいい雰囲気《ふんいき》だったのに……」

手を伸《の》ばそうと——払《はら》われた。「琉実《るみ》」

「やめてっ。もう、わたしに構わないでっ！　那織《なおり》と仲良くすればっ」

帰ろうとする琉実《るみ》の手を、摑《つか》んだ。こんな状態で別れるのだけは——「待ってくれ」

「放して」

「那織《なおり》とキスはしたけど、違《ちが》うんだ。あれは……」

「いいっ。聞きたくないっ！　もう放して」

咄嗟《とっさ》に――逃《に》げられないように、琉実《るみ》を後ろから抱《だ》き締《し》めた。

琉実《るみ》の身体《からだ》は、とても小さくて、儚《はかな》げで、力を込《こ》めたら壊《こわ》れてしまいそうだった。

「お願いだから聞いて欲しい。確かに那織《なおり》とキスはした。キスはしたけど……那織《なおり》とは付き合ってない。それ以上のこともしてない。あの時、那織《なおり》はそれ以上を望んでいた。だけど、僕には出来なかった――僕は、まだ答えを出せてないから」

「……じゃあ」僕の手を解いて、琉実《るみ》が振《ふ》り返《かえ》った。「わたしにも同じことして」

そして、感情を排《はい》したような、それでも口元に硬《かた》さの残る表情で、真《ま》っ直《す》ぐに僕を見る。

頼《たの》むから、そんな顔をしないでくれ。

「那織《なおり》に決めてないって言うなら、純《じゅん》からわたしにキスして」

頼《たの》むから、これ以上試《ため》すようなこと言わないでくれ。

琉実《るみ》が僕の顔を引き寄せた。昔みたいに。

ここで、キスをする以外の選択肢《せんたくし》はない。

琉実《るみ》の頰《ほお》に手を添《そ》えて、僕は優《やさ》しく口付けた。

「もっと」

顔を離《はな》した僕を、琉実《るみ》が揺《ゆ》らめく目で責める。

数時間前に那織《なおり》とキスした口で、僕は再び琉実《るみ》とキスをした。

引き返せない場所に踏《ふ》み入《い》った後悔《こうかい》が、首筋を伝って落ちた。

翌朝、隣《となり》の玄関《げんかん》が開いた時、僕は那織《なおり》の目を見られなかった。

教室で朝練終わりの琉実《るみ》と目が合いそうになって、逸《そ》らした。

第二章

TITLE

那織にしたこと、全部わたしにもして

（神宮寺《じんぐうじ》琉実《るみ》）

KOI WA FUTAGO DE WARIKIRENAI

土曜日、わたしは純《じゅん》とファミレスでお昼を食べていた。

部活のみんなとだったら、ラウワンとかもありなんだけど、純《じゅん》は行きたがらないし、どこかから、純《じゅん》とデートする時は、結局、わたしがお店を見て回るのに純《じゅん》が付き合うだけになっちゃうショッピングモールだと、近場で済ませるか都内に行くみたいなパターンが多かった。

博物館とか美術館、水族館みたいな施設《しせつ》だったら純《じゅん》はすぐ乗り気になってくれて、だから付き合ってる時は、そういう施設《しせつ》とちょっとおしゃれなお店を組み合わせたりして、デートの行き先を決めていた。そうでもしないと、純《じゅん》からは動いてくれなかったし。

でも、今回は純《じゅん》とゆっくり喋《しゃべ》りたいってのが目的だったし、最初は付き合ってた頃《ころ》のデートを思い出すって意味で過去に行った所を挙げたけど、話せればいいやって近場にした。

那織《なおり》が泊《と》まったって聞かされてから、わたしはまともに那織《なおり》の顔を見られなかった。

二人が何をして、どんな話をしたのか気になって、ずっともやもやしてばかりいた。

だって、あの那織《なおり》が大人しくしてるとは思えないし、けど純《じゅん》が嘘《うそ》言ってるってのも考えられなくて、何度も純《じゅん》に訊《き》こうとしたけど、会って直接じゃないとうまく言えなそうで、でも学校

のお昼の時間とかだとゆっくり喋《しゃべ》れないだろうしって感じで、とにかくわたしは、純《じゅん》と二人で、誰《だれ》にも邪魔《じゃま》されないところで話がしたかった。

お弁当を作って、どこか公園ってのも考えたけど、暑いのは純《じゅん》が嫌《いや》がるだろうし、涼《すず》しいとこを探すってなると、多分、山の方とかになるだろうから、やめた。

だから、一緒《いっしょ》にお昼を食べようって、純《じゅん》を連れ出した。

ハンバーグを食べ終わったわたしは、サラダバーでゼリーを取って、席に戻《もど》る。

「口元、ソースついてる」

純《じゅん》の口をナプキンで拭《ふ》いてあげようと手を伸《の》ばすと、「いいよ」って拒否《きょひ》られた。

「拒否《きょひ》ることないじゃん」

「恥《は》ずかしいって」

純《じゅん》がわたしの手からナプキンを取った。

「そんな今さら……左端《ひだりはし》んとこ。もうちょい上、そこ。ん、取れた」

純《じゅん》が口に着いたソースを拭《ふ》いた。

「どう？　お腹《なか》いっぱいになった？」

「ああ。琉実《るみ》は？」

「うん。大丈夫《だいじょうぶ》。てか、食べすぎちゃった」

「その割に大量だな」純《じゅん》がわたしのゼリーを指す。

「うるさいな。いいでしょ」

ここに来てからずっと、わたしは言い出すタイミングを探《さぐ》っている。

席に着いたら、料理が来たら、ご飯を食べ終わったら——早く訊《き》きたいのに、訊《き》けない。

何があったのか、詳《くわ》しく教えてもらうだけじゃん。

二人で何をして、何を話したのか訊《き》くだけじゃん。

そう思うけど……きっと、わたしは聞くのが怖《こわ》い。


もし、これ以上、那織《なおり》を許せないって思ったら——それが一番怖《こわ》い。


でも、知らないのはもっと嫌《いや》だ。

「ねぇ。那織《なおり》が泊《と》まった時のこと、ちゃんと教えて。何があったのか、全部教えて」

純《じゅん》が、ため込んでいたものを吐《は》き出《だ》すみたいに、長く、ゆっくり息をした。

「この前、話しただろ？」

「あれで、全部？　何も隠《かく》してない？　言ってないこと、ない？」

純《じゅん》が、一瞬《いっしゅん》、ほんの一瞬《いっしゅん》だけど、目を伏《ふ》せた。

「言ってないことは、ある。でも、僕からは言えない」

「なんで？　なんで言えないの？」

「僕と那織《なおり》の話だから。那織《なおり》の居ないところじゃ言えない。分かるだろ？」

「なにそれ。ずるい」

「無茶言うなよ。琉実《るみ》だって、付き合ってた時の話、勝手にされたら嫌《いや》だろ？」

「そうだけど……でも、少しは話したりしたでしょ？　森脇《もりわき》とかに、さ」

「相談として、な。ただ、琉実《るみ》が言って欲しくないだろうことは、誰《だれ》にも言ってない」

そんなこと言われると、何にも言えない。

だって、純《じゅん》は間違《まちが》ったこと、言ってない。

「琉実《るみ》が気になるのは分かるけど、那織《なおり》に悪い――やましいからとかじゃなく、だぞ」

「でもさ、泊《と》まったんでしょ？　何かあったんじゃないかって、普通《ふつう》、思うじゃん。わたしだって泊《と》まったことないのに。なんで那織《なおり》ばっか……しかも、言えないって、なんなの」

いくら純《じゅん》が正しくたって、わたしの気持ちは解消されない。

解消されないどころか、胸《むね》の奥がどんどん重くなっていく。

「場所、変えないか？」

「なんで？　どこに行くの？」

「もっと静かな――家に来るか？」

「今日はおじさんも帰ってるんでしょ？」

「琉実《るみ》が来たところで、問題は無いだろ。それこそ、今更《いまさら》だ」

それはそうなんだけど……純《じゅん》の家でしていい話なのかって思うと、ちょっと気が引ける。カラオケとかネカフェがよぎったけど、時間を気にしないでって意味だと、純《じゅん》の家はいいのかも知れない。那織《なおり》がどうしてるかわかんないから、家《うち》ってわけにもいかないし。

「わかった。純《じゅん》がそう言うなら」

ファミレスを出て、純《じゅん》の家に向かう。

純《じゅん》の家に着くと、おじさんの車はなくて、おばさんの車だけが止まっていた。

「多分、出掛《でか》けてるな」純《じゅん》がドアのカギを開けながら言った。

純《じゅん》に続いて中に入る。「おじゃまします」

「やっぱり、二人とも出掛《でか》けてる」

玄関《げんかん》がひんやりしていて、なんとなく気持ちが落ち着く。少しだけ、緊張《きんちょう》がほぐれる。

「そっか。買い物とか？」

「だろうな。家ん中が暑くないから、出掛《でか》けたばかりだろう」

先に靴《くつ》を脱《ぬ》いで上がった純《じゅん》が、リビングのドアに手をかけた。

「先に部屋行っててくれ。飲み物でも持ってくよ」

リビングに向かう純《じゅん》の背中に、「わかった」と声を掛《か》けて、わたしは純《じゅん》の部屋のドアを開けた。閉め切った部屋は熱気がこもっていて、純《じゅん》の優《やさ》しい匂《にお》いが周りに広がった。なんだか、純《じゅん》に包まれてる気分がする。

部屋に入って、純《じゅん》の椅子《いす》に座る。座るところが温まっていて、熱いくらいなんだけど、凄《すご》く落ち着く。机の上には参考書やらバインダーが置いてあって、ルーズリーフをぱらぱらとめくると、少し角の尖《とが》った、昔と変わらない純《じゅん》の見慣れた文字が沢山《たくさん》あった。当たり前のことなんだけど、いつもここに居て、勉強してるんだなって妙《みょう》な実感があった。

ペン立ての横に金色のしおりが飾《かざ》ってあって、思わず笑《え》みが零《こぼ》れた。

ベッドに移って、枕《まくら》の香りを確かめながら、枕元《まくらもと》に置かれたリモコンを操作する。エアコンが音を出して、部屋の空気が動き出した。ちょっともったいないと思いつつ床《ゆか》に座ると、ずっと息を忘れてたみたいな長いため息が出た。

純《じゅん》はすぐに来た。お茶の入ったグラスを二つテーブルに置いて、純《じゅん》も床《ゆか》に座る。

グラスをぼんやり見詰《みつ》めたまま、無言の時間が流れていく。

なんで黙《だま》ってるの？

純《じゅん》が呼んだんだから、なんか話してよ——って、言おうとした時だった。

「色々悩《なや》ませちゃってごめん」

純《じゅん》がいきなり謝った。

「うん……けど、それはわたしたちも……」

「いや、これは僕の問題だ。僕がはっきりしないから、余計な心配を……でも、一日や二日でどうにかなる話じゃなくて……って、言い訳だよな、これ」

「ううん。この前も言ったけど、純《じゅん》の気持ち、わかるよ」

「なんかさ、どちらかと付き合ったりして、二人の仲が悪くなったりしたら嫌《いや》だなって考えちゃうんだ。でも、付き合ってるわけじゃないのに、結局、同じことになってる。琉実《るみ》と付き合ってた時は、こんなことにならなかった……それは違《ちが》うか、那織《なおり》はずっと一人で我慢《がまん》してたんだよな。琉実《るみ》はそれを知ってたから僕と別れたんだし、そう考えると、僕等って最初からずっと上手《うま》くいってないんだな」純《じゅん》が、自嘲《じちょう》気味に、寂《さび》しそうに笑った。

そんな純《じゅん》の顔を見てると、楽にしてあげたいって思うのに、わたしが身を引くのはもうしたくない。大体、あの時、大人しく那織《なおり》が純《じゅん》と付き合っていれば——わたしは、那織《なおり》みたいに我慢《が》できたんだろうか。わかんない。わかんないけど、きっと苦しくなって、どうしようもなくなって、ずっと隠《かく》れて泣いてた気がする。

でも、純《じゅん》の言う通りだ。

わたしたちは、最初から、ずっと上手くいってない。この前、玄関《げんかん》で話した通りだ。

どうしてこうなっちゃったんだろう。

わたしが我慢《がまん》すればいいのかな……けど、全部は我慢《がまん》できない。

ちょっとなら、できるかも知れない。

「ねぇ、純《じゅん》」

「うん？」

「那織《なおり》と付き合っても、いいよ。でも、那織《なおり》にしたこと、全部わたしにもして。同じだけ、同じこと、して。それだったら、いい。わたしは文句言わない」

「そんなのはダメだろ」

「どうして？　純《じゅん》は選ばなくていいんだよ？　苦しまなくて、いいんだよ？」

わたしは、純《じゅん》を楽にしてあげたい。悩《なや》まなくていいようにしてあげたい。

だったら、わたしだけが我慢《がまん》すればいい。

純《じゅん》の彼女になれなくてもいい。わたしのことも見てくれればそれで――

「だから教えて。この前、那織《なおり》は何をしたの？　那織《なおり》と何をしたの？」

「琉実《るみ》、待てって」

「やだ。那織《なおり》と、どんな風にキスしたの？　ね、教えて」

わたしは、立《た》ち膝《ひざ》になって、純《じゅん》に近寄る。

身体《からだ》がテーブルに当たって、グラスからお茶が零《こぼ》れた。

純《じゅん》からキスしたとは思えない。

那織《なおり》が仕掛《しか》けたに決まってる。

あの子だったらどうする？　どうやって純《じゅん》に迫《せま》ったの？

わたしは、純《じゅん》を押《お》し倒《たお》して、顔を寄せる。

「頼《たの》むから、少し落ち着いてくれ」

「落ち着いてるよ」

「そうじゃなくて――っん」

わたしは純《じゅん》の口を塞《ふさ》いだ。

「つはぁ……琉実《るみ》、話を――」純《じゅん》が肩《かた》を押し返して顔を離《はな》す。

「那織《なおり》とはどこでキスしたの？　教えて」

顔を背《そむ》けて答えない純《じゅん》に、もう一度、尋《たず》ねる。「どこでしたの？」

「……ベッドの上」

「同じように、して」わたしは純《じゅん》の上から退《ど》く。

純《じゅん》が起き上がって、ベッドの端《はし》に座った。

あの子がやりそうなこと――「もし、那織《なおり》が下着姿だったんなら、わたしも脱《ぬ》ぐ」

大丈夫《だいじょうぶ》、カワイイのを選んだから。

「頼《たの》むからやめてくれ。まずは話をしよう」純《じゅん》が隣《となり》をぽんぽんと叩《たた》いた。

「話って、これ以上なにを話すの？」

ベッドの感触《かんしょく》を確かめつつ、隣《となり》に座る。

ここで那織《なおり》は純《じゅん》とキスを……もしかして……「ねぇ、那織《なおり》はどこで寝《ね》たの？」

「すまん……このベッドで、一緒《いっしょ》に寝《ね》た。けど、何にもしてない――」

「どうして謝るの？」

「聞きたくないかなって」

聞きたくなかった。だってわたしは、このベッドで、純《じゅん》と二人で寝転《ねころ》んだことはあるけど、そのまま寝《ね》ちゃったこともあるけど、一晩ずっと一緒《いっしょ》なんて経験は、ない。

わたしは純《じゅん》と付き合ってたのに、那織《なおり》がわたしの経験を、どんどん上書きしていく。

なんであの子だけ――悔《くや》しい。昔の自分を否定されたみたいで、すっごく、悔《くや》しい。


やっぱ、やだ。

あとからは、やだ。

最初が、いい。


わ、わたしが最初になりたい。

唾《つば》を飲み込んで、わたしは言った。

「……あの日できなかった続き、しよ?」

覚悟《かくご》は出来てる……っていうか、今した。

純《じゅん》が無言でわたしを抱《だ》き締《し》めた。強くて、痛いくらいだった。

そんないきなりっ⁉

もう少しくらい心の準備を――焦《あせ》らなくたって、わたしは逃《に》げないから。

「いいよ。今日は、大丈夫《だいじょうぶ》だから――」

「そうじゃない。お願いだから、そんなこと言わないでくれ」

えっ？　なんで？　どういうこと？

「那織《なおり》にも似たようなこと、言われたんだ」

泣きそうな声だった。とても悲しそうな声だった。

純《じゅん》が身体《からだ》を離《はな》して、わたしの目を見詰《みつ》めてくる。

わたしはすべてを察した。そんな気はしてた。一緒《いっしょ》に寝《ね》たって言うから。

だからわたしは、先にって――「だと思った」

「もちろん断った。僕だって男だし、興味が無いとは言わない。だからこそ、興味が有るからこそ、試《ため》されてる気もして……我慢《がまん》できなくなった方と付き合うみたいなのは、うまく言えないけど、違《ちが》うと思う。そういうことじゃなくて、もっと――」

そう言うけど、もし那織《なおり》と純《じゅん》がそうなって、わたしの入る隙《すき》がなくなって、もう手遅《てお》れでしたってなるのは、わたしだってイヤ。何もせずにそうなるよりは――

「でも、純《じゅん》はそう言いながら、那織《なおり》を家に泊《と》めたりしてるじゃん。ずるいよっ！　そんなのおかしいっ！　どうしてわたしはダメなのっ？　なんで那織《なおり》だけなのっ？」

「それは……この前の土曜日、安吾《あんご》からＬＩＮＥが来て、僕はすぐにでも琉実《るみ》のところに行きたいって思った。でも、那織《なおり》のチェスがあって身動きが取れなかった。勝負の前に動揺《どうよう》するようなことをしたくなかった。そんな僕に気付いた那織《なおり》は、これから勝負があるって言うのに、行って来いって背中を押してくれたんだ。その言葉があったから、那織《なおり》が文句を言わずに送り出してくれたから——那織《なおり》のお願いを無下には出来なかった。断れなかった」

何よ、それ……そんなの、聞きたくなかった。

まるでわたしの所為《せい》みたいじゃん。

「じゃあ、那織《なおり》が泊《と》まったことについて、わたしは何も言わない。だから——」

「お願いだから、やめてくれ。こういう競争みたいなのは絶対によくない。こんなの、ただの自暴自棄《じぼうじき》だよ。なぁ、琉実《るみ》。もう、やめよう」

そんな悲しい顔しないでよ。

そんな辛《つら》そうな顔しないでよ——わたしまで、辛《つら》くなる。

「琉実《るみ》だって、初めてはもっと雰囲気《ふんいき》あった方が良《い》いだろ？　こんな状況《じょうきょう》で最後までしたら、後悔《こうかい》するに決まってる。だから、そんなこと言うのはやめてくれ」

余りにも本気な顔で言うから、真《ま》っ直《す》ぐな目で言うから、わたしは謝るしかなかった。

「ごめん。変なこと言って、ごめん……確かに、これが初めてはちょっとだよね」

そうだね、ちょっと意地になってた。

負けたくないって、そればっかだった。

うん、純《じゅん》の言う通りだ。多分、後悔《こうかい》してた。

「てか、純《じゅん》の口から雰囲気《ふんいき》なんて出るとは思わなかった」

「ま、真面目に言ったんだから、茶化すなよ」

「だって、純《じゅん》がそれ言うって……ごめん」

「僕の方こそ、すまなかった。追い込む意図は無かった……なんて言っても、追い込んでたんだから、僕の過失だよな。ごめん。もう、那織《なおり》を家に泊めたりしない。だから――」

「わかった。純《じゅん》の言いたいこと、理解した。でも……納得《なっとく》はできない。那織《なおり》ばっかずるい」

「それは――さっきから言おうと思ってたんだが、琉実《るみ》だって……」

「そ、そうだけどっ！　わたしは……付き合ってたし……純《じゅん》と何度もキスしてるし……」

「どういう理屈《りくつ》だよ。幾《いく》らなんでも棚上《たなあ》げが過ぎるだろ」純《じゅん》が鼻で笑った。

棚上《たなあ》げしてるのは純《じゅん》の方でしょ？

「で、でもさっ！　純《じゅん》がほいほいキスするから――」

「するから何だよ。この前、僕が応じなくても引き下がったのか？」

「あ、あれは……那織《なおり》が……わかったよっ！　わたしの負けっ！　これでいい？」

「僕はそんなつもりで――でも、琉実《るみ》の言う通りだよな。付き合ってるわけでもないのに、キスするのはよくない。そんなこと頭では分かってるのに。反省する」

それって――「もう、わたしともキスしてくれないってこと？」

「そりゃそうだろ。今はそういう話をしてるんだろ？」

えっと、それはそうなんだけど……「やだ」

「やだって、おかしいだろ。矛盾《むじゅん》してるぞ」

「うん、でも——」わたしは純《じゅん》をベッドに押《お》し倒《たお》した。「そんなこと、言わないで」

「待てって。もうやめようって話だったろ？」

「これで最後……ううん、そうじゃなくて、ここで那織《なおり》とキスしたなら、わたしともして」


それからずっと、わたしたちはキスをした。

純《じゅん》のベッドで、抱《だ》き合《あ》いながらキスをした。

付き合っていたときですら、こんなに長いキスはしなかった。

胸が苦しくなるくらい幸せだった。

不安だったから。寂《さび》しかったから。

だからもう、キスしないなんて、言わないで——わたしは、聞いてないからね。


純《じゅん》の家から帰ったのは、夕方だった。

キスをしてたら、おじさんとおばさんが帰って来て、慌《あわ》てて髪《かみ》や服を整えて、純《じゅん》は零《こぼ》れたお茶を拭《ふ》いたりして、超《ちょう》バタバタだった。それからみんなでちょっと話をして、家に帰った。

わたしは誰《だれ》かと話す気分じゃなくて、真っ先に自分の部屋に籠《こも》った。

今はまだ、幸せな気分に浸《ひた》っていたかった。

身体《からだ》が熱くて、胸がいっぱいで、にやける。

枕《まくら》に顔を押し付けて、必死に熱を冷ました。

でも、エアコンの温度を下げてもほてりは全然冷えなくて、こんな顔を那織《なおり》に見られたらやばいし、ご飯の前にシャワーを浴びようって、一階に下りた時だった。

那織《なおり》がリビングから出てきた。

那織《なおり》は自分の部屋に居るだろうって、油断してた。

「お洒落《しゃれ》決め込んで、デートでもしてきたの？」

那織《なおり》が、わたしのカッコをじろじろ見てくる。

「そうじゃないけど——別にオシャレしたっていいでしょ」

「だめとは言って無いじゃん。それより、お風呂《ふろ》入るの？」

「うん、ちょっとシャワー浴びよっかなって」

「もうご飯になるよ」

そっか、お腹《なか》が空いたから——那織《なおり》はわざわざ様子を見に来たんだ。

「すぐ出る。汗《あせ》流したくて」

お風呂場《ふろば》に入ろうとすると、那織《なおり》が急にわたしの手を摑《つか》んで、顔を近付けてきた。

何っ？　と思って、身体《からだ》を引こうとしたんだけど、那織《なおり》は構わずわたしの服の匂《にお》いを嗅《か》いで、冷たい声でぼそっと「純君《じゅん》の匂《にお》いがする」と言った。

「気の所為《せい》だよ。何言ってんの？」

わたしは慌《あわ》てて脱衣所《だついじょ》に逃《に》げ込《こ》んだ。


——那織《なおり》にバレた。


腰《こし》の力が抜《ぬ》けて、床《ゆか》にへたり込んでしまった。

ヤバい、何を言われるか——脱衣所《だついじょ》のドアが開く。

那織《なおり》がわたしを見下ろして、しゃがんだ。「純君《じゅん》と会ってたんだ」

「う、うん。でも、隠《かく》してたとかじゃなくて——」

「怒《おこ》ってる訳じゃ無くて、ただ……やっぱり、私達は姉妹《しまい》だなって」

「えっ？　どういうこと？」

「何でもない。それより、早くシャワー浴びたら？　ご飯になっちゃうよ」

那織《なおり》はそう言って立ち上がると、「ほら、立ちな」と手を伸《の》ばした。

わたしは、那織《なおり》の冷たい手を取って立ち上がった。

※　※　※

（神宮寺《じんぐうじ》那織《なおり》）

琉実《るみ》が純君《じゅんくん》と居たと分かっても、激憤《げきふん》に駆《か》られる事は無かった。夕飯の席で琉実《るみ》の顔を見ても、心性《しんしょう》は凪《なぎ》、静謐《せいひつ》そのものだった。靦然《てんぜん》な面持《おもも》ちで、臆面《おくめん》も無く図々《ずうずう》しい言葉を浴びせる程《ほど》、私は不遜《ふそん》な人間じゃない。そこら辺はちゃんと弁《わきま》えてる。琉実《るみ》の事をあれこれ言えない自覚もある。

だからこそ、何だかんだ言っても、私達は姉妹だなって思った。

私にあるのは、揺《ゆ》り戻《もど》されたりしないよねって云《い》う懸念《けねん》。折角、良《い》い雰囲気《ふんいき》を構築出来ていたし、もう一押《ひとお》しすればって感じだったから、余計に。それだけが、嫌《いや》。

何があったのか、訊《き》きたい。

時間的にはまだ早いし、いざとなれば直接質《ただ》すことだって出来る。

よし、そうと決まればまずは敵情視察の開始。この前、お家《うち》デートも良《い》いよねって話もしたし、最悪、日曜日に直接会えれば――スマホを手に取った時だった。

部屋のドアから軽い打撃音《だげきおん》――応じると、お母さんが入って来た。

「今から買い物行くんだけど、一緒《いっしょ》に行かない？」

「いい。家に居る」

私にはやらなきゃいけないことがある。それに、気分じゃない。

「良《い》いから。ほら、行こう」

「何でよ。良《い》いって言ってるでしょ」

「服買ってあげる」

その手には乗るかっ……え？　服を買ってくれるの？

「ほんとに？」

「うん。お父さんには内緒《ないしょ》ね」

全然行きたくないけど、微塵《みじん》も行きたくないけど、そこまで言うなら吝《やぶさ》かじゃない。

しょうがないから、行ってあげよっかな。

「急にどうしたの？　良《い》い事《こと》でもあった？　怖《こわ》いんだけど」

突然《とつぜん》そんな事を言い出すから何だか気持ち悪くて、立ち上がりながら尋《たず》ねると、お母さんがこそっと「（昨日、ボーナス出たの）」と耳打ちして来た。

そう云《い》う事《こと》ね。ふーん。じゃあ、たっくさん買《か》って貰《もら》わなきゃっ！！！

「そしたら早く行こっ！　お店閉まっちゃう」

「琉実《るみ》と私は準備できてるから。あとは那織《なおり》だけ。さっさと支度《したく》しなさい」

もう、二人で抜《ぬ》け駆《が》けしてっ！　先に言ってよねっ！


ららぽーとに着いてからは、エイリアン2とかドーン・オブ・ザ・デッド状態だった。迫《せま》りくる閉店時間《モンスター》を気にしなきゃいけなくて、一マイクロ秒たりとも濫費《らんぴ》出来《でき》ない高度な立ち回りが要求された。詰《つ》まる所《ところ》、閉店時間までに、どれだけの衣類と化粧品《けしょうひん》を母上にたかれるかが、全ての分水嶺《ぶんすいれい》。琉実《るみ》は「がっつきすぎじゃない？」なんて冷笑《れいしょう》してたけど、甘い。甘すぎて歯が痛くなる。ミュータンスレンサ球菌《虫歯菌》が増殖《ぞうしょく》する。その余裕《よゆう》が命取りだと分かってない。

でも、私は琉実《るみ》を見捨てたりはしない。悲しいかな、私の腕《うで》は頭足類ほど多くないし、長時間に渡《わた》って荷物を把持出来《はじでき》る力は無い……ほんと、琉実《るみ》が居て良かった。ありがとう。心の底から感謝してる。だから「なんでわたしがあんたの荷物をっ！」って言われても、腹は立てないし、何なら穏《おだ》やかな顔で奉謝《ほうしゃ》の一言を添《そ》えられる――「琉実《るみ》がお姉ちゃんで良かった」

いやいや、本気で思ってるって。スーパーウルトラでっかく感謝してる。

偉大《いだい》でアルティメットな、妹想《おも》いの優《やさ》しき自慢《じまん》の御姉様《おねえさま》が尽力《じんりょく》してくれたお陰《かげ》で、私は納得《なっとく》行《い》く迄《まで》お買い物が出来た――と言いたい所だけど、時間が圧倒的《あっとうてき》に足りない。

だから私は、第二回戦を要求する！　次こそ私が連れ出してあげるからね。

「ねぇ、買ってくれるのは今日で終わり？」終わりじゃ無いよね？

車に向《む》かい乍《なが》ら、慈母《じぼ》に質問主意書を提出する。文書じゃないけど。

「こんだけ買って、まだ足りないの？」

両手に買《か》い物袋《ものぶくろ》を下げた琉実《るみ》が、横から口を挟《はさ》んで来《く》る。

「足りない。琉実《るみ》は足りたの？」

「わたしが買《か》って貰《もら》ったの、那織《なおり》の半分くらいなんだけど……」

「ほら、琉実《るみ》もっと買って欲しいって言ってるよ？」

「……言ってないし」

そこは乗っかってよっ！　何がアルティメットお姉ちゃんだっ！　あっちいけっ！

琉実《るみ》の場違《ばちが》いで余計な一言は無視して、私は再度アプローチを開始する。

「ねぇーえ、お母さんもデパートでバッグ買ったりするんでしょ？　するよね？　今日はその前哨戦《ぜんしょうせん》だよね？　その時は私も行きたーい」

「那織《なおり》の態度次第《しだい》かなぁー。それより、琉実《るみ》は？　那織《なおり》ばっかり不公平だよね」

「わたしは別に……あっ、新しいバッシュが欲《ほ》しいかも」

何それ。結局、欲《ほ》しいんじゃん――言ってやろうかと思ったけど、大人しくしとく。お母さんに態度次第《しだい》って言われたからじゃない。念《ねん》の為《ため》。

「よし、買ってあげようっ！　頼《たの》むなら今のうちだぞっ」

「ありがとっ！」

この流れなら、私も乗っかれるっ！　先《ま》ずは母君を誉《ほ》めそやしてしんぜよう。

「お母さん、超素敵《ちょうすてき》。醸《かも》し出《だ》す艶美《えんび》な佇《たたず》まいだけで、お父さんの息の根を止められそう」

「那織《なおり》、それ褒《ほ》められてる気がしない。どんだけお父さんを死なせたいの？」

うーん、私としては褒《ほ》めてるんだけど――やっぱ、感性の相違《そうい》が否《いな》めない。

車に乗り込んで、琉実《るみ》から受け取った荷物を開けて、褒賞《ほうしょう》の品を堪能《たんのう》する。

見てるだけで脳内麻薬《β・エンドルフィン》がドバドバ出てくる。たまんない。買い物最高すぎ。

「那織《なおり》、開けるのは帰ってからにしなさい」

運転席に乗り込んだお母さんが、ミラー越《ご》しに小言を言って来る――けど、今日の御母様《おかあさま》には抗《あらが》えない。多謝の気持ちしかありませんので。素直《すなお》に従います。「わかった」

助手席の眷属《けんぞく》が、すかさず「そういうとこ、変わらないよね」と讒謗《ざんぼう》を垂れて来た。

「琉実《るみ》、うるさい。黙《だま》ってて」

「はいはい。すみませんでした」

何、あの言い方。むかつく。自分だって子どもの癖《くせ》に。

「下らないこと言ってないで。ほら、ベルト締《し》めなさい」

動き出した車に揺《ゆ》られつつ、前の二人を見る。こんな風に三人でする買い物、私は言うほど嫌《きら》いじゃない――まあまあ好き。でも、ふとした時に物足りなさを覚える。

純《じゅん》君とか部長だったら拾ってくれる事が、前の二人には拾《ひろ》って貰《もら》えない。

自分の言いたい事が、正確に伝わらない寂《さび》しさを——寂しさ？　私は寂《さび》しいの？

「ちょっと遠回りして帰ろっか」

誰《だれ》にともなく、お母さんが言った。

ラジオから子供に関する相談が流れて来た。

最近、娘《むすめ》の帰りが遅《おそ》いです。まだ中学生なのですが——もうちょっと面白《おもしろ》そうな内容だったら聴《き》いても良かったけど、どうでもいい。興味無い。スマホを取り出してTwitterを開くと、お母さんが音量を下げながら「あんた達は真面目で助かってる」なんて乗っかり出した。

「お母さんなんて、あんた達くらいの頃《ころ》、夜遊びばっかしててねー。お祖母《ばあ》ちゃんにしょっちゅう怒《おこ》られてた。それで、見張られてるからって、二階のベランダから外に出たこともあったんだけど、下りるとき足をくじいちゃって、翌日バレたりして……って、親の私が言うことじゃないんだけどね。それから比べると、二人とも良い子でありがたい」

前々からそうだとは疑ってたけど、ガチの不良じゃん。それは感性に齟齬《そご》があって然《しか》るべきですよ。ほんと、私みたいな才媛《さいえん》が生まれたの、奇蹟《きせき》なんじゃないの？

「あー、それ、お祖母《ばあ》ちゃんが言ってた。てか、お母さんって、夜に何して遊んでたの？」

「うーん、公園とかで喋《しゃべ》ったりとかが多かったかな。気付くと朝、みたいな」

「そんなんで、よくあのお父さんと結婚出来《けっこんでき》たよね」

鬼《おに》同意。あの理屈《りくつ》っぽい偏屈《へんくつ》なお父さんとは、相容《あいい》れないタイプだと思うんだけど。

「お母さんだって、ずっと遊《あそ》び惚《ほう》けてたわけじゃないから。途中《とちゅう》で心を入《い》れ替《か》えて、ちゃんと受験勉強したし、大学行く頃《ころ》には清楚系《せいそけい》みたいな大人しい恰好《かっこう》して、就活の時なんてもう、完全に育ちの良《い》いお嬢様《じょうさま》みたいな雰囲気《ふんいき》だったんだから」

そう言って笑い声を上げるお母さんに、琉実《るみ》が楽しそうに「お父さんは、それに騙《だま》されたってこと？」と尋《たず》ねる。うん、その話、私ももっと聞きたい。

「お父さんは鈍感《どんかん》だから、今でも騙《だま》されてるんじゃない？」

お母さんの言いっぷりに、私も釣《つ》られて笑う。「ちょっと、リアルだからやめて」

「そう言えば、お父さんって、最初に会った時、バイクに乗ってたの。その話はしたことあるでしょ？　でね、まだ私が入行したばかりの頃《ころ》、締《し》めが遅《おく》れて残業になったことがあって。で、お父さんが『送るよ』なんて言い出してさ。自分で言うのもアレだけど、私、若い頃《ころ》は超《ちょう》モテてて、結構、色んな人が送ってくれたりしたのね。その所為《せい》で、女の先輩《せんぱい》とかから裏で色々言われてたんだけど、それは良《い》いや、それで、お父さんからそんなこと言われたの初めてで、私も驚《おどろ》いちゃって、面白《おもしろ》そうだったから『良《い》いんですかぁ』って答えたの」

前のめりになって、琉実《るみ》が先を急《せ》かす。「うん。それで」

「で、お父さんが単車に乗ってるのは知ってたんだけど、メットはどうするんだろうって観察してたのね。そしたら、ロッカーからヘルメット抱《かか》えて出て来て、『被《かぶ》り方《かた》わかりますか？』って真顔で言うのよ。え、この人、こういう時の為《ため》にメット用意してたんだぁって思ったら可《か》愛くなっちゃってさ。それで、私も調子に乗って『わかんないです』って言っちゃたのよ。銀行入る前までナナハン乗ってたのに」

　そう言って、お母さんが大声で笑い出した。

うん、確かに面白《おもしろ》いけど……面白《おもしろ》いけど、お父さん間抜《まぬ》け過《す》ぎない？

琉実《るみ》は何が面白《おもしろ》いのか分からないって顔で、「ななはんって？」と訊《き》く。

「そ。那織《なおり》、排気量《はいきりょう》なんて言葉、あんたよく出てきたわね。えーと、琉実《るみ》は排気量《はいきりょう》って言われてもピンと来ないよね。あれだ、エンジンの大きさ。そこそこ大きいバイクのこと」

「排気量《はいきりょう》でしょ」

「そんなに大きいバイク乗ってたの？」

「あんた達が生まれるずっと前の話よ。周りの男友達が乗ってたから、私も乗りたくって。ちょうど『湘南純愛組《しょうなんじゅんあいぐみ》！』とか『荒《あら》くれKNIGHT』とか……って知らないよね。昔、そういう漫画《まんが》が流行《はや》ってたのよ。バイクでやんちゃするみたいな。それは置いといて、それでお父さんのバイクの後ろに乗るんだけど、お父さんが超《ちょう》マジメな顔で、『陽向《ひなた》さん、ちゃんと掴《つか》まってて下《くだ》さい』って言うわけ。それがおかしくって。でも、マジメで可愛《かわい》らしい新人さんで通ってた私が、『学生の頃《ころ》から二ケツには慣れてんで、大丈夫《だいじょうぶ》っす』なんて言えないじゃない。あの時ほど、フルフェイスのヘルメットがありがたいって感謝した日は無かったわよ」

お父さん、ご愁傷様《しゅうしょうさま》。澄《す》ました顔してますけど、あなたの伴侶《はんりょ》はただの不良です。

「もしかして、お母さんって、暴走族だったの？」

琉実《るみ》、その疑心は正しい。私もそう思った。訊《き》こうと思ったくらい。

「やめてよ。私は違《ちが》うから。それより、今の話、お父さんには言っちゃダメよ？」

気付くと、車は高速に乗っていた。全然気付かなかった。

でも、話が楽しかったから、その事には触《ふ》れないでおく。

「言わないし、最早《もはや》ヤバすぎて言えないでしょ、それ。てかさ、それでどうしてお父さんと付き合うようになったの？　私としてはそこが一番気になるんだけど」

幾《いく》らお母さんが猫《ねこ》を被《かぶ》ってたとして、あのトレッキーでシャーロッキアンみたいな面倒臭《めんどうくさ》い理屈屋《りくつや》タイプとは合わなくない？　付き合う要素が全く見付からない。

「わたしも。それ、聞きたい」

「そうねぇ、私、男の人が頑張《がんば》ってるのを見ると、カワイイって思うんだよね」

「何それ。意味不明なんだけど。それが切《き》っ掛《か》け？」

「うん、そう。あれ、那織《なおり》は思わない？　男の人が私の為《ため》に一生懸命《いっしょうけんめい》になってくれてるって思うと、なんか、カワイイってなったりしない？」

ごめん、分かる。分かるけど、親相手に同意したくない。

「まぁ、そんな感じで、お父さんって、私のことを凄《すご》く大切にしてくれてて、色々と頑張《がんば》ってくれるのね。そんな姿を見てると、この人、カワイイなって。何て言うの、面倒《めんどう》を見てあげたくなっちゃうって感じかしら。それでお父さんから告白されて、OKしたって感じかな」

「江《え》の島《しま》で『これからも僕と色んな景色を見て下さい』って言われたんだよね？」

琉実《るみ》が笑いを堪《こら》えながら、ちらっと私を見た。

やめてよ、こっちまで笑いそうになるじゃん。

「よく覚えてたわね」

「だって、その話聞いた時、那織《なおり》と二人でめっちゃ笑ったもん。忘れないよ」

「そうそう。二人で大笑いした後、琉実《るみ》が『何度聞いても告白の言葉じゃないよね？それが告白だってわかるお母さん、凄《すご》くない？』って言って来て、また笑ったんだよね。だから私もめっちゃ覚えてる。実際、よくそれで告白されたって思ったよね。好意的に解釈《かいしゃく》したとしても、分《わ》かり辛過《づらす》ぎるでしょ。勘違《かんちが》いかもってならなかったの？」

「全然。だって考えてみなさいよ、お父さんだよ？　好きですとか愛してるなんて言うわけないじゃん。あれがあの人にとっては精一杯《せいいっぱい》だったの。それがまた可愛《かわい》かったんだけど」

仰《おっしゃ》る通《とお》りで。そんなんでよく、プロポーズはオーソドックスに『結婚《けっこん》して下《くだ》さい』って言えたよね。てか、気持ち悪い——危ない、想像するとこだった。うえっ。

「精一杯《せいいっぱい》って……『僕と最後のフロンティアを探検して欲しい』とかなら喜んで言いそう。本当はプロポーズの言葉だって、『僕と家庭と云《い》う名の船に乗りませんか？』みたいな事を言おうと準備してたんじゃないの？　危《あや》うく表札がエンタープライズになるとこだったよ」

「ちょっと、那織《なおり》っ……っく……やめて……お腹痛《なかいた》い……」

「そうよ、運転中なんだから……笑わせないで――ほら、通り過ぎるとこだったじゃない」

車が高速のサービスエリアに入っていく。

琉実《るみ》が不思議そうな顔でこっちを見る。ごめん、私もお母さんの意図は分からない。

「さ、着いたわよ」

「んーと、どういうこと？」

お母さんは琉実《るみ》の言葉を無視して、「少しは気が紛《まぎ》れた？」と私達の顔を交互《こうご》に見遣《みや》る。

ああ、そう云《い》う事《こと》だったんだ――焼野《やけの》の雉《きぎす》夜の鶴《つる》、ね。

「さて、甘い物でも食べますか」お母さんが車を降りた。

続いて車から降りると、疑問符《ぎもんふ》を浮《う》かべた琉実《るみ》が遅《おく》れて付いて来た。

「ね、那織《なおり》。これってどういうこと？」

「仲良くしろって事でしょ」

琉実《るみ》にそう告げて、お母さんを追《お》い掛《か》ける。

「夜のサービスエリアってわくわくするよね。最近はどこ行ってもキレイだし。単車乗ってる頃《ころ》はさ、イヤなことがあると、山ん中行ったり、意味もなく高速乗って、サービスエリアで自分のバイクを眺《なが》めて、缶《かん》コーヒーとタバコで一服して――あ、タバコだけは絶対に吸っちゃダメだからね。いい？　あと、タバコ吸ってたこと、お父さんには内緒《ないしょ》だからね？」

「言われなくても分かってる」

「よろしい。それでこそ、我《わ》が娘《むすめ》」

お母さんが、がしっと私の肩《かた》を組んで振《ふ》り返《かえ》る。「琉実《るみ》は何食べたい？」」

ねぇ純君《じゅんくん》。薄々《うすうす》感じてたけど、私のお母さん、やっぱりヤンキーだった。


（神宮寺琉実《じんぐうじるみ》）

※　※　※

午前中に勉強を終えて、午後は麗良《れいら》と約束。

昨日買《か》って貰《もら》ったボリューム袖《そで》のカットソーと、透《す》かし編《あ》みのマーメイドスカートをさっそく着て家を出た。いつもより大人っぽい感じがして、お店のガラスなんかに映った自分をつい見ちゃう。やっぱ、新しい服を着ると上がる。

駅で麗良《れいら》に会った時も、「今日の服、凄《すご》くカワイイ。超似合《ちょうにあ》ってる」って言われて、嬉《うれ》しくて心の中で那織《なおり》にお礼を言った——昨日、お店でどれにしようか悩《なや》んでいるわたしに、「それと組み合わせるなら……そっちのスカートにしな」って、雑な感じで言ってすぐに居なくなったから、ぶっちゃけちょっと疑ってたんだけど、うん、ありがと。やるじゃん。

麗良《れいら》が「琉実《るみ》見てたら、私も服欲《ほ》しくなっちゃった」って言うから、服を見よっかってなって、どこ行くか相談しつつ歩いてると、同い年くらいのカップルが喧嘩《けんか》していた。

麗良《れいら》は気にしてない感じで、見ようともしてなかったけど、わたしは小柄《こがら》な女の子の方になんだか見覚えがあるような気がして……あれって、ゆずじゃない⁉　絶対ゆずだっ！

「麗良《れいら》、あの子、ゆずだよね？」

「え？　あ、本当だ。全然気付かなかった。てか、めっちゃ喧嘩《けんか》してんね」

ゆず――名前は古間《ふるま》柚姫《ゆずひめ》。女バスの後輩《こうはい》で、今は中等部の三年生。ゆずは自己主張が激しいタイプで、よく可南子《かなこ》と言い合ってた。でも、基本イイ子だったし、人懐《ひとなつ》っこくて憎《にく》めないタイプだったから、わたしも含《ふく》め、みんな可愛《かわい》がってた。何かあると、すぐ「琉実《るみ》せんぱぁ～い、聞いてくださいよー」って駆《か》け寄《よ》ってきたりして、仲もよかった。

「あれ、彼氏《かれし》かな？」

「じゃない？　どうせ例のパターンでしょ」麗良《れいら》が苦笑《くしょう》した。

例のパターン……ゆずはすぐ彼氏《かれし》が出来るけど、秒で別れるで有名だった。よく恋愛《れんあい》相談されたけど、数日後にはけろっとした顔で「別れましたっ！」って言ってくるのはしょっちゅうで、可南子《かなこ》や麗良《れいら》なんか恋愛《れんあい》相談から逃《に》げてた。それで「もう彼氏《かれし》は要《い》らないです」って言ったすぐあとに、「彼氏《かれし》できました！」って。

可南子《かなこ》なんて、呆《あき》れつつも「なんでゆずばっか彼氏《かれし》すぐ出来んの？　おかしくない？　なんか技《わざ》とかあんの？　うちにも教えて欲しいんだけど」って、よくわたしに言ってた。

そんな子だったから、麗良的《れいらてき》には大して気にならなかったんだろう。

そうは言っても、トラブルとかだったら……って心配だったし、立ち止まって二人の喧嘩《けんか》を遠巻きに見ていると、ゆずが「知らないっ！　もう帰るっ！」と叫《さけ》んで、こっちに向かってきた。その場に残された茶髪《ちゃぱつ》の男の子は、ガシガシッとオーバーに頭を掻《か》いて、「勝手にしろっ」と吐《は》き捨《す》てるように怒鳴《どな》って去って行った。

ガチ修羅場《しゅらば》じゃん。

声かけづらっと思ったのも束《つか》の間《ま》、こっちに気付いたゆずが、「あれ、琉実先輩《るみせんぱい》と麗良先輩《れいらせんぱい》じゃないですかっ！　めっちゃ久しぶりですねー。え、いつぶりだろー？　先輩《せんぱい》たちが卒業して……あ、でも、一回、遊びに来てくれたから――って、もしかして、今の見てました？」と一気にまくし立てて、シュシュでくくったサイドテールを揺《ゆ》らした。

「うん、見てた……」

「ですよねー。てか、マジで久しぶりじゃないですか？」

「だね。どう？　元気してた？」

「もう、めっちゃ元気っすよー。てか、琉実先輩《るみせんぱい》、今日、めっちゃ大人っぽくないっすか？　もしかして、デート？　待って、そのスカート、超《ちょう》カワイイ。どこのですかー？」

ああ、ゆずのこの感じ、懐《なつ》かしいわ。

「それより、あんた、彼氏《かれし》は良《い》いの？」

麗良《れいら》が、わたしの手を握《にぎ》ってぶんぶん振《ふ》るゆずに言う。

「ああ、もう別れたんで気にしないで下さいっ。麗良《れいら》先輩《せんぱい》も元気してました？」

「うん、いつも通り。ゆずも相変わらずって感じだね」

「それより、先輩《せんぱい》たちって、これからどっか行く感じです？　ゆず、暇《ひま》になっちゃんで、良かったら一緒《いっしょ》にどっか行きません？　ケンカしてたら喉渇《のどかわ》いちゃいましたよー」

麗良《れいら》にちらっと視線を送ると、いいよって感じで軽く頷《うなず》いた。


ゆずと三人でカフェに入って、後輩《こうはい》たちの近況《きんきょう》を教《おし》えて貰《もら》ったり、やっぱり三年生は今年もウィンターカップに出ないとかそんな話をして、気付けば恋愛《れんあい》トークがメインになって、さっきのケンカの件をゆずに尋《たず》ねると、グラスの氷をストローでぐるぐる回しながら、「先輩《せんぱい》、聞いてくださいよー。あいつ、浮気《うわき》してたんですよ？　ありえなくないっすか？　なんか、ゆずと居てもめっちゃスマホ触《さわ》ってて、そんなんされたら気になるじゃないですか、んで、覗《のぞ》こうとしたら全力で逃《に》げるから、超怪《ちょうあや》しいーって思ってて。で、この前、見えちゃったんですよ！　案の定、あいつ、他の女子とふつーにＤＭしてて、遊び行こーとか送ってるんですよ？　ひどくないっすか？　だって、ゆずと一緒《いっしょ》に居る時ですよ？　デートしてる最中にそんなんします？　家に居る時とかなら、まだわかるじゃないですか、いや、それもめっちゃ嫌《いや》ですけど、ふつーに別れるレベルですけど、ゆずと居る時にやられるよりは百倍マシくないですか？　それで、あー、もういいやってなって。だからゆずは全然悪くないってゆーか、一〇〇パーあいつが悪くて。どーせ、ゆずと別れたの、チャンスくらいに思ってるんですよ。あいつ、さっき、ゆずに向かってなんて言ったと思います？　『ちょーどおまえに飽《あ》きたとこだった』ですよ？　ほんっとありえない。だから、今頃《いまごろ》は別の女と会ってますよ。絶対そう。マジ、男運悪くて超《ちょう》病《や》む。ゆず、めっちゃかわいそうじゃないっすか？　てか、クズ男の話はもうイイんです。次ですよ、次」と、驚異的《きょういてき》な立ち直りの速さを見せつけてくる。

ゆずのこういうとこ、ほんと凄《すご》い。

「そう言えば、麗良先輩《れいらせんぱい》って、まだ続いてるんですか？」

「うん。まだ付き合ってるよ」

「やばっ。超長《ちょうなが》くないっすか？　え、だって中等部の時からですよね？　ってことは、余裕《よゆう》で一年以上っすよね、長続きするコツって何なんですか？　ゆずに教えて下さいっ！」

「それ、わたしも聞きたい」

「ちょっと、琉実《るみ》まで何っ⁉　琉実《るみ》は散々聞いてるでしょ……えー、改めて訊《き》かれると、なんか困っちゃうな。不満があったら言い合うようにしてる、とか？」

「それでケンカになったりしないんですか？」

「なるけど、我慢《がまん》するよりは良《い》いかなって。てか、ゆずの場合、選ぶ相手が悪いんじゃない？

いつも軽そうな男子ばっかじゃん。見るからに浮気《うわき》しそうっていうか」

　わたしがずっと思ってたことを、ズバッと……「浮気《うわき》しそうは言い過ぎじゃない？」

「だってそうじゃん。もう少し落ち着いたタイプとかにすれば、少しは――」

「マジメ系みたいな感じですか？　そういう人は、ちょっと無理かもです。マジメっぽいとか理屈《りくつ》っぽいみたいなの、超苦手《ちょうにがて》で。頼《たよ》りになんないってゆーか、何考えてるかわかんないってゆーか、そもそも一緒《いっしょ》にいて楽しくなくないみたいな。ノリ合わないと、遊んでても楽しくないじゃないですか。ノリが合わないのは、マジ無理です」

　えっ、なんか、わたしに刺《さ》さるんだけどっ！　何これっ⁉

「で、でもさ、そういう人の方が、誠実だったりするかもよ」

「だとしても、無いっすねー。そういう対象として見れないです」

　ああ、そう。そっか、うん。なんか、ごめん。

「ゆず、その辺にしとこっか」

「麗良《れいら》、いいから。大丈夫《だいじょうぶ》」

「え？　ゆず、なんかマズいこと言いました？」

「いやぁ、琉実《るみ》って、そういうタイプが――」

「麗良《れいら》、やめて。わたしは大丈夫《だいじょうぶ》だから」これ以上言われたら、わたし死んじゃう。

「あ、琉実先輩《るみせんぱい》ってそっち派なんですか？　ちょっと、先言って下さいよー、めっちゃ悪口言っちゃったじゃないですかぁ。地味にダメージくらっちゃいました？　マジすいません。てか、逆にききたいんですけど、琉実先輩的《るみせんぱいてき》には、そうゆう人のドコが好きなんですか？　推《お》しポイントは？　あ、もしかして、今好きな人がいて、もろそっち系な感じですか？」

「わたしの話はいいって」

「えー、聞きたーい」ゆずが両手に顎《あご》をのせて、目を輝《かがや》かせてくる。

はぁ、しょーがないなぁ。

仕方なく、純《じゅん》についてさらっと——あくまでさらっと話すと、ゆずがぽつり「うわ、あいつみたい」と呟《つぶや》いた。麗良《れいら》が「あいつって？」と訊《き》くと、ゆずが「うちの兄貴」と答えた。

「もしかして、ゆずって、お兄ちゃんが嫌《きら》いだから——」

「あいつの話はやめてください。それより、今は琉実先輩《るみせんぱい》の話ですよ。その幼馴染《おさななじみ》の——って、もしかして、その人って琉実先輩《るみせんぱい》が付き合ってたって噂《うわさ》の相手だったりとか？　中等部の時、そういう話、ありましたよね？」

後輩《こうはい》にまで浸透《しんとう》していたんだ……そんな気はしてたけど。

どうせバレてるんだったら、言ってもいっかぁ。

「あー、まぁ、そんな感じ」って濁《にご》して終わりにしようとしてたんだけど、ゆずがめっちゃ食い付いてきて、それからずっと質問攻《しつもんぜ》めにされて、挙げ句の果てには「琉実先輩《るみせんぱい》、今度、その人に会わせて下さいっ！　ゆずがガツンと言ってあげますよっ！」とか言い出して、ここに呼んで下さいとでも言い出しそうな雰囲気《ふんいき》で、わたしにも責任はあるんだけど、勢いに任せて愚《ぐ》痴《ち》っぽいこと言っちゃた手前、なだめるのにめっちゃ苦労した。

気持ちはありがたいんだけど、気持ちだけ受け取っておく。

ゆずが出てきたら、今以上に面倒《めんどう》なことになる。断言する。

※　※　※

（白崎純《しろさきじゅん》）


先日の玄関《げんかん》での一件について——琉実《るみ》とキスしていたことを母さんは知っていた——と云《い》うか、見られていた。もう何もかもが限界だった。歪《ひず》みが時々刻々と大きくなっていく。

昨晩のことだ。夕飯の後、いつも通り自室で勉強をしていると母さんが入ってきた。

「ちょっといい?」

部屋に入るなり、重苦しい口《くち》振《ぶ》りで母さんが言った。

その言い方が普通《ふつう》じゃなくて、僕は思わず身構えた。

「何?」

「純《じゅん》は琉実《るみ》ちゃんのことが好きなの?」

「え?」意外な言葉に、理解が遅《おく》れる。

「この前、抱《だ》き合《あ》ってるところ、見えちゃったんだよね」

頭が真っ白になった。完全に思考《フリーズ》が停止した。

「まだ話してるのかなって、こうカーテンを、ね。そしたら……」

そうだよな。そりゃそうだよ。家の前なんだから当然だ。

ああっ、僕はなんて初歩的なミスを犯《おか》してしまったんだ。

「あなた達が仲良いのは知ってるけど、あれを見ちゃうと、仲が良《い》いの意味が違《ちが》うのかなってなるじゃない。今日も来てたみたいだし。だから、純《じゅん》はどう考えているのかなって気になったの。こういうことに親が口を出すのもなぁって分かってるんだけど、二人のことは娘《むすめ》みたいに思ってるし、悲しませるようなことだけはして欲しくないの。それは分かるよね？」

「もちろん分かってるよ。あれは……落ち込んでたから元気付けたんだよ。頑張《がんば》れって意味でしたまでで、深い意味はないし、そういう意図じゃない」

「そっか。琉実《るみ》ちゃん、落ち込んでたんだ」

「ああ。部活で上手《うま》く行ってないみたいで――」

「それでキスまでしちゃうのね」

僕は死んだ。

「純《じゅん》もそういう年齢《ねんれい》だから興味あるのは当然だし、細かいこと言う気は無いけど、家の前でっていうのは、もう少し考えた方が良《い》いんじゃないかしら。ご近所さんからも丸見えだったと思うわよ。それで……琉実《るみ》ちゃんとは付き合ってるの？」

「付き合っては、ない」

「そうなんだ。付き合うかもってところ……だったりするの？」

何て答えれば良いんだ？　と言うか、今日はやけに食い下がって来るぞ？

「その辺はちょっと複雑というか……その可能性も無いわけじゃなくて……」

「なるほどね。大体わかった」

今ので何がわかったんだ？　下手な勘違《かんちが》いでもされたら、それはそれで——

「陽向《ひなた》さんとはいつもあなた達の話をしてるから、純《じゅん》には言ってないだけである程度のことは知ってるの。母親同士、気付くこともたくさんあるから。だからね、もう一度言うけど、あの二人を悲しませるようなことだけは、しないでね。それと、自分で責任の取れない行動はしないこと。避妊《ひにん》の大切さは、言われなくてもわかるよね？」

何だこれ。母さんは一体、何を知ってるんだ？

てか、親からこの手の話をされるのは、マジで精神的にくる。

早く終わってくれ！

そう願って、どうにか「分かってる」と返答したが、母さんは喋《しゃべ》るのを止《や》めない。

「純《じゅん》にはまだ早いかも知れないけど、それくらいの年頃《としごろ》だと有り得ない話じゃないし、医療《いりょう》従事者として、もちろん親としても言っておかないとね。あと、あの二人は純《じゅん》が思ってるよりずっと大人よ。だから、ちゃんとひとりの女性として考えてあげなさい」

「分かってるよ」

「それなら良《い》いけど……ところで、那織《なおり》ちゃんの下着、本当は何だったの？」

「本当も何も、話した通りだよ」

「そう。私はてっきり、純《じゅん》が那織《なおり》ちゃんの気に障《さわ》ることをしたんじゃないかなって考えてたんだけど、違《ちが》うのね。私の思い過ごしだったなら良《い》いの。気にしないで」

ここで尋《たず》ねるのは悪手だと分かりつつも、訊《き》かずには居られなかった。

余りにも母さんの想像通りだったから――「何でそう思った？」

「だって那織《なおり》ちゃん、昔からそういういたずら、好きじゃない」

「なるほど。でも、前に言った通りだ」

「うん。そういうことにしておくね。ただ、女の子はそんなに待ってくれないよ」

そう言い残して、母さんは部屋を出て行った。

どっと疲《つか》れた。生きた心地《ここち》がしなかった。

すべて見透《みす》かされている気分だった——いや、すべて見透《みす》かされていると思った方が良《い》い。

勉強をする予定だったが、それどころじゃない。そんな気力、僕には残されていなかった。

母さんはおばさんと話をしていると言った。それが何を意味しているのかは推知する他ないのだが、おばさんの察しの良さからすると、琉実と那織の気持ちについて何かしら感じ取っているに違いない。母さんは何度もあの二人と言った。強調していたと言っても良い。

それはつまり、どちらか一方の話ではなく、二人の話と云《い》うことだ。

全部筒抜《つつぬ》けなんだろうな……筒抜《つつぬ》けと言えば、母さんは那織《なおり》のパンツの件についても言及《げんきゅう》していた。洗《あら》い浚《ざら》い白状しても良かったんじゃないかと思《おも》い做《な》すくらい、母さんの推考は正確だった——那織《なおり》の動機すらも。

待てよ。だとすると、那織《なおり》が泊《と》まったことも既《すで》に——さっきの言い方からすると、分かって訊《き》いている可能性もゼロじゃない。それならそれで、開き直るしかないだろう。最悪、泊《と》まったことが露見《ろけん》するのは構わない。文字通り、泊まっただけだ。あの日、僕と那織《なおり》の間には何も無かった。キスはしたが、それ以上は無い。どれだけ疑われようが、それが事実であり、そこに嘘や偽りは無い。詰められたとして、欺騙する必要も無い……が、あくまでバレているかも知れないだ。バレたわけじゃないし、わざわざ墓穴《ぼけつ》を掘《ほ》りに行く必要はない。

白日の下《もと》に晒《さら》されて困る事実があるとすれば……いや、幾《いく》ら母さんでも那織《なおり》とお風呂《ふろ》に入ったなんて思う筈《はず》は――これ以上の壁越《かべご》し推量はやめよう。僕の精神が持たない。

風呂場《ふろば》の一件は別として、ある程度は知られている前提で動く。結論は以上。

これ以上は考えないと決めたのに、風呂《ふろ》の中で、寝床《ねどこ》の中で、僕の頭の中はずっと母さんの

言動や二人のことで一杯《いっぱい》だった。気付けば暁闇《ぎょうあん》――夜が明けようとしていた。

目覚めは最悪だった。母さんの顔を見たくなかった。家に居たくなかった。

朝とお昼が一緒《いっしょ》になったご飯を急いでかき込み、僕は教授の家に逃《に》げ込《こ》んだ。教授と趣味《しゅみ》の話や下らない話をして、頭を切《き》り替《か》えたかった。

「で、今日は何だよ」

収納や整理と云《い》う概念《がいねん》の存在しない、お馴染《なじ》みの部屋に僕は居た。この部屋に比べれば、片付ける前の部室（諸々を端《はし》に寄せて掃除《そうじ》しただけだが）すら、整然と言えるだろう。

「色々と考え過ぎて、勉強が手に着かない」

「あれだけ神宮寺《じんぐうじ》にデレデレしといて、よく言うぜ」

「デレデレはしてないだろ」

「少なくとも、周りから見てる限り、デレデレしてるぞ」

そ、そんなつもりは……って、僕は周りからそう見られてたのか？

「神宮寺《じんぐうじ》に決めたのかと思ってたが、まだうじうじ悩《なや》んでんのか？」

「それは何と言うか——って、その話は良《い》いんだ。今日はその話をしに来たんじゃない。気を紛《まぎ》らわせたいっていうか、気分転換《てんかん》がしたいんだ」

「なるほど。つまり、バカ話がしたい、と」

「言葉は悪いが、その解釈《かいしゃく》で概《おおむ》ね相違《そうい》無《な》い」

教授が立ち上がって、「身構えて損したぜ」と言って部屋を出て行った。五月に来た時に比べると、微々《びび》たる変化ではあるが、片付けようと試みた形跡《けいせき》——蓋《ふた》の閉まっていない収納ケースが部屋の隅《すみ》に幾《いく》つかある。カッパドキアの奇岩《きがん》みたいに乱立する塔《とう》を、ようやく崩《くず》す気になったらしい。愚公移山《ぐこういざん》とも言うし、やる気があるだけマシだよな、なんて考えていると、教授がペットボトルを手に戻《もど》ってきた。

「やっぱ俺、彼女欲《ほ》しいわ」

ベッドに腰《こし》を下ろした教授が、ペットボトルを僕に手渡《てわた》して言った。

短くお礼をして、教授の言葉に応じる。「良《い》いんじゃないか。応援《おうえん》するよ」

「何だよ、その気の抜《ぬ》けたコメントはっ！　俺は真剣《しんけん》なんだぞ」

「僕だって真面目だったぞ。素直《すなお》に応援《おうえん》するって……気になる人でも出来たのか？」

「いや、居ねぇ。ただ、今度こそ真剣《しんけん》に付き合うって決めた……勘違《かんちが》いするなよ、今までが真《しん》剣《けん》じゃなかったって意味じゃねぇからな。俺はいつだって真剣《しんけん》だった」

「何も言ってないだろ」

「いや、目が言ってた。まぁ、いい。俺の敗因は短期勝負にこだわりすぎたことだ」

「そうだな。僕を含《ふく》め、みんながそう思ってた。やっと気付いたようで安心したよ」

「茶化すなって。俺だってわかってたさ。ただ、中学生のうちに童貞《どうてい》を捨てたかったんだ。早くしないと高等部に上がっちまうって、焦《あせ》ってた。俺の夢だったんだよ」

ペットボトルを握《にぎ》り締《し》め、教授が破れた夢追い人よろしく「もう叶《かな》わないがな」と零《こぼ》した。

遅《おく》れてピキっと蓋《ふた》の開く音がして、教授がコーラを口に含《ふく》む。

この空気はなんだ……半端《はんぱ》じゃなく重いんだが。

「その、なんて言うか、残念だったたな」

「まったくだ。俺はただ、童貞《どうてい》を捨てたいだけなのに、踏《ふ》まれたかっただけなのに――たったそれだけのことが、なんで叶《かな》わねぇんだ。くそっ、この世はどうかしてんじゃねぇのかっ！」

これは突《つ》っ込《こ》み待ちか？　それとも、本気で言ってるのか？

「言いたいことは沢山《たくさん》あるが……まずは相手だな」

「というわけで、誰《だれ》か居ないか？」教授が向き直って、朗《ほが》らかな顔で爽《さわ》やかに言った。

「僕に紹介《しょうかい》できるような知り合いが居る訳ないだろ」

「でも、弓道部《きゅうどうぶ》とか――」

「僕は誘《さそ》いを断った身だ、絡《から》みづらいのが正直なところだ」

「それで言えば、教授だってサッカー部のマネージャー……は告白済みだったな」

「ゴミを見るみたいな目で、『ないわ』って言われたわ」

どんな告白したんだよ……絶対「やらせてくれ」的なこと言ったろ。

そんなことより——「そもそもで悪いんだが、ちょっと訊《き》いて良《い》いか？」

「おう、なんだ？」

「前々から気になってたんだが、彼女って、最初に好きが来るんじゃないのか？　好きだから付き合う、というかさ。教授の場合、付き合うことが目標って感じがする——別に責めてるとかじゃなくて、単純な疑問なんだけど……ダメだ、うまく言語化できない」

「白崎《しろさき》の言いたいことは、何となくわかる。要はあれだろ、好きだから付き合うのであって、付き合ってから好きになるだと、順番が違《ちが》くないかって話だよな？」

「そんな感じだ。好きがスタートじゃなくて、付き合うがスタートって言いたかった」

「いかにもマジメ君って指摘《してき》だな、白崎《しろさき》らしくて安心する」

マジメ君って言い方が癪《しゃく》に障《さわ》る……が、まぁいいだろう。

それより、僕の指摘《してき》はそんなに変だろうか？　「何だよ、変なこと言ったか？」

「そんなことない。至極《しごく》真っ当な意見だよ。好きが高まった結果、相手に告白する。理想だよな。でもさ、相手は？　告白された側は？　両想《りょうおも》いなら何の問題もないが、現実はそうじゃなくないか？　お前らみたいに、好き同士って確率の方が、断然低いよな。好き同士じゃないのに相手がＯＫした場合、相手は『付き合っても良《い》いかも』程度だと思うんだ。だったら、告白する側が『付き合ってみたい』レベルでも良くないか？」

「釈然《しゃくぜん》としないが、確かに理屈《りくつ》は通ってるな」

言われてみれば、告白された側は、必ずしも両想《りょうおも》いだから応諾《おうだく》しているわけじゃない。

僕だって同じだ。

琉実《るみ》から告白された時の僕は、那織《なお》への想《おも》いを無かったことにしようとしていた。琉実《るみ》のことが誰《だれ》よりも好きで、告白を受け入れたわけじゃない。言《い》い換《か》えるなら、琉実《るみ》は誰より、も、好きな女の子ではなかった。だから、教授の言わんとすることは理解出来るし、付き合ってから好きになるは十分にある――とは言え、僕は琉実《るみ》を女の子として見ていたし、初恋《はつこい》相手の那織《なお》を除けば誰《だれ》よりも好きな女の子ではあった。そこが決定的に違《ちが》う。

あの時の僕を正確に著《あらわ》すなら、那織《なおり》を除いたから琉実《るみ》の告白を受け入れた、が正しい。

「だろ？　白崎《しろさき》は初手から恵《めぐ》まれすぎてんだよ」

「そうだな。自分でもそう思うよ」

考える度《たび》にそう思う。それは認める。

「やけに素直《すなお》だな……ようやく、ありがたみがわかったか」

「ありがたみは常に感じてるさ。さっきの確率論で言えば、僕は恵《めぐ》まれてる。当然、自覚もしてる。だからこそ、そろそろ決断しなきゃいけないことも分かってる」

実際、今の関係に限界を感じつつある。至る所で軋《きし》む音がする。女の子に言い寄られるありがたさをそのまま享受《きょうじゅ》して、開き直って楽しめるほど、僕は器用じゃない。

器用じゃないが故《ゆえ》に、この耐《た》えられなさから抜《ぬ》け出《だ》したい。

「ま、神宮寺《じんぐうじ》と風呂《ふろ》に入った時点で、もう死んでもいいだろ」

「……その話は忘れてくれ」

勢いで教授に言ったこと、どれほど後悔《こうかい》したことか。

「忘れるか。おまえが自分で言ったんだろ」じとっとした目付きで言った教授が、少し間を置いて摯実《しじつ》な顔になる。「ただ、これだけは覚えておけ」

「ん？」

「いいか、俺より先に童貞《どうてい》を捨てたら一生口利《くちき》かねぇからな。チャンスがあっても、俺が童貞《どうてい》を捨てるまでは待ってろ。俺は絶対に白崎《しろさき》より先にヤってやる」

「……それが次の目標か？」

「おう。そういうことだから、絶対に抜《ぬ》け駆《が》けすんじゃねぇぞ。桃園《とうえん》の誓《ちか》いだ」

「劉備《りゅうび》と関羽《かんう》と張飛《ちょうひ》……一人足りないな。安吾《あんご》でも巻き込むか？」

「あいつはしれっとヤりそうだから、ダメだ。イケメンバスケ部は信用ならねぇ」

「信用される顔で良かったよ」

「白崎《しろさき》の顔がどうであれ、彼女探しの第一歩として、女子について深く知る必要がある。彼を知り己《おのれ》を知れば百戦殆《あやう》からずって言うだろ？　で、神宮寺《じんぐうじ》の裸《はだか》はどうだったんだ？」

何度目だよ、その質問。何度聞かれたって言うもんか。

※　※　※

（神宮寺《じんぐうじ》那織《なおり》）

気鬱《きうつ》に満ちた幽愁《ゆうしゅう》な学生生活の貴重で清閑《せいかん》なるオアシス――お昼ご飯。最近は放課後の部活がオアシス入りしたけど、それはそれ。これはこれ。ノエル・ギャラガーとリアム・ギャラガーくらい違《ちが》う。満たされる部分が違《ちが》う。純《じゅん》君でお腹《なか》は一杯《いっぱい》にならない――純《じゅん》君で満たすのは精神的な部分。お昼にお腹《なか》を満たし、登校時と放課後から下校の時間は精神を満たす。合間の授業さえなければ、なんと充溢《じゅういつ》した人生なんだろう。

「先生、日曜日は何してたの？」お弁当箱を広げて、部長が顔も上げずに言う。

「昨日はこれと云《い》って何もしてないなぁ。課題片付けて、本読んで映画観《み》てた」

「じゃあ、引きこもりだ」

「うん、大半はベッドの上に居た。部長は？」

「私も似たようなもんかなぁ。あ、でもね、慈衣菜《しえな》ちゃんとネトゲしたよ」

「つまり、麗《うるわ》しき貴重な女子高生と云《い》う時間を、無為《むい》に過ごした訳ね」

「無駄遣《むだづか》いみたいに言わないでよ。趣味《しゅみ》に勤《いそ》しんでるんだから有益です。先生だって、ずっとベッドの上に居たんでしょ？　そっちの方が余程《よほど》無為《むい》に過ごしてると思うけど？」

「だって、純《じゅん》君は教授と会うとか言ってて、会ってくれなかったんだもん」

一緒《いっしょ》に映画でも観《み》ようかと思ったのに。

「女子高生さんは、教授君に負けちゃったんだね。先生、かわいそう」

「はぁ？　この私が教授に負けたっ!?　聞き捨てならないんだけどっ」

「だって、白崎《しろさき》君は先生の誘《さそ》いを断って、教授君と遊んでたんでしょ？　負けちゃったね」

運動会で負けた我が子に語《かた》り掛《か》けるみたいな声色《こわいろ》で、上《うわ》っ面《つら》だけの憐憫《れんびん》を瞳《ひとみ》に宿した部長が、お弁当に入っていた卵焼きを口に入れた——この小娘《こむすめ》がっ！！！

「違《ちが》うからっ！　教授が先に約束してたからなのっ！　純《じゅん》君は義理堅《ぎりがた》いから、本当は私と会いたかったのを泣く泣く呑《の》み込《こ》んで、致《いた》し方《かた》無《な》く教授と会っただけだし。そうでも無きゃ私が無下にされる訳ないじゃん。普通《ふつう》に考えれば分かるでしょ。全く」

ほんと、失礼しちゃう。もう部長なんて知らないっ。無視してご飯食べよ。

ウインナーの皮が口腔内《こうこうない》で弾《はじ》ける。はぁ、この安定感が愛おしい。

「先生、本当はところはどうなの？」

Speech《雄弁》 is《は》 silver《銀》, silence《沈黙》 is《は》 golden《金》.——私は銀よりもお金が好きです。

はぁ、ミートボール美味《おい》しい。ケチャップソースが移ったレタスも美味《おい》しいな。

「ちょっと、無視しないでよ」

「だって、部長が意地悪言うから」

「ごめんね。少しばかりナイーブな問題だったね。先生、悔《くや》しかったんだね」

「別に悔《くや》しくなんて……」

「悔《くや》しかったんでしょ？」部長が、優《やさ》しく尋《たず》ねる。

「うん。悔《くや》しかった」一度認めると、続け様に負の感情が溢《あふ》れ出《で》て来《く》る。「だって私は、お家《うち》デートしよって、先週の水曜日には言ってた。それなのに、土曜日、純《じゅん》君は琉実《るみ》と二人で会ってた。でも、それは良《い》いの。ちゃんと消化したから――日曜日は相手してくれるかなって期待してたから、消化できた。それが潰《つい》えた私の不満、想像出来るでしょ？」

「そっか。そうだったんだね。中々上手《うま》く行かないね。やっぱりさ、下着を家に置いて来るのはやりすぎだったんじゃない？　流石《さすが》の白崎《しろさき》君でも、我慢《がまん》の限界だったとか？」

「純《じゅん》君が本気で怒《おこ》ってるかどうか位、私、分かるよ？　諫言《かんげん》はあったけど、ねちねち審訊《しんじん》された訳じゃないもん。だから、可愛《かわい》いいたずらとして受け止めてくれたと思う……それより、純《じゅん》君は私に会いたいってならないのかな、って」

「そればかりは白崎《しろさき》君のみぞ知るってとこだし、難しい問題だね。捨て身の猛攻《もうこう》を以《もっ》てしても尚《なお》、落城せぬ鉄壁《てっぺき》の守り――超前向《ちょうまえむ》きに釈義《しゃくぎ》するならだけど、先生のことを意識しすぎてどう向き合って良《い》いか困ってるとか？　ほら、トルストイも『あらゆる肉体的幸福は、他の存在に被害《ひがい》を及《およ》ぼすことによってのみ、ある存在のものとなることを、人は知らなければいけない』

って言ってたじゃん。文字通り、白崎《しろさき》君が被害《ひがい》を受けてない？　苦しめてない？」

部長の言葉が鋭《するど》すぎて、紅血が指の隙間《すきま》から流れ出ようと——違《ちが》うよね？　そんな事無いよね？　純《じゅん》君だって望んでいるよね？　理性がちょっと邪魔《じゃま》してるだけ。だから私は、純《じゅん》君がこれ以上我慢しなくて良《い》い様《よう》に、その理性を取り除きたくて……あれ？　逆に我慢させてる？

「もしかして、私って純《じゅん》君を苦しめてる？　やばいかな？　やり過ぎたかな？」

「それは白崎《しろさき》君に訊《き》いてみないと何とも。私達がどれほど言葉を並べた所で、憶測《おくそく》にしかならないし。実際、どうなの？　白崎《しろさき》君は本気で嫌《いや》がってるの？」

「嫌《いや》がっては無いけど、これ以上は我慢出来《がまんでき》ないからやめてくれ、とは言われた」

「それは嫌《いや》がってるとは違《ちが》うの？」

「え？　違《ちが》うでしょ？　それ以上されると、理性を保っていられる自信が無いし、歯止めが利《き》かなくなるからここまでにしてくれって意味でしょ？」

「理性を保っていられない、か。我慢出来《がまんでき》ないからって言われたなら、そうなるかぁ。あの白《しろ》崎《さき》君がねぇ。先生が作ったんじゃなくて、本当にそう言ったの？」

「何でそこ疑うの？　言った！　相も変わらず失礼極《きわ》まり無《な》さすぎでしょ。理性で一括《ひとくく》りにしたから分《わ》かり辛《づら》かったかもだけど、純《じゅん》君の倫理《りんり》的《てき》な制動《ブレーキ》の中には、明確な転換点《てんかんてん》を設けずに今の関係を崩《くず》したくない、まだ仲の良《い》い三人の儘《まま》で居たいって云《い》う甘えと恐《おそ》れと優《やさ》しさが渦巻《うずま》いている事位、私だって分かってるよ。純《じゅん》君は優《やさ》しいから、琉実《るみ》に何かあったり頼《たの》まれたりするど、断れずにそっちに行っちゃう——それなのに、私のお願いは聞いてくれない。それが嫌《いや》なの。琉実《るみ》に構うなとは言わない。ただ、私を一番にして欲しい。だからこそ私は先に進みたいし、進めたい。今までの曖昧《あいまい》な関係がある種の均衡《きんこう》を保っていたのは事実だし、歪《ゆが》んだ居心地《ごこち》の良さもあった。けど、今の私はそれが辛《つら》い。これ以上蔑《ないがし》ろにされたくない」

「にゃる。膠着《こうちゃく》状態を打破する為《ため》には、ショック療法《りょうほう》しかない、と。安定の負けヒロイン的発想だけど、ショック療法《りょうほう》が有効な側面はあるよね。あれこれ言っても、先生は白崎《しろさき》君と付き合い長いし、塩梅《あんばい》は心得た上でやってるんでしょ？　だから私はもっとやっちゃえって煽《あお》るわけだし、本気で応援《おうえん》してるんだけど……まぁ、白崎《しろさき》君も嫌《いや》なら全力で拒否《きょひ》するよね」

「でしょ？　口では良くないよとか言う癖《くせ》に、積極的に応じてくれるもん。それもめっちゃえろい感じのキス。だから、純《じゅん》君はキスするの好きだと思う。それに——」

「それに？」

「勃《た》ってた」

「ちょっと先生っ、時間考えてよ。まだお昼なんだから……詳《くわ》しく聞かせて頂けます？」

それから暫《しばら》くむっつり小娘《こむすめ》に付き合って、猥談《わいだん》——もとい、女子《ガールズ》トークに華《はな》を咲《さ》かせて、気付けばお弁当が全然進んで無かった事実に愕然《がくぜん》として、慌《あわ》ててお茶で流し込んでなんとか食べ切った。お弁当箱を片付けていると、部長が手を止めて私をじっと見た。

「先生、力になれるか分からないけど、私は常に先生の味方だからね」

「ありがと」

憎《にく》まれ口《ぐち》ばかり叩《たた》くけど、ちゃんと伝わってるよ。私だって、部長の味方だもん。

「先生の話を信じるなら、白崎《しろさき》君は先生に揺《ゆ》らいでる気がする」

「やっぱ、そうだよね。あとは何かの切《き》っ掛《か》けさえあれば――」

「思いっ切り甘えてみたら？　色仕《いろじ》掛《か》けも良《い》いけど、男の子ってそういうのにも弱いんじゃない？　さっきの先生の話じゃないけど、白崎《しろさき》君が琉実《るみ》ちゃんの世話を焼くのって、弱いところを見せてるからじゃない？　琉実《るみ》ちゃんの場合、狙《ねら》ってやってるとかじゃなくて、白崎《しろさき》君のことを信頼《しんらい》してるからこそ、弱い姿を見せることが出来るって感じかな。その点先生は、白崎《しろさき》君から那織《なおり》は一人でも大丈夫《だいじょうぶ》、みたいに思われてる可能性が高いっていうのかな、先生は意地っ張りだし、自信過剰《かじょう》で高飛車で高慢《こうまん》だし、傲岸不遜《ごうがんふそん》でしょ？」

「ちょっと待ってっ！　前半はそれっぽい事言ってたのに、後半は完全に悪口だよね？」

「違《ちが》うよ～。先生みたいに高潔な人を表す言葉が見付からない余り、迷子になっちゃっただけだって。それは横に置いておいて、私が言いたいのは、か弱い姿を演じつつ甘えてみたらどうかなって話。白崎《しろさき》君がその手の女の子に弱いかは先生の方が詳《くわ》しいだろうし、どんな手練手管で籠絡《ろうらく》させるかは先生の判断に任せるとして、アプローチにも変化は大切でしょ？」

腹に据《す》えかねる部分はあるけど、部長の言う事は至極尤《しごくもっと》もだ。確かにそう。

思いっ切り甘える――うん、悪くないんじゃない？

「減らず口マイスターにしては的確な進言かも。採用してしんぜよう」

「こう見えて、恋愛《れんあい》方面も沢山《たくさん》勉強しておりますので」

「部長の場合、メインは男同士だけどね」

「恋愛《れんあい》に性別は関係無いでしょ？」

「そうだね。それに関しては、仰《おつしや》る通《とお》り……あっ！」

「何？　私、何か変なこと言った？」

「ううん、そうじゃなくて——」男同士で思い出した。「マープルとの勝負、どうしよっか」

「どうしよっかってどういうこと？　この前、勝負するんだって息巻いてたじゃん」

「そうなんだけど、マープルとの連絡《れんらく》手段が無いんだよね……部長、訊《き》いて来《き》て」

「何で私なの？　嫌《いや》だよ。先生が勝負するんでしょ？　てか、私からしたら勝負しなくても全然構わないし、勝負するなら私を巻き込まずに余所《よそ》でして欲《ほ》しい」

「だめ。それは許さない。訊《き》いて来《き》て。ずるずる引っ張って夏休みになっちゃったは無し」

「……私が訊《き》くの？　先生とチェスしませんかって？」

「うん。一字一句そのままで良《い》いんじゃない？」

「えー、超嫌《ちょういや》だ。二年生の教室に行きたくない」

「しょうがないなぁ。勇気が出るようにガゼルの言葉を贈《おく》るよ——人を片っぱしから殺したくなったらこのおまじないを唱えるんだ、効くよ、いいか覚えろよ、ダチュラ、ダチュラだ」

「うるさい。先生がダチュラだよ」

「残念でした。私には効きませーん。ま、どうしても二年の教室に行きたくないなら、美術部の先輩《せんぱい》に言伝《ことづて》を頼《たの》むとか……知り合いじゃなくても、同学年だったら最大仲介数はそこまで多くないんじゃない？　ほら、六次の隔たりって言うでしょ？」

「……考えとく。考えとくだけだからね。あと、私、今日は美術部の方に行くから——別にさっきの話とは関係無いからね」部長が立《た》ち上《あ》がり乍《なが》ら言った。「その目は何？」

「別に。何も言ってないじゃん」この照れ屋さんめ。

「違《ちが》うって言ってるでしょっ！　勘違《かんちが》いしないでっ！」


放課後、部室に向かうと依田先生《マスター》が立っていて、「お、神宮寺《じんぐうじ》。ちょうど良かった。これを渡《わた》そうと思ってな」と言い乍《なが》ら《現代文化研究部》と書かれたプレートを手渡《てわた》して来《き》た。

「先週渡《わた》すべきだったんだが、失念していた。すまない」

「大丈夫《だいじょうぶ》です。部が承認《しょうにん》されて、この部屋を使う大義名分が出来ただけで満足ですから。でも、実際に部の名前が書かれた物を見ると、嬉《うれ》しいですね。ありがとうございます」

くすんだ金属のフレームから、依田先生《マスター》が第三会議室と書かれたプレートを抜《ぬ》いて、「あとはよろしく」と告げて去って行った。その姿を見送って、私はプレートを差し込んだ。

教職員やＰＴＡが会議をする、クッション厚めの肘《ひじ》掛け椅子《いす》が並んだ第一会議室。別館にある、部活や委員会なんかで生徒が使ったり、イベントで貸したりする第二会議室。どちらもちゃんと役割があるけど、第三会議室は什器《じゅうき》が押し込まれただけで、機能していなかった。私達が使ってあげてるんだから、感謝してよね。てか、端《はし》に寄せたパーティションとか椅子《いす》を良《い》い加減《かげん》退《ど》かしたいんですけど。依田先生《マスター》が来たら言おうと思ってたのに、完全に脳内から剝落《はくらく》してた。ま、純《じゅん》君に訊《き》いて貰《もら》おう。

正式に転生した部屋に入り、私は大きく息を吐《は》いた。

思いっ切り甘える、ね。

純《じゅん》君と二人っきりだったら、この部室で甘えられるんだけどな。公園でキスして以来、純《じゅん》君とは何も無いし、甘えるとしたらそろそろ良《い》い頃合《ころあ》いだよね。

ドアが開いて、純《じゅん》君と教授が入って来た。多分、プレートには気付いてないんだろうなと思っていると、純《じゅん》君が「部活の名前、ドアに付いたんだな」と言ってきた。

あ、気付いてくれたんだ。流石《さすが》、命名者。「私が付けたんだよ」

教授が「なんだ、そんなんあったか？　言えよ」と言って、部屋を出て行く。

「さっき、依田先生《マスター》が持って来てくれた」

「そうだったんだ。HRのあと、取りに行ったのかな。でも、良かったな」

「うん。純《じゅん》君こそ、名付け親としてどう？　感慨深《かんがいぶか》い？」

「感慨深《かんがいぶか》い……と言うのかな、なんか変な感じだ」

ドアがバァァンと勢い良く開いて、「これでやっと部室って感じがするなっ！　とりあえず写真撮《と》ったから、ラインに送るわ」と教授が囂然極《ごうぜんきわ》まりない音量で言った。

うっさい。でかした。純《じゅん》君と話してるでしょ、もう——けど、写真は良《い》いアイディアだと言わざるを得ない。

それから私達は、純《じゅん》君が図書館から借りてきた夏目漱石《なつめそうせき》の『文学評論』とか伊藤整《いとうせい》の『文学入門』を玩味《がんみ》したり、教授が何処《どこ》かから手に入れて来た文芸部の部誌をぱらぱら読んだりして、下校時刻ギリギリまで時間を消費した。これぞ、現文研のあるべき姿。超真面目《ちょうまじめ》じゃん。

帰《かえ》り際《ぎわ》、部室の鍵《かぎ》を返しに行った教授を待っていると、純《じゅん》君が「文芸部の部誌、初めて読んだけど、色んなジャンルがごった煮《に》で載《の》ってて意外と面白《おもしろ》かったな」と言ってから、周りに誰《だれ》も居ないのに、急に小声になって「（僕には物語を書く能力が無いから、素直《すなお》に羨《うらや》ましいと思ったよ）」なんて柄《がら》にも無い言葉を連ねた。

「谷崎潤一郎《たにざきじゅんいちろう》は、小説で大切なのは筋だみたいな事って言ってたし、伊藤整《いとうせい》は『小説の認識《にんしき》』で、よい文学とは単に写実的に真実らしく物を描《えが》いた作品でないことを、私はある時に確信した。また巧妙《こうみょう》な美しい文章でもないことも、ある時信じたって言ってたじゃん。話が面白《おもしろ》ければいいんだよ。だから巧拙《こうせつ》は別として、羨《うら》ましいと思うなら、書いてみたら？」

「そのあと、伊藤整《いとうせい》は私小説の扱《あつか》いについて言及《げんきゅう》してたよな。私生活の報告としての作品についてだっけか？　私小説を書くには、小説になり得る生活を送らなければいけないから、そのプレッシャーも相俟《あいま》って私生活が犠牲《ぎせい》になる、みたいな」

「純君《じゅん》の場合、生活を犠牲《ぎせい》にしなくても、今の状況《じょうきょう》をそのまんま私小説風に記すだけでラブコメになるんじゃない？　永井荷風《ながいかふう》だって、小説をつくる時、わたくしの最も興《もよお》を催すのは、作中人物の生活及《およ》び事件が開展する場所の選択《せんたく》と、その描写《びょうしゃ》とであるって言ってたし、双子《ふたご》の板挟《いたばさ》みになるなんて経験、中々無いと思うよ？　そうは思わないかい？」

　迷える青年の赤裸々《せきらら》な心の内を私に見せてくりゃれ。

　ただし、私より琉実《るみ》の描写《びょうしゃ》が多かったら、即焚書《そくふんしょ》ね。

「嫌《いや》だよ。つーか、当人がラブコメになるとか言うなよ。反応に困るわ」

「それとも、官能小説が書けるような経験、してみる？　あ、でも童貞拗《どうていこじ》らせた妄想《もうそう》の方が、描写《びょうしゃ》に勢いが生まれるとも言うし、寸止めじゃないとだめだよね」

「うるせぇ。女子が童貞《どうてい》とか言うな。そんなことより、那織《なおり》こそ、何か書いてみたいってなったりしないのか？　僕なんかより、那織《なおり》の方が書けそうに思うぞ」

「思わない。私は消費するだけ十分」

　何でこんな演出にしたんだろうって惟《おもん》みる事はあっても、自分で創作をしたいとは思わない。思わないと云《い》うか、その発想に至らない。だから、同年代が認《したた》めた文章を読んで羨望《せんぼう》を抱《いだ》く純君《じゅん》の感性こそ、私は羨《うらや》ましい。それって物語を生み出したいって事でしょ？

　そんな欲求、全然無いもん。

「そっか。那織《なおり》には向いてるかもって思ったんだけどな」

「純《じゅん》君こそ、何か書いたら読ませてよ。けど、設定だけを鬼《おに》のように詰《つ》め込《こ》んだSFとかはやめてね。只管《ひたすら》説明文が続くのは、読むのだるい。物語に機能しない説明を延々されるの、めっちゃ苦痛だから。純《じゅん》君は好きかも知れないけど」

「しねぇよ——って言いたいところだが、やりそうなんだよな」

「それが書《か》こうと云《い》う意思を阻害《そがい》する感情？」

「似たようなもんだよ。というか面白《おもしろ》い物を書ける自信が、無い。何処《どこ》かで見たような設定、キャラクター、世界観……全てに振《ふ》り回《まわ》されそうだ」

「何の影響《えいきょう》も受けてない創作物なんて存在しないと思うけど、言いたい事は分かる。でも、安心して。私がばっさり添削《てんさく》してあげる」

琉実《るみ》への未練もね。


（神宮寺琉実《じんぐうじるみ》）

※　※　※

部活が終わって校門に向かっていると、遠くから鼻にかかった声がした。

「琉実《るみ》せんぱぁ〜い」

ん？　ゆず？

声のした方を向くと、案の定、ゆずが走ってきた。

「お、ゆずじゃんっ！」気付いた可南子《かなこ》がそう言うと、みんなが「え？　ゆず？」「めっちゃ久しぶりじゃない？」なんて口々に言い始めた。

「やぁ～、先輩《せんぱい》たちお久しぶりですっ！　元気してましたぁ？」

みんなとゆずが盛り上がってる横で、麗良《れいら》がこっそり「(もしかして、この間の件じゃないよね？)」と言ってきた。この間の件……まさか、純《じゅん》にバシッと言うとか何とかって話？

「(さすがに違《ちが》うっしょ。だって断ったし)」

「(だったら、なんで待《ま》ち伏《ぶ》せしてたの？)」

「(確かに――)」

「琉実先輩《るみせんぱい》っ！　このあとちょっと時間あります？」

思いがけず、ゆずに声を掛《か》けられて、びくっとしてしまった。

って、これ、やっぱり麗良《れいら》の言ってるように――そういうこと？

「えっと……あるけど、どうした――」

「あざす！」ゆずがオーバーに頭を下げて、これ以上関与《かんよ》しないでと言わんばかりに、みんなに向かって大声で「ゆず、ちょっと琉実先輩《るみせんぱい》に用事あるのでっ！　えっと、できれば二人きりで話したいので、すみませんっ！　おつかれさまですっ！」と一方的に告げて、わたしの手を引いて校門の方に向かっていく。麗良《れいら》の心配そうな顔がどんどん離《はな》れていく。

「ちょ、ちょっと待って」

ゆずはわたしを無視して、下校する生徒の間を縫《ぬ》ってどんどん進んでいく。

「ね、先輩《せんぱい》。前に言ってた人って、まだ残ってます？」

ゆずがいきなり立ち止まって振《ふ》り返《かえ》る。

「えっと……それって、純《じゅん》のこと言ってる？」

「あ、多分、その人です。もう帰っちゃいました？」

「いやぁ……そこまではわかんない——」

「ちょっと訊《き》いてみて下《くだ》さいよっ！　幼馴染《おさななじみ》なんですよね？　ほらっ！」

「ほんと、大丈夫《だいじょうぶ》だから。ね？　わざわざゆずが話さなくても……」

「ダメですって！　こうゆうのはハッキリ言った方がイイんですって！　大体おかしいじゃないですか。二人とも大切だから、答えを出すまで待ってって。意味わかんなくないっすか？　何を考えるんですか？　考えれば答え出るんすか？　だって、付き合いたいか付き合いたくないかだけっすよね？　そんなの、考える話じゃなくないっすか？」

お願いだから、こんなに人通りが多いとこでそんな話するの、やめて……。

めっちゃ見られてるし。

「ね、ここだとみんなの邪魔《じゃま》だから、とりえあずあっち行こ？」

今度はわたしがゆずの手を引いて、脇《わき》の方に連れていく。心配してくれるのはいいけど、これはちょっとやりすぎって言うか、シンプルにやめてほしい。

どうやってゆずを帰そうか悩《なや》んでいると——最悪のタイミングで、純《じゅん》と那織《なおり》が現れた。あ、森脇《もりわき》も一緒《いっしょ》に。

知らない振《ふ》りをしようとしていたのに、純《じゅん》がちらっとわたしを見て、そのあと森脇《もりわき》が「おお、姉様《あねさま》もお帰りか？」なんて声を掛《か》けてきた。てか、その姉様《あねさま》とか神宮寺《じんぐうじ》の姉とか、いい加減、わたしの呼び方を——って、そんなことはいいっ！

軽く手を挙げてやり過ごそうとして……したのに、森脇《もりわき》がこっちに来るもんだから、純《じゅん》と、むすっとした那織《なおり》まで付いてきた。ああっ、絶対にめんどくさいやつっ！

「そのカワイイ子は後輩《こうはい》か？　紹介《しょうかい》してくれよ」

森脇《もりわき》がゆずを見て軽口を叩《たた》く——が、ゆずは一切《いっさい》動じることなく、「あなた誰《だれ》ですか？　名前は？」と無愛想と不快感マックスで強気に返す。

ゆずのこういうとこ、ほんと凄《すご》い。わたしだったら、上級生に初手からこの態度はできないなぁ——なんて思っていると、ゆずがわたしの袖《そで》をちょいちょいとつまんで、この人じゃないっすよね？とでも聞こえてきそうな顔で、わたしを見て、眉《まゆ》をひそめた。

森脇《もりわき》が圧倒《あっとう》されながら、「お、俺は森脇《もりわき》——」と言うと、「違《ちが》うんで、大丈夫《だいじょうぶ》です。えっと、あなたの名前は？」と、バカ騒《さわ》ぎするクラスメイトを遠巻きに見ているみたいな、これは一体なんの騒《さわ》ぎだ？　みたいな表情で立っていた純《じゅん》にゆずが訊《き》いた。

純《じゅん》は関わりなくない感をフルに出しながら、嫌《いや》そうに「白崎《しろさき》だけど……」と言って、わたしに目で説明を求めてきた……そんな目で見ないでよ。わたしも想定外だったんだって。

まぁ、最悪、純《じゅん》だけならまだいい。

いやぁ、よくないんだけど、めっちゃめんどくさいんだけど、隣《となり》でバッチバチに不機嫌極《ふきげんきわ》まりない表情とオーラ全開のあの子に比べたらまだマシっていうか、やりようがあるっていうかって感じなんだけど……あの顔、絶対わたしに向かって文句を言ってくる。目に見える。

「やっぱりっ！　あなたが……ちょっとこっちに来て貰《もら》えます？」

ゆずが純《じゅん》の手を引く。「ゆず、一旦《いったん》落ち着いて――」

横から那織《なおり》が、ゆずの手を摑《つか》んだ。「誰《だれ》？」

ゆずに言うではなくて、明らかにわたしに向けて、那織《なおり》が言った。

こうなるのが見えてたから、イヤだったんだってっ！

「部活の後輩《こうはい》で、名前は――」

「ちょっと放して下さいっ！　あなたこそ……あっ、もしかして先輩《せんぱい》の妹さんですか？」

ゆずが那織《なおり》の手を振《ふ》り解《ほど》いた。那織《なおり》の不審《ふしん》そうな顔。

「うん。妹の那織《なおり》」

「ですよねっ！　なんか、どことなく感じが似てるって気がしたんすよっ！」

ゆずがそう言って、手を叩《たた》いた。

わたしはすかさず、那織《なおり》に「(ごめん)」と耳打ちした。

このゴタゴタに乗じてゆずから逃《のが》れた純《じゅん》が、「一体、何がどうなってるんだ?」と言って、那織《なおり》が「この不躾《ぶしつけ》で不愉快《ふゆかい》なちんちくりんは何? 会偶《かいぐう》から数秒でここまで不快感を爆上《ばくあ》げ出来《でき》るのって、ある意味凄《すご》い才能だと思うんだけど、おたくの部活はどういう指導方針な訳? ねぇ、教えてくれる? どうなの、元部長さん」と詰《つ》め寄《よ》ってきた。

言わんこっちゃないっ!

「あのっ! それはさすがにひどくないっすか? 訂正《ていせい》してもらえます?」

「は? 誰《だれ》がどう見たって──んんっ」那織《なおり》の口を慌《あわ》てておさえて、ゆずから引《ひ》き離《はな》して、後ろを向いて「ごめん。わたしから言っておくからっ! 今はちょっと我慢《がまん》してて」と那織《なおり》に全力で謝って、「帰り、何かおごるから。ね?」と付け加えて、わたしはゆずに向き直る。

「えっと、ごめんね。日を改めてってことでもいい?」

「ダメですよー。こうゆうのは早い方がイイんですって。ってことで、今からちょっとお話ししましょう。えっと……すみませんけど、そっちの先輩《せんぱい》は帰ってもらってもイイですか?」

「ゆず、ちょっと待ってよ。わたし、話するなんて言ってない」

「おう、言ってやれ。さっきから俺だけ除《の》け者《もの》ってのはひどくねぇか?」

ごめん、森脇《もりわき》のことは頭になかった。

「なぁ、琉実《るみ》。話が見えないんだが、説明してくれないか？」

那織《なおり》が純《じゅん》の腕をつかんで、「純君《じゅん》の言う通りなんだけど」と言ってきた。

って、なんでちゃっかり純《じゅん》の腕を——「ええっと……わかった。じゃあ、ちょっとだけ。二人にも説明したいし。それでいい？」わたしがそう言うと、ゆずはにんまりとして、「そうこなくっちゃですっ！」と楽しそうに応えた。


文句を言う森脇《もりわき》と別れて、文句を言う那織《なおり》を連れて、ゆずから敵意の眼差《まなざ》しを向けられる純《じゅん》に巻き込んでごめんと謝《あやま》りつつ、カフェに入った。夕ご飯前だったし、「喋《しゃべ》るって言っても、ちょっとだけだよ」ってゆずに何度も念押しして、ぐずり続ける那織《なおり》にプリンをおごった。

席に着くと、ゆずが早速《さっそく》「もろもろの事情はうかがってますけど、白崎先輩《しろさきせんぱい》は琉実先輩《るみせんぱい》のこと、どう思ってるんですか？」とドストレートな質問をぶっ込んだ。

「それは、どういう意図の質問だ？」

純《じゅん》が不満そうに眉《まゆ》を寄せて、コーヒーを口に含《ふく》んだ。

「てか、そもそもの話なんだけど、この生意気な小娘《こむすめ》は一体何なの？」

那織《なおり》がプリンにスプーンを入れようとした恰好《かっこう》のまま、止まった。

「あっ……と、そう言えば名前、言ってなかったですよね。古間柚姫《ふるまゆずひめ》って言います。琉実先輩《るみせんぱい》にはめっちゃお世話になってて。あと、その小娘《こむすめ》って言うの、やめてもらえます？　先輩《せんぱい》だって、ゆずと一コしか違《ちが》わないですよね？」

「年齢《ねんれい》の問題じゃなくて、態度や振《ふ》る舞《ま》いが小娘《こむすめ》……今、古間《ふるま》って言った？」

「言いましたけど、それが何か？」

「もしかして、二年に親族が居たりしない？」

那織《なおり》がそう言った瞬間《しゅんかん》、純《じゅん》とゆずが那織《なおり》の顔を見た——純《じゅん》は普通《ふつう》だったけど、ゆずの表情が、驚《おどろ》いたっていうか、何で知ってるのみたいになって、最後は不機嫌《ふきげん》な感じに曇《くも》った。

「那織《なおり》もそう思ったか……苗字《みょうじ》を聞いて、僕もそうかなって」

「だよね。で、どうなの？　二年男子のあの人は関係者？」

「は、はい。認めたくはないんですけど……兄です」

ゆずに兄弟が居るって聞いたことあるけど……「那織《なおり》と純《じゅん》、知ってるの？」

「前に少し、な。ほら、部室の件で那織《なおり》とチェスをした——」

「あっ！　そう言えば、あの時、那織《なおり》が特進がどうのって……そっか、ゆずのお兄ちゃんだったんだ。何、そんなとこで繋《つな》がってたの？　世間、狭《せま》っ！」

「ふーん、マープルの妹ねぇ。だってよ、純《じゅん》君。あの兄を反面教師に育つと、こんなに奔放《ほんぽう》で明《あ》け透《す》けな物言いの妹になるらしいよ？　柚姫《ゆずひめ》ちゃん、小難しい本、嫌《きら》いでしょ？」

さっきまでつまんなそうにしてた那織《なおり》の目に、光が宿った。

何？　ゆずのお兄ちゃんって、そんな変な人なの？

「あいつの話はやめて下さい……」ゆずが弱弱しく、そして項垂《うなだ》れた。

「そんなに言うほど、お兄ちゃん苦手なの？」

わたしがゆずに尋《たず》ねると、横から那織《なおり》がぼそっと「見るからに性格合わなそう」と呟《つぶや》いた。

「ちょっと那織《なおり》……ゆずのお兄ちゃんって、どんな人なの？」

わたしだけ知らないの、悔《くや》しいんだけど。

てか、みんながここまで言うって、よっぽどじゃない？　何？　どういう系の人なの？

「僕はそこまでだと思うけどな。話合いそうだし」

「そりゃ純《じゅん》君は、ね。残念ながら同類だもん」

「え？　白崎先輩《しろさきせんぱい》って、兄貴みたいなタイプなんですか？　やば。あっ、だから――」

「ねぇ、ゆずのお兄ちゃんって――」

改めてゆずに尋《たず》ねると、那織《なおり》が意地の悪そうなにやついた顔をして、横から「うーんとね、純《じゅん》君をより拗《こじ》らせて嫌味《いやみ》を足した感じ」と弾《はず》んだ声で言った。

「純《じゅん》を拗《こじ》らせて嫌味《いやみ》を足したって、失礼でしょ……」でも、すごく想像しやすい。

その人知らないけど……うん、ゆずと合わないのだけはわかる。

「ちょっと琉実先輩《るみせんぱい》っ！　白崎先輩《しろさきせんぱい》って、兄貴系なんですか？　だとしたら、考え直した方がイイっすよ！　絶対にやばいですって！　あいつ、親戚《しんせき》が連れてきた赤ちゃんを見て、『言葉の通じない人間は動物と大差ないな。言語の習得過程を経て初めて、人間の子供はヒトになるのだな』とか真顔で言うんですよ？　赤ちゃんを見て、その感想やばくないですか？　その場にママもいるんですよ？　マジひく。あいつのこと、家族だと思いたくない」

「それはちょっとさすがに……」いくらなんでも、純《じゅん》はそんなこと言わない……よね？

「思った事をそのまま口にするのは、そっくりだね」

那織《なおり》が楽しそうな顔で余計なこと言うから、テーブルの下で軽く蹴《け》ってやった。

「ちょっと、何で蹴《け》るの？　事実でしょ？」

「あんた、時と場所を考えなさいよ」

「言い方はあれにしても、古間先輩《ふるませんぱい》の言うこと、僕はわかんなく無いぞ？　それって、悪意を持って言ったわけじゃなくて、子供がどうやって言葉を覚えるのか、言葉や世界を認識《にんしき》するのか、その過程はどうなんだろうって発達心理学的な観点で……その顔、何だよ」

ごめん、やっぱり言うんだって思っちゃった。「別に」

「純《じゅん》君はマープルの発言に、一定の理解を示しちゃうよねー」那織《なおり》がほくそ笑《え》む。

「何だよそれ。那織《なおり》だって、外で泣いてる赤《あか》ん坊《ぼう》を見て『泣く事で要求を伝えるのって難しそうだけど、あれって裏を返せば親の解釈力《かいしゃくりょく》を試《ため》してるって事でしょ？　詰《つ》まり、この世界は私を理解してくれるのかと云《い》う命題を突《つ》き付《つ》ける声だね』みたいなこと言ってただろ？」

「言ったけど、それが何か？　親が信頼出来《しんらいでき》るか否《いな》かは、子供の生存戦略にとって最重要課題でしょ？　それこそ生きるか死ぬかの問題だよ？　喋《しゃべ》れない時期なら尚更《なおさら》」

「そうだけど……結局のところ、先輩《せんぱい》と大差なくないか？」

「違《ちが》うでしょ。私は子供目線の意見じゃん。観察対象みたいな言い方してないもん」

それから意味不明なことを言い合う二人を尻目《しりめ》に、ゆずが「先輩《せんぱい》、この人たち、大丈夫《だいじょうぶ》ですか？　兄貴みを感じるんですけど」と呆《あき》れ顔《がお》で、哀《あわ》れんだ視線を交えつつ言った。

「この人たちはこれが日常会話なの。ずーっと、それこそ子どもの頃《ころ》からこんな感じ」

「うわ、やば。よく一緒《いっしょ》に居られますね」

「もう慣れちゃった」

昔に比べれば複雑で絡《から》み合《あ》った感情が入り混じってはいるし、二人が何を言ってるのかなんてよくわかんないけれど、わたしは純《じゅん》と那織《なおり》が喋《しゃべ》っている姿が好き——こうしてわたしの前で、仲良くしてる分には、微笑《ほほえ》ましさすら感じる……って、ちょっとイヤなこと、考えた。

最近、自分がわかんなくなってきた。なんだか付き合う前に戻《もど》ったみたいで——実際にはそうなんだけど、けどちょっとは違《ちが》くて。それなのに、これじゃ前と一緒《いっしょ》じゃん。

一時は我慢《がまん》しようって思えたのに、どんどん欲張りになってく。

「(琉実先輩《るみせんぱい》、男の趣味《しゅみ》悪いって言われません？)」隣《となり》に座るゆずが小声で言った。

「(やめてよ。それより、満足した？　これでわかったでしょ)」

「(まぁ、めんどくさい人だってのは、よくわかりました)」

「(だから、そっとしていてくれればそれで——)」

「（でも、好きなんですよね？）」

「（そうだけど……これぱっかりは）」

「（じゃあ、ダメです。今日のところはイイですけど、はっきりさせないと──）」

「ねぇ、眼前で内緒話《ないしよばなし》するの、気分悪いからやめてくれる？」

わたしとゆずに気付いた那織《なおり》が、あからさまに機嫌《きげん》の悪い顔をした。

「ああ、那織《なおり》の話じゃなくて、こっちの話。気になったならごめん」

「ですです。高等部の雰囲気《ふんいき》って、どんなんかなーって」

ゆずが咄嗟《とつさ》に話を合わせてきた。ちょっと見え見えだけど。

「そそ。だから、気にしないで。こっちの話」

「何でも良《い》いけど、これからどうすんの？　もう終わりで良《い》い？」

「そうだな。あんまり長居するのも──」

那織《なおり》に同調した純《じゆん》に、ゆずが「最後にちょっとだけイイですか？」と被《かぶ》せた。

「あの、白崎先輩《しろさきせんぱい》は、ちゃんと選ぶ気あるんですか？」

「ああ。君に言われるまでも無く」

「それはいつですか？　いつ決まるんですか？」

わたしも、聞きたい。てか、わたしが聞きたいことを、よくもまぁずばっと……けど、今日明日ですぐどうこうなる話じゃないってのは、わたしなりに理解はしてる。その話したの、ついこの間だし。と言っても、やっぱ早くしてって気持ちもあって、聞きたくない気持ちもあったりして。だから、その、ゆずの質問は、ちょっとありがたかったり。

「いつって言われても……ただ」

「ただ？」

「そろそろ潮時だとは思ってる」

わたしは平静を装《よそお》っていたけれど、純《じゅん》の言葉にドキッとした。

那織《なおり》は？　と思って横目で見る——驚《おどろ》いた感じはなくて、むすっとしてるだけ。

なんであんたは普《ふ》通《つう》にしてられるのよ。

「ふーん。そうなんですね。それはどうすれば決まるんですか？」

「どうすれば？　まるで解の公式でもあるみたいな言い方だな……方法論でどうにかなる話じゃないだろ？　大体、さっきから何なんだよ。君に何の関係があるんだ？　これは僕等の問題であって、君の問題じゃない。琉実《るみ》のことが心配なのは分かる。色々と案じてくれてるのは十分伝わった。それは素《す》直《なお》に良《い》い後輩《こうはい》だなと思うよ。ただ、琉実《るみ》や那織《なおり》とは昨日今日知り合った様な関係じゃ無いし、君が口を出したからって解決出来る問題じゃないんだ」

純《じゅん》がちらっとわたしを見て、続けた。「どこまで聞いているのか知らないが、恐《おそ》らく君が考えている以上に複雑で個人的な問題なんだ。僕等の外側に答えは無いんだよ」

「個人的な話ってのはわかってますけど……心配しちゃいけませんか？」

「心配するのは構わないが、差し出口が過ぎると、それはただの迷惑《めいわく》だ」

「ゆずが迷惑《めいわく》って言いたいんですか？」

「少なくとも良《い》い気分ではないよ。だから、これくらいにしといてくれ」

「迷惑《めいわく》だってはっきり言えば良いのに」

早く終わんないかなって顔で、つまんなそうにスマホをいじってた那織《なおり》が、聞こえるか聞こえないかくらいの声で言った。ゆずに聞かれたら——わたしは聞こえない振《ふ》りをした。

「何か言いました？」

ほらぁ、余計なこと言うからっ！　テーブルの下で、再び那織《なおり》のつま先を軽く蹴《け》った。

那織《なおり》がわたしをじろっと見て、何かを言《い》い掛《か》けて——やめた。

ゆずの気を逸《そ》らそうと、口を開きかけた時だった。

純《じゅん》が「良《い》いんだ」と那織《なおり》に言ってから、ゆずに向き直った。

「すまないが、このあと約束があるんだ。だから、これ以上ここに引き止められると不味《まず》いって言うか……言《い》い難《にく》いけど、確かにちょっと迷惑《めいわく》かな。そう云《い》う訳《わけ》で帰《かえ》らせて貰《もら》うよ」

純《じゅん》がわたしに目で合図した。

那織《なおり》がスマホを仕舞《しま》って、真っ先に立ち上がった。「由無《よしな》い話はこれで終わり。さ、行こ」

純《じゅん》が頷《うなず》いて、終わりの合図みたいにカップの残りを一気に飲み干した。

二人はわたしに早くしろって言ってる。

わかった。わかりました。

「うん……ゆず、ごめん。わたしたち、帰るね」

わたしはゆずに手を合わせ、謝ってから立った。

「ちょっと、琉実《るみ》先輩《せんぱい》――」

那織《なおり》が立ち上がりかけたゆずの肩《かた》に手を置いた。「じゃあね、詮索好《ミス・マープル》きのお節介さん」


電車に乗るまでみんな無言だったけど、純《じゅん》がホームで「あの子にどんな話をしたんだ？」ってわたしに言ってきたのを切《き》っ掛《か》けに、那織《なおり》も参戦してきて、別にケンカになったりはしないんだけど、三人でわーわー喋《しゃべ》ってるうちに電車が来た。

電車から下《お》りる頃《ころ》には、もう完全に普段《ふだん》通《どお》りって感じで、那織《なおり》が「暑くて溶《と》ける」だの「湿《しっ》度《ど》がやばすぎて呼吸困難になりそう」だの騒《さわ》ぐから、涼《すず》しい山奥《やまおく》にでも行きたいって話になって、それから子どもの頃《ころ》にキャンプした思い出話とかでテンション上がって――那織《なおり》が川で転んでびしょ濡《ぬ》れになって、それを笑ったわたしと純《じゅん》に本気で水を掛《か》けてきて、結局みんなでびしょ濡《ぬ》れになった話とか、懐《なつ》かしいねなんて盛り上がった。

「またキャンプするとしたら、純《じゅん》はどこ行きたい？」

「そうだな、僕は川の傍《そば》とかで、ゆっくり本を読めればそれで」

「それじゃいつもと一緒《いっしょ》じゃん。もっとアウトドアならではの――」

「琉実《るみ》、言う相手、間違《まちが》えてる。そんな提案《サジエスト》が純《じゅん》君に伝わる訳無いでしょ」

「だね……って、あんたもどうせ純《じゅん》と同じようなこと、言うんでしょ？」

「私は虫に刺《さ》されたりとかが嫌《いや》だから、そもそもテントから出ない。琉実《るみ》だって、羽音の五月《う》蠅《る》《さ》い、大きめの虫とか来たら嫌《いや》でしょ？　よくきゃーきゃー騒《さわ》いでたじゃん」

うっ……「そ、そうだけど、今は昔ほどじゃないし……」

大きい虫は今でもイヤだけど……小さいのも、イヤかな。うん。でも、蚊《か》だったら、まだ戦える。かゆい方がイヤだし——「って、那織《なおり》だってわたしと一緒《いっしょ》に騒《さわ》いでたじゃん！　何、自分は違《ちが》うみたいな雰囲気《ふんいき》出してるの？『お姉ちゃん、ちょっと大袈裟《おおげさ》すぎない？』とか笑ってた癖《くせ》に、自分の所に虫が飛んでったら、全力で逃《に》げてたの、忘れてないからね！」

「そうだっけ？　記憶《きおく》に御座《ござ》いませんね。キャンプで記憶《きおく》に残ってるのは、準備とか片付けが超面倒《ちょうめんどう》だった事くらい。それなのにアウトドアならではの？　どうせアクティビティがどうのとか言い出すんでしょ？　大人しく余暇《よか》を賞翫《しょうがん》すれば良《い》いのに、わざわざ運動する意味が分かんない。だったら、私は純《じゅん》君の案に票を投じる。そっちの方がよっぽど有意義でしょ」

「古代ギリシャ的に言えば、スコレーってことだろ？」

純《じゅん》が、またわけのわからないことを口にした。「スコレーって？」

「暇《ひま》とかそういう意味らしいけど、どちらかと言えば考え事をしたり勉強するみたいな前向きな余暇《よか》のニュアンスだな。そういう人が集まって、議論したり知識を深め合ったり——そこから転じて、ラテン語のスコラ、つまり学校《スクール》の語源になったって何かで読んだことがある」

「へぇ。じゃあ、川のそばで本を読むのも、あながち間違《まちが》いじゃないってこと？」

「そういうことだ。珈琲《コーヒー》でも片手に本の感想を言い合えば、もう完璧《かんぺき》だ」

「つまり、グランピングみたいに準備は他の人にやってもらって、思惟《しい》の時間を長く取る方がよりスコレー的って事でしょ？」那織《なおり》が、したり顔の純《じゅん》に乗っかった。

「さっきも言おうと思ったけど、あんたなんて、準備全然手伝わなかったじゃん」

「荷物運んだし。まるで私が何もしてないみたいな口跡《こうせき》はやめてくれる？」

「それだけじゃん。何が『準備とか片付けが超面倒《ちょうめんどう》だった』よ。よく言うわ」

ってな具合で、ゆずとの会話なんてなかったみたいに、わたしたちはいつも通りだった。

でも、わたしが「またみんなでキャンプに行きたいね」って言った時、まるでもうそんな機会はないみたいな寂《さび》しい言い方で、那織《なおり》が「行けると良《い》いよね」って返したのが気になって、わたしは意地になって「絶対に行こうよ」と言った。

もし、純《じゅん》の出した結論がわたしじゃなかったとしても、わたしはやっぱり三人で居たいって思ったから。それだけは——何があったとしても、わたしたちの思い出とか一緒《いっしょ》に過ごした時間とか、そういうのって、絶対に消えるものじゃないし、忘れられるものでもない。

そう考えたら、ちょっとだけ心が軽くなった気がした。

もしかして、カフェで純《じゅん》の話を聞いても那織《なおり》が動揺しなかったのって、こういうこと？

な、わけないか。それはさすがに深読みしすぎだよね。

※　※　※

（白崎《しろさき》純《じゅん》）


金曜日の朝、電車の中で那織《なおり》からお昼に誘《さそ》われた。

下を向いてスマホを弄《いじ》っていた那織《なおり》が「部長、休みだって」と口にしたあと、顔を上げて柔《にゅう》和《わ》に眦《まなじり》を下げた。「だから、今日のお昼は、純《じゅん》君が私の相手をして」

那織《なおり》と二人、校内でお昼を食べるのは中等部以来だ。

まだ那織《なおり》と亀嵩《かめだけ》が仲良くなる前の話だ。当時、僕は教授を含《ふく》めた男子数人とお昼を食べていたが、周囲と合わせることに疲《つか》れた那織《なおり》から「たまには静かに食べたい」と誘《さそ》われた。

那織《なおり》から頼《たよ》られているという優越感《ゆうえつかん》と、どうにかしてあげたいという庇護心《ひごしん》、那織《なおり》のことを女の子として意識している含羞《がんしゅう》や廉恥《れんち》が一緒《いっしょ》くたになった感情の中で、落ち着かないような、誇《ほこ》らしいような、何とも座りの悪い情調だった——誰《だれ》かに見られて噂《うわさ》にでもなったら困る、そんな風に警戒《けいかい》していたから余計に。

那織《なおり》とご飯を食べる、それ自体は決して珍《めずら》しいことじゃなかったのに、学校で二人切りとなると、どうしても人目が気になった。人気の無い場所を求めて辿《たど》り着《つ》いたのは、高等部寄りにある外階段を下りた先の、コンクリートで出来た土間だった。入学してそれほど経《た》っていない頃《ころ》だったし、空き教室を勝手に使うのは、小心者の僕には気が引けた。

ひんやり冷たい段差に座り、那織《なおり》の愚痴《ぐち》を聞けるのは僕しか居ないだろう、そんな稚拙《ちせつ》な特別感を抱《いだ》きつつ、小学校と違《ちが》って給食じゃ無いことに感謝した。

あの時、僕がもっと素直《すなお》になっていたら——いや、考慮《こうりよ》するだけ無駄《むだ》だ。素直《すなお》になって居ようが居まいが、今の僕が考える想定は、琉実《るみ》と付き合った経験を経た物でしか無い。

琉実《るみ》の存在無しに、今の僕は居ない。

時計を確認《かくにん》する。授業が終わるまで——昼休憩まで十五分。

那織《なおり》とお昼か……亀嵩《かめだけ》が休んでも、今じゃクラスの人とお昼を食べる那織《なおり》がわざわざ二人で食べようと言って来た。朝の雰囲気《ふんいき》からして、中等部の時みたいに愚痴《ぐち》がある訳では無さそうだし、単純に亀嵩《かめだけ》の代わりが欲《ほ》しいのだろう。

ほんの些細《ささい》ではあるが、僕は心が躍《おど》っているのを観測した。


チャイムが鳴って、僕は教授の呪詛《じゆそ》を背中に受けつつ、部室に足を向けた。

部室のカギは既《すで》に開いていて、中に入ると那織《なおり》がビニール袋《ぶくろ》からパンを取り出して、机の上に並べている所——食気に満ちた顔で、どれから食べようか吟味《ぎんみ》している最中だった。

昔から那織《なおり》は、こんな風に好きな物を並べてそれを眺《なが》めるのが好きだ。那織《なおり》の部屋が乱雑な理由こそ、まさにこれである。「目の届く範囲《はんい》に好きな物が溢《あふ》れている空間が好きだから、私の部屋はこのままで良《い》いの」と本人の口から何度も聞かされた。

同意する部分はあるが、部屋が汚《きたな》いことに関しては片付けたくない方便だろう。

今朝、那織《なおり》とコンビニに寄った僕は、おばさんが寝坊《ねぼう》をしたことも知っているし、那織《なおり》のお昼がどんなメニューかも知っている。だから僕は、冷製ポタージュを一缶《かん》買った。

「早いな」

「待ってるって言った以上、鍵《かぎ》くらい開けとかないとね」

「ありがとな。ほら、これ」ポタージュをテーブルの上に置いた。

「凄《すご》い。めっちゃ気が利《き》く。どうしたの？　私にして欲しいことでもあるの？」

「うるせぇな。素直《すなお》に受け取れよ。要《い》らないなら――」

温容に微笑《ほほえ》んで、那織《なおり》が缶《かん》を手に取った。「へへ。ありがと」

突然《とつぜん》向けられた子供みたいな笑顔《えがお》に戸惑《とまど》った僕は、やんわり目を逸《そ》らしつつ隣《となり》に座った。

「ね、開けて」

わざと僕の視界に割り込んで、首を傾《かし》げた那織《なおり》がポタージュの缶《かん》を差し出した。髪《かみ》が揺《ゆ》れ、甘い香りが遅《おく》れて鼻腔《びこう》に届く。無言でネジ式のキャップを回すと、パキパキと音がした。

「ありがと。ね、パン、食べさせて」

缶《かん》を受け取った那織《なおり》が、椅子《いす》を引《ひ》き摺《ず》って距離《きょり》を詰《つ》める――肩《かた》が触《ふ》れそうな距離《きょり》に改めて居直り、チョコレートが練り込まれたパンを勿体《もったい》ぶるみたいに、ゆっくりと指し示した。

「パンは自分で食べろよ」

「袋《ふくろ》開けらんない」

「何でだよ」とごちりつつ、仕方なく袋《ふくろ》を開けて那織《なおり》に渡《わた》す。我ながら甘いとは思うが、これくらいなら——だが、那織《なおり》は逃《に》げるようにして頑《かたく》なに受け取らない。「持てって」

「そこまでしてくれたんだから、食べさせてよ」

今日はやけに甘えてくるな……食べさせてって、どうすんだ？　袋《ふくろ》からパンを出して、持ってれば良《い》いのか？　パンを食べさせるなんて、生まれてこの方したことないんだが。

些《いささ》かの戸惑《とまど》いは有ったものの、僕は言われるがまま、パンを那織《なおり》の口元に運んだ。緩慢《かんまん》に口を開け、那織《なおり》がパンに食らい付く。目を細めて咀嚼《そしゃく》する姿を視界の端《はし》に入れつつ、僕も自分の昼食に箸《はし》をつけた。幸せそうな顔してるな……たまにはこんなお昼も悪くない。

「純《じゅん》君にも食べさせてあげようか？　あーんされるの、好きでしょ？」

「言ったことねぇよ」

「え？　言ったじゃん。この前、マンゴーを食べた時に」

マンゴー？　ああ、雨宮《あまみや》に勉強を教える前、そんなことも——「言ってねぇよ」

「じゃあ、私の勝手な想像ってこと？　まぁ、私の設定では、純《じゅん》君はあーんが好きってなってるし、好きって事で良《い》いよね？　自分で食べるより、私が直々に食べさせてあげた方が美味《おい》しくなるもんね。きっと純君《じゅん》のお弁当だって、それを望んでる筈《はず》」

僕の手から箸《はし》を奪《うば》い取《と》って、那織《なおり》が唐揚《からあ》げを摘《つ》まんでこちらに向けた。

「今、自分で設定って言ったよな」

指摘《してき》を無視した那織《なおり》は、僕の目を見詰《みつ》めたまま動かない。これは釣《つ》りだ。魚が餌《えさ》に食い付くのをじっと待つみたいにそのままの姿勢で、「ん」とだけ言って——いいよ、分かったよ。

食べれば良《い》いんだろ？　僕の負けだ。

僕は那織《なおり》の手から、唐揚《からあ》げを食べた。

「素直《すなお》でよろしい」

「……こんなことしてたら、お昼休み終わっちゃうぞ」

箸《はし》を奪《うば》い返《かえ》して、僕は弁当を掻《か》き込《こ》んだ。那織《なおり》には悪いが、やっぱり小恥《こは》ずかしいと云《い》うか、照《て》れ臭《くさ》いと云《い》うか、周りに誰《だれ》も居ないとは言え一回が限界だ。これ以上は心が持たない。

脇目《わきめ》を振《ふ》らず自分の弁当に向き合う作業のような食事を終え、仕上げにお茶を飲む。

ようやく一息ついて隣《となり》を窺《うかが》うと、那織《なおり》と目が合った。

声は出さず、口だけ動かして——那織《なおり》が「いくじなし」と言ったように見えた。

「そんなこと言ったって……恥《は》ずかしいんだから、仕方ないだろ」

「何も言ってないじゃん」

「だって、今——いい。何でもない」

「何でも無くない。何が純《じゅん》君のリミッターになってるの？　この部屋には私達しか居ないのに、恥《は》ずかしがらなくても良《い》いじゃん。それとも、ビッグ・ブラザーが見ているの？」

リミッター、か。こういうことを恥《は》ずかしげもなく出来る神経が僕には無いんだよな。甘ったるい雰囲気《ふんいき》がどうも苦手……自分を客観的に見てしまって、むず痒《がゆ》くなる。女子からすると不満なんだろうとは思うが（似たようなことを琉実《るみ》にも言われたし）、どうやって克服《こくふく》したら良《い》いのか分からない。教授や安吾《あんご》だったらノリノリで出来るんだろうな。

「ビッグ・ブラザーをやっつけろ――それとも、シスターだった？」

「やめろよ」

「一体、何が純《じゅん》君を抑《おさ》えつけてるの？」那織《なおり》が横になって、脚《あし》の上に頭を乗せて来た。「この世界にはプリコグもシビュラも無いんだよ？　色相が濁《にご》ろうが、純《じゅん》君のしたいようにして良《い》いんだよ？　だから、もっと剝《む》き出《だ》しの純《じゅん》君を見せて。もっと素直《すなお》になって。全部受け止めてあげるから、私に甘えて――そして、形振《なりふ》り構わないくらい、私を好きになって」

僕は応えなかった。いや、応えられなかった。


こんなに話の合う、私みたいな女の子、二度と会えないからね。

最近、那織《なおり》に言われた言葉が頻繁《ひんぱん》に蘇《よみがえ》る。那織《なおり》との会話は、ずっと楽しい。付き合ってるとか付き合ってないとか関係なく、変わらずに楽しい。

　こんなに話の合う女の子は居ない──そんなこと、疾《と》うの昔《むかし》から知っている。

　だからこそ、那織《なおり》に強く惹《ひ》かれる自分を自覚する一方で、もし那織《なおり》と付き合って、修復が不可能なくらいに擦《す》れ違《ちが》ってしまったら──それを考えると、僕はどうしようもなく怖《こわ》い。

　はっきりしなければいけないのに、付き合った所為《せい》で仲違《なかたが》いをしてしまったら……そんな心配をしてしまう。現に僕は、琉実《るみ》と付き合っていた時、何度も失敗した。

　大宮公園《おおみやこうえん》で、待って欲しいと言った。それは、失敗が怖《こわ》かったからだ。

　だが、もう終わりにすると決めた。

　いつまで待《ま》って貰《もら》うのか。あの日からずっと考えていた。

　もうすぐ夏休みになる。そして僕は二人と同じ歳《とし》になる。

　遅《おそ》くとも誕生日までに話をする──僕はそう決めている。

「ねぇ、なんで何も言ってくれないの？」那織《なおり》が僕のスラックスに爪《つめ》を立てた。

「ごめん。無視したつもりは無かったんだ。ただ、何て言えば良いか──熱っ」

　何かと思って下を見ると、那織《なおり》が僕のスラックスに口を付け、力一杯《ちからいっぱい》に頬《ほお》を膨《ふく》らませて息を吐《は》いていた──子供かっ！　いたずらが稚拙《ちせつ》すぎるわっ！

「ぷはぁっ。次は噛《か》みつくからね──やばっ」遅《おく》れて、何かを吸い込むような音。

「やばっって何だよ……まさか、おまえっ！」

那織《なおり》の頭を持ち上げると、スラックスの、太腿《ふともも》の辺りに染《し》みが出来ていた。

「ちょっと見ないでよっ！　えっち！」

手で押さえて必死に隠《かく》そうとするが、もう遅《おそ》い。

「涎垂《よだれ》らすなよ。めっちゃ染《し》みになってんじゃん。恥《は》ずかしいだろ」

位置が絶妙《ぜつみょう》すぎる。これじゃあまるで、漏《も》らした――

「そだ、粗相《そそう》しちゃったって事にしよ。ね？　ドジっ子属性あっても良《い》いっしょ？」

「そんな属性要《い》らねぇよっ！」

那織《なおり》を起き上がらせてハンカチで拭《ふ》いてみるものの、無論、色は変わったまま。

「ごめんね。体液で汚《よご》しちゃった」

「体液とか言うな。普通《ふつう》に涎《よだれ》って言え」

「アミラーゼ？」

「うるせぇ」

「私が拭《ふ》いてあげようか？　こういうどきどきイベントって、定番じゃない？」

「自分の涎《よだれ》を拭《ふ》く定番イベントって、どんな世界線に生きてるんだ？　見たことねぇよ」

那織《なおり》が僕の手からハンカチを奪《うば》い、僕を無視して自分の涎《よだれ》を拭《ふ》き出《だ》した。

「自分で拭《ふ》くからいい」つーか、くすぐったい。

「私、高校生にもなって、男の子に涎垂《よだれ》らしちゃった。もうお嫁《よめ》に行けない……」

那織《なおり》の手からハンカチを取ろうとするが、頑《がん》として離《はな》さない。

「分かったから、手を離《はな》せって」

「やだ。拭《ふ》くのっ」

何とかハンカチを取《と》り戻《もど》して、ポケットに仕舞《しま》う。「やだじゃねぇよ」

幼き日々、僕の肩《かた》を枕《まくら》に寝《ね》ていた那織《なおり》に涎《よだれ》を垂らされたこと数回——この歳《とし》で涎《よだれ》を垂らされたのは初めてだが仕方ない、休み時間が終わるまでに乾《かわ》くのを祈《いの》ることにしよう。

「むぅ、何で取るの……そだっ！」那織《なおり》が顔を煌《きら》めかせた。

これは碌《ろく》でも無《な》いことを思い付いた顔だ。断言する。

「純《じゅん》君も私のスカートに涎《よだれ》垂らしても良《い》いよ。これでお相子だよね？」

そう言って那織《なおり》が、スカートの裾《すそ》を広げた。

「ほら、遠慮《えんりょ》せずにねっとりとした体液をスカートに——」

「垂らすかっ！」わざとらしい言い方しやがって。

「現役《げんえき》女子高生のスカートに染《し》みを作るチャンスをふいにするとは、この贅沢者《ぜいたくもの》めっ！　ダチュラじゃっ！　末代まで呪《のろ》って……おばさんに言い付けてやる」

母さんに言い付けるって、ダメージが大きいのは間違《まちが》いなく那織《なおり》の方だろ。

そんな訴《うった》え聞いたことない。

「スカートに涎《よだれ》を垂らしてくれないとでも言うのか？　逆に心配されるぞ」

「まさか。私の気持ちと身体《からだ》を弄《もてあそ》ぶだけ弄《もてあそ》んで捨てられたって泣きながら言う」

「リアルに追い出されるからやめてくれ。幾《いく》ら冗談《じょうだん》だとしても、スカートに涎《よだれ》を垂らさなかったくらいで、どうしてそこまで言われなきゃなんないんだよ。おかしいだろ」

「冗談《じょうだん》だと分かっているなら、乗ってくれても良くない？」

乗ったら絶対にやらせるだろっ！　こういう時ばっかそういうこと言いやがって。

「じゃあ……」脚《あし》の間に手をついて、那織《なおり》が前屈《まえかが》みになる。「飲ませて」

上目気味の眼差《まなざ》しに、半開きの口元に、輪郭《りんかく》を縁取《ふちど》る髪《かみ》に、僕の意識は易々《やすやす》と霧散《むさん》した。

陽光に照らされた空気中の埃《ほこり》がちらちらと反射する部室で僕は、見蕩《みと》れるしか無かった。

邪《よこしま》な想像よりも先に、長考する時間が奪《うば》われた。可愛《かわい》いという感情だけが湧《わ》き上《あ》がった。

もうこのまま――遅《おく》れて浅薄《せんぱく》な発意が過《よ》ぎる。

だが、それは今じゃない。琉実《るみ》と那織《なおり》が一緒《いっしょ》の時じゃ無ければダメだ。

「何がどうなって、じゃあに繋《つな》がるんだよ。大体、飲ませてって意味がわからない」

「ちゅーしよって言ってるの。言わせないでよ、恥《は》ずかしい。それとも勘違《かんちが》いしちゃった？」

「な、何とだよ。もう、そういうの良《い》いからそろそろ教室に――」

立ち上がろうとした僕のシャツを、那織《なおり》が引っ張る。

「待ってよ。何でしてくれないの？　この前はしてくれたじゃん」

「そうだけど……とにかく、今はダメだ」浮《う》かしかけた腰《こし》を下ろして、言った。

「何で？　今はってどう云《い》う趣意《しゅい》？　いつなら良《い》いの？」

女の子からキスをせがまれて嬉《うれ》しくない訳が無い。良くないと分かっていても、二人からのお願いだからと甘えて、仕方ないみたいに構えて、意志薄弱《はくじゃく》な僕はそれを受け入れていた。

でも、僕は琉実《るみ》にこれで最後だと言った。

それは那織《なおり》も同じだ。

きちんと伝えるまでは——もうやめよう。そう決めたばかりだ。

「結論を出すまでは——」

そう言《い》い掛《か》けた時、那織《なおり》がやおら立ち上がって、そっと僕の頰《ほお》に手を当てた。

「それはずるい」那織《なおり》の顔が近付いて来る。

僕は咄嗟《とっさ》に那織《なおり》を押し返そうと——力を込《こ》めたつもりは無かった。顔を背《そむ》けて、ただ避《さ》けようとしただけだった。よろけた那織《なおり》が長机にぶつかって、けたたましい音を立てた。

机の脚《あし》が床《ゆか》に擦《す》れる音。ペットボトルが倒《たお》れて転がった。遅《おく》れて落ちた。

「すまん！　大丈夫《だいじょうぶ》かっ」

慌《あわ》てて立ち上がって声を掛《か》けるが——差し出した手が、無言で払《はら》われた。

「……那織《なおり》？」

こちらを見上げた那織《なおり》の目はいつもより重々しくて、冷眼と言っていいくらい無機質で、初めて向けられた排他的《はいたてき》な視線に、狼狽《うろた》えるしか無かった。続く言葉が出て来なかった。

何か言わなきゃ――口を開こうにも、まるで口が居竦《いすく》んでいるみたいに重く、言わなきゃいけないことが沢山《たくさん》あるのに、「ごめん」と再び謝ることしか出来なかった。

本当に申し訳なかったと想《おも》いを込《こ》めて発した筈《はず》なのに、何故《なぜ》だか形だけ整えた空疎《くうそ》な響《ひび》きに感じられて、言葉が失速して墜《お》ちていくような錯覚《さっかく》を抱《いだ》いた。

那織《なおり》は口元を固く結んで、目を細めて僕から視線を外した。

そして、無言で部室を飛び出した。

突然《とつぜん》のことに一瞬《いっしゅん》遅《おく》れて、部室を出る。那織《なおり》に追い付けないほどじゃない――甘かった。

廊下《ろうか》を走る背中に追い付く寸でのところで、那織《なおり》は女子トイレに駆《か》け込《こ》んだ。那織《なおり》を避《さ》けたばかりの、トイレから出てくる女子生徒にぶつかりそうになって、慌《あわ》てて足を止めた。

どうすれば良《い》いんだ？　ここで待つ……のか？

第三章

TITLE

ひとつ提案があるんだけど

KOI WA FUTAGO DE WARIKIRENAI

（神宮寺琉実《じんぐうじるみ》）


夏休みまで一週間を切った。純《じゅん》の誕生日まで一週間ちょっと。去年の誕生日はデートして、帰りにチャーム付きのしおりを渡《わた》した。今年はどうしよう。全っ然決めてない。

またデートしたいけど、もし那織《なおり》が先に約束してたら——それで「純《じゅん》の誕生日、どうしよっか」って探《さぐ》りを入れてみたんだけど、那織《なおり》は興味ないって感じで「さあ。何も考えてない」って言われただけだった。

何かを隠《かく》してるって雰囲気《ふんいき》でもなくて、本当に興味ないって感じだった。

金曜の夜、那織《なおり》が慈衣菜《しえな》のとこに泊《と》まるって聞いた時は、もしやまた純《じゅん》のところに？　って思ったけど、今度はマジだったっぽいし、それならそれでいっかってなったんだけど、帰って来てからの那織《なおり》は、ちょっと変な空気だった。

そう言えば、純《じゅん》もちょっと変だった。よそよそしいっていうか、那織《なおり》がそっちに行ってないか訊《き》いたら、そっけなく「それは無い」とだけ言って、すぐ別の話になった。

那織《なおり》の話を避《さ》けてるみたいだった。

これは二人を昔から知ってるわたしの勘《かん》でしかないんだけど、なんかあったんだなって。

そう思って那織《なおり》を見てると、あの子は変に勘繰《かんぐ》られたりするのが嫌《きら》いだし普通《ふつう》に振《ふ》る舞《ま》おうとしているんだけど、例えば無言になった瞬間《しゅんかん》、全身からむすっとしたオーラが出たりして、機嫌《きげん》の悪さを隠《かく》し切《き》れていなかった。土曜日の夜なんて、ご飯を食べ終わった那織《なおり》がリビングから出て行くと、すぐにお母さんが小声で「あの子、何かあったの？」って言ってきたくらいには露骨《ろこつ》。だからもう、完全にバレバレ。

あれでも、本人はバレてないつもりなんだよね。

お母さんには、「わたしも知らない。それとなくあとで訊《き》いてみるよ」と言ったけど、機嫌《きげん》が悪い時の那織《なおり》は、下手に絡《から》むと余計に面倒臭《めんどうくさ》くなるだけだから、連休中も特にその話題には触《ふ》れないでいた。ただ——理由はどうあれ、二人が気まずいままなのはイヤだ。

こうなると、純《じゅん》をどうこうなんてのは別の話で、わたしはみんなで楽しく過ごしたいってのが一番大事だし、ああやって「気にしないで」みたいな顔をしておいて、重苦しい空気を家の中に振《ふ》り撒《ま》かれるのは精神的にも良くないし、なによりこっちの気が滅入《めい》る。

純《じゅん》に探《さぐ》りを入れてみたけど、「ちょっとな」なんてぼやかすばかりで、埒《らち》が明かない。

だから今朝は、様子見も兼《か》ねて那織《なおり》と二人で登校した。

学校までの間、那織《なおり》はほとんど喋《しゃべ》らなかったけれど、嫌《いや》がってる風じゃなかったし、わたし的には二人だけで登校ってのがなんだか久しぶりって気がして、ちょっと新鮮《しんせん》だった。

駅を出た辺りで一度、那織《なおり》が何かを言いたそうにもごもごしたのはわかった。

でも、わたしは気付かない感じで流した——だって、こっちから「何?」って訊《き》いても、多分「やっぱいい」って言うだろうし、那織《なおり》の言いたいことは何となくわかったから。

あとはどうやって原因を聞き出すか……やっぱ、純《じゅん》に直接?

けど、はぐらかされそうなんだよね。純《じゅん》も純《じゅん》で面倒《めんどう》なとこあるし。まぁ、あの感じからすると、そこまでガチのケンカではないとは思う。ただ、深刻じゃないけど面倒《めんどう》な感じ。

ほんと、二人とも手が掛《か》かるんだから。


放課後、部活に行く前、わたしは純《じゅん》を教室から連れ出した。「話ってなんだ?」とぐずる純《じゅん》に、「いいから来て」って言って。あんまり時間も無かったし、階段の方は帰る生徒やらで多そうだったから、とりあえず特別教室とかがある廊下《ろうか》の奥。

そこでわたしは、「那織《なおり》と何かあったの?」と、ストレートに訊《き》いた。

押《お》し黙《だま》る純《じゅん》に、もう一度「なんかあったんでしょ?」と尋《たず》ねると、「うん、ちょっとな。僕の不注意で、那織《なおり》を怒《おこ》らせた」と、頭を掻《か》きながら弱弱しく、困った声で言った。

ほら、思った通り。

「それって、いつの話?」

「金曜のお昼だな……那織《なおり》、怒《おこ》ってたか?」

「わかんない。あの子、何にも言わないから。でも、機嫌《きげん》悪いなーって」

「そうだよな。謝ってもLINEに既読《きどく》付かないし、どうしたら良《い》いか悩《なや》んでて──」

「だったら言ってよ。昨日だって訊《き》いたじゃん」

「そうなんだけど、最初から琉実《るみ》を頼《たよ》るのは違《ちが》う。僕が悪いのは事実だし、それで琉実《るみ》の力を借りるのは虫が良すぎる気がしてさ。だから、那織《なおり》に直接謝ろうってあれこれ試《ため》してみたんだけど、反応無くて──何度も家に行こうとしたんだ」

「来れば良かったじゃん。歩いて数秒でしょ？」

「那織《なおり》に言ったんだ、〈直接謝りたいから、行っても良いか？〉って。それまでずっと無視されてて、ようやく既読《きどく》が付いたと思ったら、《来ないで》とだけ返ってきた」

「ふーん。来ないでって言われたから、来なかったんだ」

「何だよ、その言い方。行った方が良かったのか？」

「ううん。別に」

そういうとこだぞって言おうとしたけど、那織《なおり》の場合は本気で「来ないで」って言ってる可能性が高いし、下手に勘違《かんちが》いさせてもだから、あえて言わなかった。

しつこくないとこは純《じゅん》の取《と》り柄《え》でもあるんだけど、あっさりしてるって言うか、簡単に引いちゃうとこが物足りない部分でもあって──けど、那織《なおり》だって、ちょっとは思ったんじゃないかな、それで引き下がるんだって。わたしだったらそう……うーん、微妙《びみょう》かも。幾《いく》ら相手が純《じゅん》だとしても、ほっといて欲しい時もあるし、タイミングとか気分次第《しだい》になっちゃう。

「それで、原因は何なの？」

「それなんだが……なんて言ったら良《い》いか、たまたま手が当たって、そんなつもりは微塵《みじん》も無かったんだが、那織《なおり》を突《つ》き飛《と》ばしたみたいになっちゃったんだ」

「え？　どういうこと？」

普通《ふつう》に聞く限り、那織《なおり》がそこまで怒《おこ》るような話じゃなくない？　そうなる前に何かあったんじゃないの？　那織《なおり》のことだし、なんか無理に迫《せま》ったりとかして、純《じゅん》がやめろみたいに言ったみたいな……純《じゅん》が理由をはっきり言いたがらないのって、もしかして、そういうこと？

そう言えば、那織《なおり》を泊《と》めた時も迫《せま》られたって――そうなのっ？　学校で何してんの？

純《じゅん》が黙《だま》った。何か考えている感じだった。だから、わたしは純《じゅん》の言葉を待った。

ちょっとして、純《じゅん》が何か決めたみたいに、ゆっくりと顔を上げた。

「本人の居ないところで言うのは気が引けるんだが、キスをしたいって言われたんだ。もちろん断った。ただ、那織《なおり》は断ったあとも顔を近付けて来ようとした。最後にしようって琉実《るみ》に言っておいて、那織《なおり》とするのは違《ちが》うだろ。それで咄嗟《とっさ》に避《よ》けた。その時、那織《なおり》に手が当たったんだ。偶然《ぐうぜん》とは言え、那織《なおり》は全力で拒否《きょひ》されたって勘違《かんちが》いしたんだろう。全ては僕の言葉が足りなかったのが原因だ――だから、黙《だま》ってたのは琉実《るみ》に知られたくなかったからじゃなくて、どうしても自分で謝りたかったからなんだ。心配かけてすまなかった」

那織《なおり》、変な想像してごめん。それくらいだったら、わたしは那織《なおり》を責められない。

それに、純《じゅん》も想像してたよりわかってる気がする。

那織《なおり》の立場だったら、わたしが間に入ってくるのはイヤだし、琉実《るみ》に相談したんだって思うと、謝られても素直《すなお》に聞けない。うん、事情はわかった。よくわかった。

純《じゅん》の話を言葉通り受け取るなら、わたしにも原因がある。純《じゅん》の部屋でわたしが欲張ったりしなければ――純《じゅん》の説明不足はあるけど、それを考えると強く出られない。最後だなんて言わないで的なわがまま言っちゃったから、余計に。

さて、これはどう解決したらいいものか。


「流れはなんとなくわかった。ちょっと那織《なおり》と話してみるね。純《じゅん》から聞いたとは言わないから安心して。そこはうまくやる」うなだれた純《じゅん》の肩《かた》をぽんぽんと叩《たた》く。

とは言ったものの、相手が那織《なおり》なんだよね――バレた時はごめん。

「じゃあ、わたしは部活、行ってくる」

「おう、ありがとな」

「わたしはあんた達のお姉ちゃんだから」

「そうだな。いつもありがとう」

やめてよ、ありがとうなんて言われると――くすぐったいじゃん。

「はいはい。それより、そっちの部活はどうなの？」こんな状況《じょうきょう》だし。

「さっき、亀嵩《かめだけ》から今日は無しって連絡《れんらく》来た。みんなに悪いことしちゃったよな」

「そっか。ま、亀《かめ》ちゃんだったら、わかってくれるよ。でも、こんな雰囲気《ふんいき》のまま夏休みに入っちゃうのは勿体《もったい》ないし、早く仲直りしないとね」

「琉実《るみ》の言う通りだ。ありがとう。お陰《かげ》で前向きになれた」

やっと純《じゅん》が笑った。良かった。これで――


「琉実《るみ》が那織《なおり》と姉妹《しまい》で心強いよ」


「も、もう、今さら何言ってんの。じゃあ、わたし、行くから」

口早に言った。

「ああ。頑張《がんば》れよ」

純《じゅん》の顔を見られなかった。だから、どんな顔で言ったのかわからない。

気付けば前も見ずに走り出していた。走るしかなかった。

どこかで名前を呼ばれた気がしたけど、止まれなかった。

夢中で走って、全部を振《ふ》り切《き》ってトイレに駆《か》け込《こ》んだ。

誰《だれ》にも見られたくなかった。誰《だれ》とも話したくなかった。

はっきり何かを言われてはいない。でも、涙《なみだ》が止まらない。

そうなんじゃないかって不安で、胸が重くて、息が苦しい。


——琉実《るみ》が那織《なおり》と姉妹《しまい》で心強いよ。


そんな言い方しないでよ。そんなこと言わないでよ。

わたしの価値は、那織の、お姉ちゃん、ってだけなの？

純《じゅん》はそんな意味で言ってないってわかってるのに、悪く考え過ぎだって言い聞かせてるのに、
全然ダメ。何にも入ってこない。気持ちだけが走って、頭が追い付いてこない。

悪気のない、何気ない一言だったからかも知れない——だから、余計に辛《つら》い。


ねぇ……そ、う、い、う意味じゃないよね？

※　※　※

（白崎《しろさき》 純《じゅん》）

部活の集まりが無いとは言っても、那織《なおり》は学校に来ているだろうし、会って話すのは不可能じゃない――いきなり行って取り合ってくれるだろうか。その辺の匙加減《さじかげん》が分からない。

頭を痛めながら教室に戻《もど》る途中《とちゅう》、安吾《あんご》が女子と階段を下りて行く姿が見えた。相手の女子は誰《だれ》かわからなかったが、ちらと見えた安吾《あんご》の横顔は普段《ふだん》と変わらなかった。

「二組のヤツと遊びに行くけど、来るか？」教室に入ると、教授が声を掛《か》けて来《き》た。

琉実《るみ》から呼び出されたことを質《ただ》してくるのかと思ったが、そんなことは無かった。教授には那織《なおり》との件について軽く相談していたし、恐《おそ》らく察してくれたんだろう。

「今日は帰るよ。教授は楽しんで来てくれ」

「そうか？　騒《さわ》げば気分が晴れるかも知んねぇぞ」

教授のこういう所が、僕は好きなんだ。

「ありがとう。でも、今日は良《い》いんだ」

「ま、何かあったら言えよ」

教授の背中を見送って、荷物を纏《まと》めているとスマホが短く震《ふる》えた。

雨宮《あまみや》からだ。ただ一言〈集合〉とだけ――次は雨宮《あまみや》か。

正面玄関《げんかん》を出ると、植え込みの、日陰《ひかげ》になっている所に雨宮《あまみや》が立っていた。

「ザキ、遅《おそ》い」

僕に気付いた雨宮《あまみや》の第一声がこれだ。結構急いだんだが——まぁ、いいか。

「すまん。待たせた。で、今日は一体何の用だ？」

「だいたいわかってるっしょ？　とりあえず、行こっか」

「行くって何処《どこ》に？」

「いちいちうるさい。どこだってイイじゃん」

いやいや、普通《ふつう》の疑問だろ……雨宮《あまみや》に言っても無駄《むだ》だから、言わないけどさ。

何処《どこ》に連行されるのか分からないまま、つかつか歩く雨宮《あまみや》に付いて行く。

「前々から感じてたんだが、雨宮《あまみや》って重心高いよな」

雨宮《あまみや》の立ち姿は、いつ見ても様になる。それはすらっとしていて身長が高いからだと考えていたが、歩いている姿勢を見てはたと思った。僕の方が身長は高いのに、重心は雨宮《あまみや》の方が高い気がする。雨宮《あまみや》が人目を引く理由は、風貌《ふうぼう》だけじゃなくて姿勢も相俟《あいま》ってなのだろう。

「いきなりなんの話？　重心？」

「姿勢良《い》いなって。多分、腰《こし》の位置が高いんだろうな」

「ちょっとザキ、エナの身体《からだ》をエロい目で見ないで」

「見てねぇよ。変な意味じゃ無くて、単純にそう思っただけだ」

「ザキの姿勢が悪いだけじゃない？　そーやって、自信なさそーに背中丸めてるから」

「姿勢が悪いのは自覚はあるわ。気を付けるよ」

「ザキが悪いのは、姿勢だけじゃなくて思い切りもだけど。で、エナが呼んだ理由だけど、ザキは頭イイんだし、言わなくてもわかるっしょ？」

「那織《なおり》のこと、だろ？」

「着いてからゆおーとしてたんだけど」雨宮《あまみや》が立ち止まった。

そして、汗《あせ》ひとつ浮《う》かんでない、怖《こわ》いくらい冷めた物堅《ものがた》い顔で「にゃおを悲しませるのだけは、やめて。マジで許さないからね」と言った。

思《おも》い詰《つ》めたみたいで、それでいて影《かげ》のある雨宮《あまみや》のこんな顔を、僕は初めて見た。

那織《なおり》のことで、雨宮《あまみや》が本気になっている——自分のことみたいに嬉《うれ》しい。

雨宮含《あまみやふく》め、本当にみんな良《い》い奴《やつ》だよ。

「ああ。分かってるよ」心の底から、そう思ってる。

どうでも良《い》いが、今、にゃおが一つ少なかったな。真面目トーンだと減るのか？

「わかってるならイイんだけどねー。なんてったってザキだからなぁ」雨宮《あまみや》が相好を崩《くず》した。

「楽しそうに言うんじゃねぇよ。何だよ、ザキだからって」

「ま、その話はあとでじーっくりしよっか」

「おう。あと、ありがとうな」

「何が？」

「那織《なおり》のこと、気にしてくれて」

「友達なんだから当たり前でしょ？　ザキにお礼言われる意味がわかんない」

「そうだな。確かに意味わかんないわ」

コンビニの前を通った時だった——会話に夢中で気付かなかった。

「あっ！」

聞き覚えのある声の方を振《ふ》り向《む》くと、古間先輩《ミス・マーブル》の妹が立っていた。


「で、こんなとこまで着いて来て、どういう企《たくら》みだ？」

駅から少し離《はな》れた、雨宮曰《あまみやいわ》くジェラートの美味《おい》しいカフェとやらに僕等は居た。

「企《たくら》みってひどくないですか？　ゆずは先輩《せんぱい》が居たから声を掛《か》けただけですし、ま、この前の話は途中《とちゅう》で終わっちゃったから、その続きしてもイイかなーって思ってたら、雨宮先輩《あまみやせんぱい》と一緒《いっしょ》に歩いてるし、これは話を聞かないと琉実先輩《るみせんぱい》に顔向けできないって——感じです」

いいい、感じですのところだけ、可愛《かわい》く強調して誤魔化《ごまか》しているが、総括《そうかつ》すればただの野次馬だ。

「雨宮先輩《あまみやせんぱい》は、ゆずがいるとメーワクですか？」

「エナは全然っ！　カワイイ子なら、大歓迎《だいかんげい》」

「そんな、雨宮先輩《あまみやせんぱい》にカワイイなんて……あざっす！」

どうやら、古間先輩《ミス・マーブル》の妹にとって雨宮《あまみや》は憧《あこが》れの先輩《せんぱい》らしい。そんな憧《あこが》れの先輩《せんぱい》が僕と居たものだから、チャンスとばかりに着いて来たってところだろう。

「てか、去年だっけ、軽く話したことあるよね？　るみちーと居る時だったっけ？」

「え？　覚えててくれたんですか？　マジで嬉《うれ》しいんですけど」

「カワイイ子だなーって思ったの、覚えてる」

「ちょっと、照れるんで、やめてくださいよ。あ、あの、もし良かったらＩＤ交換《こうかん》したいんですけどっ！　あ、ムリだったら全然いいんでっ！」

これ、僕が居る必要あるか？　無いよな？

「もう帰っても良いか？」

「『ダメ』です」

「帰るとか、意味わかんないんだけど。エナはザキを説教するために呼び出したんだよ？」

い、今、説教するって言わなかったか？　これから説教されるのか？

「そうですよ。白崎先輩《しろさきせんぱい》は説教されたほーがイイです！　雨宮先輩《あまみやせんぱい》からももっと言ってあげて下さい。あんな性格の悪い人に騙《だま》されて、琉実先輩《るみせんぱい》が可哀相《かわいそう》です」

「性格の悪い人って？」雨宮《あまみや》の、すらっとした柳眉《りゅうび》が僅《わず》かに逆立った。

「ほら、琉実先輩《るみせんぱい》って双子《ふたご》の妹いるじゃないですか。その人です。前に会ったんですけど、ゆず、めっちゃ睨《にら》まれたんですよ。ひどくないですか？」

その刹那《せつな》、雨宮《あまみや》が身を乗り出して古間先輩《ミス・マーブル》の妹のネクタイを摑《つか》んだ。

「那織のこと悪く言わないで」

慌てて雨宮の手を退け、座らせる。「落ち着けって」

雨宮が立ち上がった瞬間、脚がテーブルに当たったのだろう、ほとんど口を付けていなかったアイスティーが零《こぼ》れて広がっていた。古間先輩の妹《ミス・マーブル》のカフェオレも零《こぼ》れていて、僕は紙ナプキンを何枚か抜《ぬ》いてテーブルを拭《ふ》いた。紙ナプキンがみるみる茶色に染まる。

古間先輩の妹《ミス・マーブル》は何が起きたのか、事態を呑《の》み込《こ》めていない顔だったのはほんの一瞬《いっしゅん》で、慌《あわ》ただしく立ち上がり、大声で「ごめんなさい」と頭を下げた。

周りを見ずとも、注目を集めているのを感じた僕は、古間先輩の妹《ミス・マーブル》に「良《い》いから、とにかく座りな」と促《うなが》して、隣《となり》で顰《しか》めっ面《つら》をしている雨宮《あまみや》に「落ち着けって」と優《やさ》しく言った。

「あの、ほんとにごめんなさい」

可哀相《かわいそう》になるくらい、弱々しくて泣きそうな声で言って、古間先輩の妹《ミス・マーブル》が水気の残ったテーブルを紙ナプキンで慌《あわ》ただしく拭《ふ》いた。古間先輩の妹《ミス・マーブル》のことを鬱陶《うっとう》しい正しさを振《ふ》りかざす、周りの見えないタイプの子かと思っていたが、礼儀《れいぎ》を知らないわけじゃないらしい。

この前の行動だって、野次馬的な興味があったにせよ、元を辿《たど》れば部活の先輩《せんぱい》である琉実《るみ》を慮《おもんぱか》った結果だ。琉実《るみ》が可愛《かわい》がるくらいだし、良《い》い後輩《こうはい》ではあるのだろう。

「この前の那織《なおり》は、敵意剝《む》き出《だ》しだったし、仕方ないよ」

フォローを入れてから、雨宮《あまみや》に向き直る。「雨宮《あまみや》だって、分かるだろ？　警戒《けいかい》してて、かつ苛《いら》ついてる時の那織《なおり》の感じ。だから、この子がそう思うのも無理ないって」

真っ先に僕が那織《なおり》の誤解を解くべきだった。それを雨宮《あまみや》にやらせてしまった。

その念もあって、僕は雨宮《あまみや》の行動を責められない。

事情に明るくない古間先輩《ミス・マーブル》の妹を責めるのも可哀相《かわいそう》——僕が仲裁《ちゆうさい》するしかない。

そもそもの原因は僕だしな。この場では悪者に徹《てつ》する方が良《い》いだろう。

「だとしても、にゃおにゃおだってすっごく悩《なや》んでるのに、そんな言われ方されたら、かわいそーだよ。てか、すべての原因はザキなんだからね？　わかってる？」

「分かってるよ。だから僕は来たんだ。雨宮《あまみや》の話を聞く為《ため》に」

「あのっ！」

古間先輩《ミス・マーブル》の妹が割って入って来て、僕と雨宮《あまみや》はほぼ同時にそっちを向いた。

「琉実先輩《るみせんぱい》の妹さんって、どんな人なんですか？　ゆず、勘違《かんちが》いしてるっぽいから……」

「にゃおにゃおは、多分ゆずゆずが思ってるよりずっと、るみちーのこと考えてるから。わかりづらいかも知れないけど、めっちゃ優《やさ》しい子なんだよ」

さりげなく、ゆずゆずとか言うなよ。そんな呼び方、してなかったろ。

完全に、にゃおにゃおに引っ張られたな。

「分《わ》かり辛《づら》いってか、そもそも口が悪いんだよな、那織《なおり》は」

「なにゆってんの？　そこがカワイイんじゃん」

　それって、カワイイ……のか？

「結局、口は悪いんですね」

「間違《まちが》いない。保証するよ」態度もだけど、それは言わないでおく。「あと、ああ見えて優《やさ》しいのも本当だ」身内には――それも言わないでおく。

「なんの保証ですか、それ。そんな保証されたあとに優《やさ》しいって言われても……でも、よくよく考えてみれば、琉実《るみ》先輩《せんぱい》と悩《なや》むくらいにはあの人のことが好きなんですよね、先輩《せんぱい》は」

「まあな」

「まあな、じゃない」雨宮《あまみや》が僕の脇腹《わきばら》を肘《ひじ》で小突《こづ》いた。「るみちーと悩《なや》むのは、わかる。るみちーだってイイ子だし。けど、いい加減はっきりしてあげなきゃかわいそう」

「ほんとそーなんですよっ！　この前、ゆずも同じよーな話したんですけど、うやむやにされちゃって――それで、あの……もう行こうみたいになって。てか、ずっと気になってたんですけど、そもそも二人はどーゆー関係なんですか？　まさか雨宮先輩《あまみやせんぱい》も――」

「何がまさかなのか知らんが、ただの友達だ」

　大袈裟《おおげさ》に口を覆《おお》う古間先輩《ミス・マーブル》の妹に、少々うんざりしつつも事実を述べる。どんな邪推《じゃすい》だよ。それこそ有り得ないだろ。

「ですよねーって言いたいとこですけど、冷静に考えてみると、友達もムリありません？　だって、雨宮先輩《あまみやせんぱい》ですよ？　友達になれる要素、先輩《せんぱい》にありますか？」

相も変わらず失礼な奴《やつ》だな。さっきまであらぬ勘違《かんちが》いを述べた人間の発言じゃないだろと思ったが、浅慮《せんりょ》するのも無理は無い、僕自身《じしん》、雨宮《あまみや》と仲良くなるとは思わなかったし。

ただ、短い付き合いではあるが、雨宮《あまみや》は本当に良《い》い奴《やつ》だ。それだけは断言出来る。

「実際、タイプは全然違《ちが》うからな。たまたま趣味《しゅみ》が合ったってだけ――」

「ねぇねぇ、どーする？　エナたちの関係、正直に言っちゃう？」

雨宮《あまみや》が悪い笑《え》みを浮《う》かべた。

「え⁉︎⁉︎⁉︎　それってどーゆー意味ですか？」

「誤解を招くようなこと、冗談《じょうだん》でも言うんじゃねぇよっ！」

「エナ的には、超《ちょう》わかりやすい冗談《じょうだん》だったんだけど、ダメだった？」

「そ、そうですよね。雨宮先輩《あまみやせんぱい》となんて、ありえないですよね。よかった、安心しました。もう、心臓に悪いんでやめて下さいよー。一瞬《いっしゅん》、白崎先輩《しろさきせんぱい》が救いようのないドクズのクソ野郎《やろう》に見えましたよ。あ、でもそれはほぼ事実ですよね」

こいつ、さては那織《なおり》以上だな？　もしや、さっきの反応も悪ノリか？

「僕だから良《い》いようなものの、他の上級生だったら怒《おこ》ってるぞ？」

「いや、先輩《せんぱい》以外にはこんなこと言わないので、大丈夫《だいじょうぶ》です！」

「にこやかに言うんじゃねぇっ！」

「まーまー、それこそ後輩《こうはい》のカワイイ冗談《じょうだん》ってことで。で、今からマジメな話なんですけど、先輩《せんぱい》から見た二人の話、教えてくれませんか？　あれから考えたんですけど、まずはそっから聞いた方がいいかなーって。それなら良《い》いですよね？」

「それ、エナも聞きたい」

「雨宮《あまみや》には前に話しただろ？　何、便乗してるんだよ」

スマホが短く震《ふる》えた。

雨宮《あまみや》から――《なら、にゃおにゃおとケンカしてる話でもする？》

その話をされるよりはマシか。

「話しても良《い》いが……本当に聞きたいのか？」

「はい、聞きたいです！　琉実《るみ》先輩《せんぱい》の子どもの頃《ころ》の話とか」

「分かったよ。だが、その前にトイレだけ行かせてくれ」

席を立ってトイレに向かう途中《とちゅう》、雨宮《あまみや》が小走りで着いて来た。

「ね、今日の夜、通話してイイ？」

「構わないが……」

「ゆずゆずが帰らないと、本題に入れないじゃん」

「そうだな。早めに切り上げられそうだったら、そのあとにしよう」

まずはお節介娘《せっかいむすめ》を帰さないと。

※　※　※

（神宮寺那織《じんぐうじなおり》）


「部活、本当に無しで良かったの？　夏休みの話とか、ちゃんと出来てなくない？」

部室で部長と二人きり――みんなで集まる気になんて、到底《とうてい》なれない。

「そうだけど……会いたくない」

「金曜日、休んじゃってごめんね」

「部長の所為《せい》じゃない。気にしないで。慈衣菜《しえな》にたっぷり愚痴《ぐち》を浴びせて、ちょっとは気晴らしにもなったし。私は大丈夫《だいじょうぶ》だから」

金曜日、私は慈衣菜《しえな》に促《うなが》されるまま、体調不良ってことで早退した。鞄《かばん》を持って一階に下りると、慈衣菜《しえな》が待っていた。それから二人で色んな所をうろついて、そのまま慈衣菜《しえな》の家に泊《と》まった。家に――純《じゅん》君ん家の隣《となり》に立つ自宅には帰りたくなかった。

慈衣菜《しえな》は無理に理由を訊《き》いて来《こ》なかったし、何も言わずに付き合ってくれた。

あの時、どうしてあんなに惑乱《わくらん》したのか、自分でも分からない。純《じゅん》君は本気で私を跳《は》ね飛《と》ばしたんじゃ無いとは思うし、そんな人じゃ無いって、私は知っている。

でも、純《じゅん》君に押し返された時、私は総《すべ》てを拒絶《きょぜつ》された様な気がして、頑張《がんば》って来《き》た事が否定された様な気がして、耐《た》えられなくて、その場に留《とど》まれなかった。

　みんな、全部、どうでも良《い》いって思った。

「大丈夫《だいじょうぶ》じゃ無《な》いでしょ。部活行きたく無いって、まだ解決出来て無いじゃん。さっき、白《しろ》崎《さき》君から《自分の所為《せい》でごめん》って私のとこにメッセージ来たよ」

「ふーん、部長にそんな事言ってたんだ」

「白崎《しろさき》君だって、先生が取り合ってくれないから困ってるんじゃない？」

「だって……」

「先生、白崎《しろさき》君のこと嫌《きら》いになっちゃった？　もう顔も見たくない？」

「そうじゃないけど……今は会いたくない……って言うか、どうしていいか分かんない」

「そっか。だったら、会いたくなるまでは会わなくて良《い》いと思うよ」

「ん、ありがと。さっき反射的に大丈夫《だいじょうぶ》って言っちゃったけど、ほんと言うと、まだ整理出来て無い。だから、多分大丈夫《だいじょうぶ》じゃない。なんか、分かんなくなっちゃった。ごめん」

「分かってる。気にしないで。私は先生の味方だからね」

　やめてよ。弱ってる時にそう云《い》う事《こと》、言わないで。泣きそうになるじゃん。

「そう言えばさ、慈衣菜《しえな》って彼氏《かれし》居た事無いんだって。知ってた？」

「うん。前に聞いた」

「やっぱ知ってたんだ。何か、凄《すご》く意外だった。その手の話、色々と聞いてみようと思ってたから。でも、面倒臭《めんどうくさ》いから作らないって言う慈衣菜《しえな》の気持ち、ちょっと分かるかも」

今回の一件で身に染《し》みた。どうでも良《い》い人と拗《こじ》れるのは全然構わないけど、どうでも良くない人と拗《こじ》れるのは、本当にしんどい。ずっと身体《からだ》の奥がもやもやしてて、常に気重。

私だって、このままで良《い》いとは思って無い。

でも、歩み寄る余裕《よゆう》が、何処《どこ》を探しても見付からない。純《じゅん》君は何度か謝ってくれてるけれど、まだ素直《すなお》に受け入れられない。意地を張ってる積もりは無いんだけど、簡単に「はいそうですか、明日からいつも通り」とはなれない——これって、私の意地なの？　違《ちが》う、よね。

だって私は純《じゅん》君にキスを拒否《きょひ》られたんだよ？

私とキスするの好きって言ったじゃん。今まで何度もしたじゃん。それなのに——女の子からのキスを、私からのキスを、あんな露骨《ろこつ》に嫌《いや》がるのはなくない？　あれは傷付く。

もう一人の私が言う。「あれは事故だったんじゃないの？」と。

分かってる。たまたまそうなっちゃったんだって、分かってる。

けれども、純《じゅん》君が嫌《いや》がったのは厳然たる事実。私はそれが辛《つら》い。

だから、私から歩み寄れない——こうやって、何度も同じ問答が頭の中で旋転《せんてん》する。

明晰《めいせき》さが売りなのに、分かってる部分だってあるのに、それを自分から言い出したく無くて、自分でも面倒臭《めんどうくさ》いって思うけど、どうすれば良《い》いか分かんなくて、ずっと無視したまま。

こんなの、嫌《いや》だ。

嫌《いや》なのに、動けない。

ねぇ、純君《じゅん》。私はどうすれば良《い》いの？　どうして、届かないの？

「先生、ちょっと前までは楽しかったんだよね？」

隣《となり》に座る部長が、向き直って私の肩《かた》に手を置いた。

「うん。楽しかった。今は全然楽しくない」

「また楽しくなるには、どうすれば良《い》いかな？」

そんなの、決まってる。

「私は純《じゅん》君に必要とされたい。私を、好きで好きでたまらなくなって欲しい」

言《い》い乍《なが》ら咽喉《いんこう》がぐっと重くなって——気付くと、落涙《らくるい》していた。

部長がそっと頭を撫《な》でた。

それが合図となったみたいに、何かのスイッチを押されたみたいに、ずっとずっと堪《こら》えてた物が、ずっとずっと耐《た》えていた物が、止《と》めどなく溢《あふ》れて来《き》て止められなかった。止まらなかった。部長の小さい胸に抱《だ》き着《つ》いて、嗚咽《おえつ》を漏《も》らした。声を上げて泣いた。

呼吸が落ち着いた後も、私は暫《しばら》く動けずに居た。

「どう？　すっきりした？」部長の声がゆっくりと降って来る。

「ごめん。制服汚《よご》しちゃった」

「気にしないで。先生の為《ため》なら安いもんよ」

「ありがとう。ねぇ、部長。やっぱり、私、このままは嫌《いや》だ」

「うん。辛《つら》いよね」

「どうすれば良《い》いかな？　ちゃんと素直《すなお》になれるかな？」

「焦《あせ》る気持ちも分かるけど、少しずつで良《い》いんじゃない？　先生は一人で頑張《がんば》り過《す》ぎちゃったんだよ。だから、今度は白崎《しろさき》君に頑張《がんば》ってもらおうよ。白崎《しろさき》君だって先生と仲直りしたいって思ってる筈《はず》だし、現に何度も連絡《れんらく》くれてるじゃん」

「うん、待ってくれるよね」

「大丈夫《だいじょうぶ》だよ。白崎《しろさき》君、優《やさ》しいから」

「ありがとう。そう言ってくれるだけで安心する。部長が居てくれて良かった。困った事が有ったら、すぐ言ってね。部長の為《ため》だったら、私も一肌脱《ひとはだぬ》ぐし、出来る事は協力するから」

「先生、ありがと。私も同じだよ」

泣《な》き腫《は》らした顔は絶対に不細工だから、少しだけ部長の胸から顔を離《はな》して、隙間《すきま》から様子を窺《うかが》うように見上げると——顔をがしっと摑《つか》まれて、部長が無理矢理目を合わして来た。

「恥《は》ずかしいから見ないで」部長の手から逃《に》げて、慌《あわ》てて顔を背《そむ》ける。

「私相手に恥《は》ずかしがらないでよ。私だって先生に泣き顔見られたことあるんだし、お互《たが》い様《さま》でしょ。自分だけ隠《かく》すの、ずるい。そんなこと言ってると、動画撮《と》っちゃうぞ」

ど、動画っ！　それはやめてよっ！　仕方なく、気に染まない乍《なが》らも渋々了承《しぶしぶりょうしょう》するしか無いけど、やっぱり嫌《いや》だから、机に伏《ふ》せて頬《ほお》を腕《うで》に乗《の》せた格好で部長の方を向く。

「それよりさっきの話だけど、純《じゅん》君に頑張《がんば》って貰《もら》うって、具体的にどうするの？」

「どうしよっか。とりあえず白崎《しろさき》君は謝りたいって言ってるし、その機会を作らないと」

「……うん」

「今の煮《に》え切《き》らない返事は、どういう意図？　何が引《ひ》っ掛《か》かるの？」

「ずっと無視してたから、気まずい」

「……そうだよね。うん、分かるよ。まぁ、先生だってまだ消化出来てないかもだし、ちょっと待《ま》って貰《もら》えばいいよ。白崎《しろさき》君が頑張《がんば》るべきは、先生の気持ちが落ちつくまで待つことじゃない？　先生の為《ため》なら待ってくれるだろうし、そもそも先生は待たされてる側だしね」

「言われてみれば、確かにそうだね」

「定められし時を待ち、わが身に変化が訪《おとず》れる日の巡《めぐ》り来《く》るまで、吾《わ》れはすべての日々を尽《つ》くさんってね。だから全ては先生のタイミングで良《い》いんじゃない？」

「それは誰《だれ》の言葉？」

「え？　分かんないの？　うーん……秘密」

「何でよ。ずるい。教えて」部長の顔を横目で確認《かくにん》すると、照《て》れ臭《くさ》そうな顔をしていた。

何でそんな顔？　どういう事？

「だめ。自分で見付けて」

「けち」

「とにかく先生、心の準備が出来たら、ちゃんと白崎《しろさき》君の話を聞いてあげるんだよ。そればっかりは先生が頑張《がんば》らなきゃね」

「うん、頑張《がんば》る」あっ！　もしかして――「ね、さっきのって『リリス』でしょ？」

自分の名前が題名になった本だから、あんな顔してたんだっ！

「さあ、どうだったかなぁ。忘れちゃった」

ああ、この声色《こわいろ》と表情は、きっと当たりだ。

それから部長と下校まであれこれ話したけれど、最終的には私の心持ち次第《しだい》だし、部長も純《じゅん》君に探《さぐ》りを入れてくれるって言ってくれた。とどのつまり、何かが決定的に進展したって事は全く無い。それでも、部長や慈衣菜《しえな》に苦衷《くちゅう》を吐《は》き出《だ》せて、随分《ずいぶん》と気が楽になった。

ただ、純《じゅん》君と今までみたいな関係に戻《もど》れたとして……もし純《じゅん》君が琉実《るみ》を選んだら。

私はもう、前みたいに接する事は出来ないかも知れない。だったら、このまま部長や慈衣菜《しえな》と過ごす方が幸せなんじゃないか、そんな後ろ向きな思量を追い出せない。

だって――私は避《さ》けられたから。その事実が今もずっと付《つ》き纏《まと》っている。

お風呂《ふろ》から出た後、ベッドの上に寝転《ねころ》がって本を取ろうとしてやめた。何となく窓辺に立って、少しだけ外の空気を入れる。だらしなくてぼんやりとした熱風が入り込んで来る。

ずっと、純《じゅん》君を独《ひと》り占《じ》めしたいって思ってた。

本を読んでいる時、映画を観《み》てる時、そうやって過ごしている時は独《ひと》り占《じ》め出来てるって思えた。同じ時空連続体の中で、二人の特異点が重なり合う瞬間《しゅんかん》だった。

あの転換点《てんかんてん》を迎《むか》えるまではそれでも十分だった——琉実《るみ》と付き合う迄《まで》は。

あの日以降、それ以外の時間を奪《うば》われるようになった。

疎外感《そがいかん》を抱《いだ》いていた琉実《るみ》に同情はあった。だから、篤実《とくじつ》を装《よそお》う積もりは微塵《みじん》も無いけれど、純《じゅん》君と琉実《るみ》の交流を邪魔《じゃま》する様な事はしなかった——それがまさか、二人が付き合うとは思わなかった。そんな展開は想定していなかった。ぬるま湯に浸《つ》かっていた事を思い知った。

過失は私にある。現状に満足して、駒《こま》を進めようとしなかった私の責だ。嘲罵《ちょうば》されて然《しか》るべき失態だが、罵《ののし》られたままでは居たくない。

失った物を取り返す方法は明白だった。琉実《るみ》が身を以《もっ》て証明してくれた。

純《じゅん》君と恋人《こいびと》になればいい——友達とか幼馴染《おさななじみ》じゃない確約された唯一《ゆいいつ》の関係になれば、独《ひと》り占《じ》めする事が出来る。もちろんそれは、用意された流れとか与《あた》えられた仮初《かりそ》めの関係では無くて、純《じゅん》君も望んだ形であって欲しいと願っていた。

それは純《じゅん》君と付き合うって事で、勿論《もちろん》それを望んで来たのだけれど、付き合ってどうしたいのか分からなくなった。一緒《いっしょ》に居たい？　一緒《いっしょ》に居たい。でも、付き合ったからって、ずっと一緒《いっしょ》に居られる保証は無い。今回みたいな風波《ふうは》とか不和が生じるかも知れない。

付き合うって云《い》う契約《けいやく》の拘束力《こうそくりょく》は、どれくらいあるの？　いつまで独《ひと》り占《じ》め出来るの？

結婚《けっこん》してる人だって離婚《りこん》するのに、戸籍《こせき》に記載《きさい》すらされない法的関係でも何でも無いただの恋人同士《こいびと》って、何に依拠《いきょ》されるの？　何が関係を保障するの？

訊《き》かなくても分かってる。保証なんて無い。恋人《こいびと》の関係は無窮《むきゅう》じゃない。永遠だとか永久なんて、口にした刹那《せつな》の響《ひび》きの中にしか存在しない。

だったら付き合うって何？　そんな曖昧《あいまい》で截然《せつぜん》としない物に拘泥《こうでい》する位なら一層——ううん、それは駄目《だめ》。琉実《るみ》に独《ひと》り占《じ》めされるのは、もう耐《た》えられない。

私は、誰《だれ》にも妨害《ぼうがい》されずに純《じゅん》君と好きな話をして、映画や小説の感想を言い合って、解釈《かいしゃく》について議論したい。ずっとそうして居たい。その時間を奪《うば》われたくない。

そして、その相手が私の事を好きで、私の事しか眼中に無くて、何よりも私を優先してくれて、私に夢中になってくれるなら、言う事は無い——だって、そうだったらもう、私の居場所や時間は脅《おびや》かされないって思えるから。安心して楽しめるって思うから。

結局、付き合うって云《い》う曖昧模糊《あいまいもこ》な関係でも良《い》いから、私は安心したいだけなんだ。安心したい為《ため》に付き合いたいって考えてるんだ……何か、その辺の小娘《こむすめ》みたいな発想で嫌《いや》。

嫌《いや》だけど、恐《おそ》らくこれが私の本心。

純《じゅん》君はどう思ってるんだろう。私の事、どういう風に見てるんだろう。けど、それだって話してみなきゃ分かんないよね。

あとは私の気持ち次第《しだい》――はぁ、頑張《がんば》ってみるか。

「那織《なおり》、入るよ」

琉実《るみ》の声がして、窓と思索《しさく》を閉じた――耳元で忌々《いまいま》しい羽音がした。

「琉実《るみ》っ！　蚊《か》が入ったっ！」

「え？　蚊《か》？」

「早く退治してっ！」

「た、退治って――あっ、居たっ！」

琉実《るみ》が空中を睨《にら》み乍《なが》ら振《ふ》り返《かえ》る。視線の先の壁《かべ》に小さな黒点。すかさずティッシュの箱を琉《る》実《み》に放る。受け取った琉実《るみ》が蚊《か》を仕留めようと腕《うで》を振《ふ》り上《あ》げた瞬間《しゅんかん》、黒点が飛翔《ひしょう》した。

「ああっ！　逃《に》げられたっ！」

「ちょっとっ！　何やってんのっ！　バスケ部の癖《くせ》にモーション大きすぎない？」

「あんたのパスが下手だから――ね、どこ行った？」

「えっと……」周囲をさっと見回して索敵《さくてき》。矮小《わいしょう》な対象はレーダー網《もう》をいとも簡単にすり抜《ぬ》けて消失《ロスト》――逃《に》がしてなるものか。安寧《あんねい》な睡眠《すいみん》を脅《おびや》かす侵入者《しんにゅうしゃ》を殲滅《せんめつ》せねば。

「那織《なおり》っ！　そこっ！」

琉実《るみ》の指した方向を追うと、カーテン脇《わき》の壁《かべ》に排除《はいじょ》対象を確認《かくにん》した。気配を消しながらゴミ箱に入っていたお菓子《かし》の箱を取って、一気に距離《きょり》を――ふぎゃっ！

痛いっっっっっ！！！

摩擦《まさつ》を失って滑《すべ》った愚《おろ》かな右足が、ベッドのフレームに……待って、ほんと痛い。

泣きそう。

「ねぇ、大丈夫《だいじょうぶ》？　すっごい音したけど……もしかして、もろに脛《すね》打った？」

「痛い……マジで痛い。死ぬ」脛《すね》をめっちゃ摩《さす》ってるのに、痛みが全然引かない。

「冷やすもの……っく……持って来るから！」

「……待って」

「何？」振《ふ》り向《む》いた琉実《るみ》の、口元に力が籠《こも》って――ぷるぷるしている。

「今、笑ったでしょ？」

「笑ってないって。それより――」

「絶対笑った。もう最悪。ほんと嫌《きら》い」

「ごめんって。だって……あんなに勇んで……ふっ……ごめ、もうダメ」

こっちは泣きそうだってのにっ！　この冷血女はっ！　痛がる私の横でバカ笑いをっ！

ほんと許さないっ！

「もうっ！　笑ってないで蚊《か》を始末してよっ！」

「んっ……ははっ……ちょっと待って……お腹《なか》痛い……」

「痛いのは私だよっ！」

何しに来たのっ！　この役立たずっ！

「那織《なおり》っ！　動かないでっ！」

「えっ？」

次の瞬間《しゅんかん》、膝《ひざ》を抱《かか》えて回復姿勢を取っていた健気《けなげ》で可憐《かれん》で愛くるしい私の、滑《すべ》やかで見目《みめ》麗《うるわ》しい腕《うで》を、脳筋冷血女が力一杯《ちからいっぱい》に、容赦《ようしゃ》する事無くティッシュの箱で叩《たた》いた。

パシィインッ！

部屋中に響《ひび》く強烈《きょうれつ》な破裂音《はれつおん》——私の皮膚《ひふ》組織が蹂躙《じゅうりん》される音。「痛いっ！」

「取ったっ！」

「取ったじゃ無いよっ！」

ぱしっぱしっとティッシュを何枚か引《ひ》き抜《ぬ》いて渡《わた》して来《き》た琉実《るみ》を、それこそ琉実《るみ》を構成する全細胞《ぜんさいぼう》が存在を反省する位の圧を示威《じい》して睨《にら》み、ぶん取る様にしてティッシュを奪《うば》う。

ああっ、痛いし汚《きたな》いし、ほんとに最低最悪で悪辣《あくらつ》な女だっ！

ダチュラの極《きわ》みだっ！　冗談抜《じょうだんぬ》きで最悪。同じ家庭環境《かんきょう》で育ったと思えない。

「もう無理。家庭内暴力《ドメスティックバイオレンス》を受けた。家庭裁判所に申し立てて縁《えん》を切りたい」

「ごめんっ！」琉実《るみ》がしゃがんで私の腕《うで》を摩《さす》る。「……でも、蚊《か》は倒《たお》せた……」

この期に及《およ》んで、自分の手柄《てがら》を誇示《こじ》するとはっ！　なんて厚顔《こうがん》な女なのっ！

「私の被害《ひがい》はどうしてくれるのっ！　こんなに赤くなっちゃって……脛《すね》も痛いし……蚊《か》が居な

くなってもこんなんじゃ寝《ね》られないよっ！　自分が不憫《ふびん》すぎて泣きそう」

決めた。護身用のテーザーガンを買ったら、絶対に琉実《るみ》で試射する。

「冷やすもの取ってくる」琉実《るみ》が立ち上がった。

「あと賠償金《ばいしょうきん》もね。ヴェルサイユ条約以上に請求《せいきゅう》するから覚悟《かくご》して」

「賠償金《ばいしょうきん》って……アイスでいい？　一緒《いっしょ》に食べよ」

「アイスとか良《い》いから。そんなんで許すと思わないでっ！」

「要《い》らない？」

「要《い》る」

「だよね」

「ただし、ハーゲンダッツじゃなきゃ嫌《いや》」

「ハーゲンダッツあったかなぁ、見た記憶《きおく》ないんだけど……あったら持ってくるよ」

「無かったら買ってくるぐらいしてよっ！」

「やだよ。なんでそこまで――」

「誠意を見せてって言ってるのっ！」

話が通じないんだからっ。全く、理解力が低くて嫌《いや》になる。


（神宮寺《じんぐうじ》琉実《るみ》）

案の定ハーゲンダッツはなかったけど、お母さんに那織《なおり》の機嫌《きげん》が悪いことを伝えると、「二人で半分にするんだよ」と言って、他の食品で見えないように隠《かく》された冷蔵庫の奥から、シュークリームを出した。わたしたちに内緒《ないしよ》で自分だけ食べる気だったでしょって突《つ》っ込《こ》みたかったけど、残念そうな顔してたから、お礼だけ言って、他には何も言わずに受け取った。

縮《ちぢ》こまって脚《あし》をさする那織《なおり》に、棒アイスとシュークリームと保冷剤《ほれいざい》を渡《わた》して隣《となり》に座る。

真面目な話をしようと思ってたし、那織《なおり》のことが気になってたからずっと様子をうかがってて、よしって思ってやっと那織《なおり》の部屋に来たとこだったのに、蚊《か》がどうのって騒《さわ》ぎで気持ちがリセットされちゃった。でも、いつもの那織《なおり》って感じで、ちょっと安心した。

そういう意味ではよかったのかも。

アイスを食べる那織《なおり》を、横目でちょこっと盗《ぬす》み見《み》る。落ち着いたみたいだし、話をしても大《だい》丈夫《じようぶ》かも——妹と話すだけなのに、なんで緊張《きんちよう》してんだろ、わたし。

「あのさ、純《じゆん》と上手《うま》く行ってないんでしょ？」

「……まぁ、そんなとこ」

「大丈夫《だいじようぶ》？」

「大丈夫《だいじようぶ》って、どう云《い》う意味？」

「えっと、落ち込んでないかなーって」

「落ち込む、か。これは落ち込んでるのかな。分かんない。てか、琉実《るみ》は私の心配してて良《い》いの？　琉実《るみ》にとってはチャンスなんじゃ無い？」

「チャンスとか、そんな風に考えるの、わたしはイヤ。前にも言ったけどさ、わたしは純《じゅん》が好きだからって那織《なおり》とケンカしたり、揉《も》めたりしたくない。そりゃ、悔《くや》しくなったりとかはするし、なんで那織《なおり》ばっかりって思ったりはする。でも、わたしは何より、みんなで仲良くしていたいって思う。三人で居るのが好きだし、ずっとそうだったから」

「抜《ぬ》け駆《が》けして付き合ったのに、今更《いまさら》それを言う？」

「そんなこと言わないでよ。わたしだって悩《なや》んだし、良くなかったって――」

「良《い》いよ。分かってる。ごめん。綺麗事《きれいごと》言うから意地悪したくなっただけ」

「はぁ。なんであんたはそんなに性格悪いの？　人が真面目に話してるのに」

どうして素直《すなお》に話が出来ないのかな。那織《なおり》のこういうとこ、昔から嫌《きら》い……だけど怒《おこ》っちゃダメだって言い聞かせて、なんて言い出そうか迷っていると、那織《なおり》がすっごくちっちゃい声で急に「ありがとう」って口にした。

「いきなり何？」

「ずっと言おうと思ってた。今朝、何にも言わずに一緒《いっしょ》に登校してくれたから」

「ああ、そんなの気にしなくて良《い》いのに」

「さっき、琉実《るみ》は悔《くや》しくなったり、なんで那織《なおり》ばっかりって言ったけど、私も同じ事思ってた。琉実《るみ》ばっか特別視されてて、この前だって私を置いて琉実《るみ》の所に行っちゃうし、誕生日の時だってそうだったし、いつも私は後回しにされてた。それが本当に悔《くや》しかった」

「それは――」言いかけて、やめた。言いわけっぽく聞こえそうだったから。

那織《なおり》にはそう見えてたんだ。わたしからすれば純《じゅん》は昔から那織《なおり》に甘かった。

わたしのお願いより、那織《なおり》のわがままの方が優先されてた。決まって、那織《なおり》が言うから仕方ないだろって苦笑いしながら。純《じゅん》は今でも――「わたしたちが二人ともそう考えるってことはさ、純《じゅん》はどっちかだけをひいきしてなかったってことじゃない？」

那織《なおり》を諭《さと》す為《ため》じゃなかった。わたしは、自分に言い聞かせてた。

「もしそうだとしたら、どっちかを贔屓《ひいき》してくれた方が、よっぽど良くなかった？」

那織《なおり》がアイスの棒をゴミ箱に投げ入れた。

わたしも手に持ったままの棒を、捨てた。「そうかもね」

「でしょ？　純《じゅん》君が八方美人な態度を取るから、私達はこうやって……いや、純《じゅん》君には出来ないよね。親戚《しんせき》なんかよりずっと長い時間一緒《いっしょ》に居て、小さい頃《ころ》から三人で仲良くしなさいって両方の親から言われ続けて、そんな親同士が未《いま》だに仲良いんだもん。そんな状況《じょうきょう》なのに、私達二人のどっちかと付き合えって、よく考えてみると、ある意味不幸なのかも」

「それ、うちらが言うなって話じゃない？」

「でも、うちらにしか言う権利無くない？」

「確かに。他の人にはわかんないよね」

那織《なおり》がシュークリームを手に取った。「琉実《るみ》は？」

「一個だけしかなかったの。那織《なおり》が食べていいよ」

「一個っておかしくない？　普通《ふつう》、人数分買うでしょ」

「貰《もら》い物《もの》なんじゃない？　お母さん、一人で食べるつもりだったっぽいし」

「そこは子供優先でしょ。どんだけ食い意地張ってるの？　信じらんない」

那織《なおり》が言うか、と思ったけど、ぐっとこらえた。

「はぁ。仕方ないなぁ。特別だからね」

那織《なおり》がシュークリームをちぎって、渡《わた》そうと――した手を引っ込めて、別の方を差し出してきた。ああ、最初の方は小さかったんだ。慣れてるからいいけど。子どもなんだから。

でも、いい。大きさなんて関係ない。分けてくれただけで十分。

「ありがと」

半分になったシュークリームは、めっちゃ食べづらくて、何度もクリームが零《こぼ》れそうになって、口《くち》の端《はし》にクリームが付いたりして、那織《なおり》と笑い合って苦戦して食べた。

ティッシュで口を拭《ぬぐ》って、落ち着いたところでわたしは言った。

「那織《なおり》はどうして純《じゅん》とケンカしてるの？」

那織《なおり》が覗《のぞ》き込《こ》むようにして、こっちを向いた。毛先がゆらりと揺《ゆ》れた。

「聞いてるんでしょ？」

聞いてないとは言わせないって目で、じっと見詰《みつ》めてくる。

「なんとなくは聞いた」

「じゃあ、言わなくても良くない？」

「でも、わたしが聞いた話と違《ちが》うかも知れないし……」

「仮にそうだとしても、今は良《い》い。それより、琉実《るみ》はわたしにどうして欲しいの？」

「わたしはただ――純《じゅん》と今まで通りになってくれればって。それだけだよ」

「分かった。努力する。これで良《い》い？」

え？　そんな簡単に？　「う、うん。そうなんだけど……」

「琉実《るみ》の他にもお節介《せっかい》を焼いてくれる人が居て、同じ事を言うんだよね」

「亀《かめ》ちゃんとか慈衣菜《しえな》？」

「そう。だから、努力する。そしてそれは、私の望みとも相違《そうい》は無い。けど、はい分かりました、明日から平素通りですってのは、恐《おそ》らく無理。だから、応じる言葉としては、努力するって言う他ない。これで良《い》い？　満足？」

「まぁ、そうなんだけど……」

純《じゅん》が言うには、那織《なおり》は拒否《きょひ》られたって思ってる――そうだとしたら、余りにも聞き分けが良すぎて、なんだか肩透《かたす》かしを食らったみたいな感じがする。

「なんでそんなに歯切れが悪いの？」

「だって……無理してない？」

「別に。強《し》いて言えば、話してる内に気持ちは軽くなった。吹《ふ》っ切《き》れたに近いかも」

「吹《ふ》っ切《き》れたって……それ――」

「ああ、ネガティブに捉《とら》えないで。そんな積もりじゃ無いから。ただ、琉実《るみ》はどこまでもお人《ひと》好《よ》しだなって再認識《さいにんしき》出来たし、ほんの少し安心したってだけ。悪い意味じゃ無く、ね」

「なにそれ。意味わかんない」

「笑うかと思うそばから涙《なみだ》に暮れ、快楽のうちにあってなお、多くの不満苦悩《くのう》に耐《た》えている、幸福《しあわせ》は素早《すばや》く立ち去り、しかも永遠に続いてもいる、枯《か》れ乾《かわ》きつつ、たちまち緑に萌《も》えもするわたし――だとしても始まりには戻《もど》らないって、改めて決意したの」

余計わけわかんないんだけど……いいや、いつものことだし。

「ね、ひとつ提案があるんだけど――」

言うなら今だって思った。ずっと那織《なおり》に言おうって思ってた。最初は別々がイイって考えてたけど、この前の純《じゅん》の話とか、ここ数日のこととか色々踏《ふ》まえると、多分、もう最後になるのかなって空気がしてるから――「純《じゅん》の誕生日、三人でデートしない？」

第
四
章

TITLE

運命感じちゃった？

KOIWA FUTAGO DE WARIKIRENAI

（白崎　純）

今朝、久し振りに見た那織は何となく不機嫌っぽい表情だった。

三人で学校行こうと琉実に誘われた僕は、那織が家から出て来てすぐ謝った。謝ったら終わりだなんて言う気は毛頭ないし、謝って楽になりたかった訳でもない。

僕はただ、自分の口で先ず以て謝りたかった。

那織は下を向いたまま「うん」と頷いただけだった。その場で固まった僕等を、琉実が「ほら、行こっ」と促して、何となく有耶無耶になった。学校に向かう道中で何度か那織に話し掛けてみたが、無視こそされないものの、素っ気ない言葉が返って来るばかりだった。

那織に声を掛ける度、無視されないだろうかと怯えていた僕にとっては、それでも十分だった。この数日、那織と喋れないことがこんなにも応えるんだと、思い知った。

部活の集まりは今日も無くて、教授は気を遣って「帰りに家寄るか？」ってまた言ってくれたけど、断って一人で図書室に向かった。いつもみたいに、那織と帰りたかった。

昼休み、〈一緒に帰ろう〉と送ったメッセージに既読は付いたが、返事は無い。

那織《なおり》のクラスに行こうかとも考えたが、それは押し付けがましい気がしたし、那織《なおり》はしつこくされることを嫌《きら》うって知っていたから、反応があるまで待つことにした。

夏休み直前の図書室は殆《ほとん》ど貸し切り状態で、人の往来を気にすることなく書架《しょか》の間に留《とど》まって、じっくり本を吟味《ぎんみ》することが出来た。ふと、『ミレニアム』の三巻をまだ読んでいないことを思い出して、背表紙の海を泳いで海外小説の棚《たな》に移動する。

目当ての青い装丁《そうてい》を手に取って、椅子《いす》に座った。頁《ページ》を捲《めく》ると、一巻や二巻と同じように北欧《ほくおう》の地図が現れた。ああ、この感じだと妙《みょう》な安堵《あんど》を抱《いだ》きつつ、頭を読書に切《き》り替《か》える。

どれくらい没頭《ぼっとう》していたのだろうか、同じ姿勢のまま読んでいた所為《せい》で身体《からだ》が硬直《こうちょく》していたみたいだ。首が痛くなって頭を上げると、向かいの席に那織《なおり》が座っていた。

人が座った気配すら感じなかった。

ここで会えるとは思ってなかった。

夢でも見ているのかと錯覚《さっかく》するほど、視界に映る総《すべ》てが調和していた。

窓から図書室を塗《ぬ》ろうとする橙の諧調《だいだい》《かいちょう》の中で頬杖《ほおづえ》を突《つ》いて俯《うつむ》く那織《なおり》は、空想の一部を切り取ったみたいだった。幻想的《げんそうてき》だったと言ってもいい。絵になるな、僕はそう思った。

僅《わず》かの間、目が奪《うば》われた。

「私の事は気にしないで、続き読みなよ」それだけ言って、那織《なおり》が再び目を伏《ふ》せた。

那織《なおり》が本を読むのなら——時折那織《なおり》の気配を感じつつも、僕は物語を先に進める。

会話することなく、互《たが》いの息遣《いきづか》いに気を配ることもなく、黙《もく》して別々の本を読む。

僕と那織《なおり》のコミュニケーションが戻《もど》って来《き》た。


那織《なおり》と同じ空間で、それぞれが目の前に広がる物語に専心する。

図書館で、喫茶店《きっさてん》で、公園で、家で——場所は何処《どこ》でも良かった。

各々《おのおの》が旅する世界に干渉《かんしょう》せず、その場の空気だけを静かに共有する。


今まで僕等は、ずっとこうだった。

小さい頃《ころ》から、ずっとこうだった。


そう、僕等はずっとこうだったんだ。琉実《るみ》と付き合ってる時も、那織《なおり》は会話してくれた。

那織《なおり》だけが、ずっと変わらずに僕の相手をしてくれていた——今だってそうだ。

隣《となり》で本を読む。言葉にすればそれだけだが、たったそれだけがとても愛おしい。

この時間が、僕は何よりも心地好《ここちよ》い。

僕等の会話は、下校のアナウンスまで続いた。いつもだったら、このあとはそれぞれが読んだ本について感想やらを語り合う。だが、今はそこまで望まない。既《すで》に十分だ。

借りる手続きを済ませて、本を鞄《かばん》に仕舞《しま》う。「那織《なおり》は借りないのか？」

「読み切った。薄《うす》かったし」

「そうか。なぁ……僕と一緒《いっしょ》に帰ってくれるか？」

最後の方は、照《て》れ臭《くさ》くて那織《なおり》の顔を見て居られなかった。

「どうしよっかな。校門でマッツ・ミケルセンが待ってるかも知れないんだよね」

頬《ほお》に指を当てて、那織《なおり》がわざとらしく考える恰好《かっこう》をした。

「マッツ・ミケルセンが待ってるなら仕方ない。僕如《ごと》きじゃ太刀《たち》打《う》ち出来ないな」

「うん、その時はごめんね。残念だけど諦《あきら》めて」

結局、校門にマッツ・ミケルセンは居なかったし、代わりにコリン・ファースが待ってるなんてことも無かった。那織《なおり》好みの渋《しぶ》めの俳優が来日していなかったお陰《かげ》で、僕は那織《なおり》と一緒《いっしょ》に駅に向かって歩き、騒々《そうぞう》しい電車に二人で乗れた。

以前みたいに会話が盛り上がることは無かったが、雑談が出来ただけで満足だった。駅を出て家に向かって歩いている途中《とちゅう》で、噛《か》み締《し》める様にして那織《なおり》の名前を呼んだ。

「ん？」

「この前は本当にごめん」

「それは、何に対してのごめん？」

「えっと、那織《なおり》を押《お》し退《の》けたみたいにしてしまったことと――」

「うん。それで？」

落ち着け。熟考するんだ。「那織《なおり》を拒《こば》んだみたいにして、傷付けてしまったこと」

「うん、分かった。私も、その……無視してごめんね」

「いいんだ。僕が悪いんだし、那織《なおり》の気持ちを考えたら仕様が無い」

「ううん、ちょっと意地悪だったなって。私の事、うざいとか面倒臭《めんどうくさ》いって思った？」

「まさか。思う訳ないだろ」

「ほんとに？　何で無視するんだよとか思わなかった？」

「思わなかったよ。こんなに那織《なおり》を怒《おこ》らせたんだって後悔《こうかい》ばかりしてた」

僕の言葉を最後に天使が通った《沈黙が流れた》。首筋の汗《あせ》を拭《ぬぐ》うと、ほんの少し気持ちが軽くなった。

「ところで、どうして図書室に来たんだ？」

「もし純《じゅん》君が居たら、一緒《いっしょ》に帰ろうって。ちょっとした賭《か》けだよ」

「そうか。僕は教授から家に来ないかって誘《さそ》われてたんだ。でも、もしかしたら那織《なおり》から連絡《れんらく》があるかも知れない……だったら図書室で時間を潰《つぶ》そうと考えたんだ。凄《すご》い偶然《ぐうぜん》だな」

「何？　運命感じちゃった？」那織《なおり》が、いつもみたいに目を細めた。

良かった。もう大丈夫《だいじょうぶ》だ——ありがとう。そして、ごめん。「かもな」

「何それ。詰《つ》まんな」

「つまんなくて悪かったな」これでも勇気出して乗っかったんだぞ。

「ねえ、これだけ教えて」

那織《なおり》が立ち止まった。

「私が連絡《れんらく》しない間、どうだった？　寂《さび》しかった？」

再びつまんないって言われるかも知れないが、僕は言った。「寂《さび》しかったよ」

那織《なおり》は何も言わずに、ただ笑った。


那織《なおり》と帰った翌日、久々にみんなで部室に集まった。

「物語の大半はＳＦとミステリなんだよ」

亀嵩《かめだけ》からジャンルの話を振《ふ》られた僕は、こういう話を心置きなく出来る喜びを待ってましたと言わんばかりに嚙《か》み締《し》めていた。ちらと那織《なおり》に目を遣《や》ると、足を組んだまま眉間《みけん》に皺《しわ》を寄せて本を読んでいた。眉間《みけん》に皺《しわ》が寄っているのはいつもの癖《くせ》だが、雨宮《あまみや》が腰《こし》に抱《だ》き着《つ》いて頰擦《ほおず》りをしているのも、些少《さしょう》の影響《えいきょう》はあるだろう。

「白崎《しろさき》君、それはちょっと暴論じゃない？」

「亀嵩《かめだけ》の言いたいことも分かるが、ちょっと待ってくれ。ＳＦと言うと、堅苦《かたくる》しくて専門用語にカタカナでルビが振《ふ》ってあるイメージかも知れないが、アイアンマンだってスパイダーマンだって、広義では十分にＳＦだろ？　Ｘメンだってそうだ。何かの本で、ジェイムズ・キャメロンが似たようなことを言っていた。つまり、ヒーロー・ヒロイン物はＳＦなんだ。そして、それらは物語の主流だろ？　それに、ミステリだって手法そのものは、ありとあらゆる所で用いられている。Who done it?《フーダニット》 や Why done it?《ワイダニット》、How done it?《ハウダニット》 みたいなアプローチは、物語の根幹と言ってもいい。人が死ななくたって、ミステリなんだよ」

「なるほど。じゃあ、恋愛物《れんあいもの》は？　恋愛《れんあい》だって物語の大半——というか殆《ほとん》どでしょ？」

「そうだな。だが、恋愛《れんあい》を扱《あつか》う物語にも、多分にミステリの要素が含《ふく》まれているとは思わないか？　誰《だれ》が？　どうして？　どうやって……一緒《いっしょ》になるのか？　だろ？」

「その解釈《かいしゃく》を取るのなら、確かにね」

「部長、純《じゅん》君の言葉に惑《まど》わされないで。〝どうして？〟とか〝誰《だれ》が？〟って、別にミステリーだけの特権じゃないから。出来事を著《あらわ》すのが物語の根幹でしょ？　であるならば、出来事を観測する人間の疑問点がそのまま物語の疑問点になり、延《ひ》いては課題となる。それを述べるのが物語じゃない？　それを言い出したら、竹取物語《たけとりものがたり》だって——」

耐《た》え切《き》れなくなった那織《なおり》が、苛立《いらだ》たし気《げ》に口を挟《はさ》んできた。

「あれこそ、まさにSFであり、ミステリだろ」

那織《なおり》とだったら、延々この話題を続けられる自信がある。と言うか、僕等の日常会話だ。

「それは後から当《あ》て嵌《は》めてみたらって話で、そもそもはスタンダードな貴種流離譚《きしゅりゅうりたん》だし、神話的に考えれば、月の使者って云《い》うのは古くからあるモチーフじゃん。ＳＦを名乗るなら、現実的なアプローチで取《と》り掛《か》かるのが前提でしょ？　それを言い出したら、神話すらファンタジーじゃなくてSFになるよ? Science Fiction の言葉に則《のっと》るのなら、そこに必要なのは科学的考証によるアプローチであり、現実的地平の連続の先にある物語とするのが自然じゃない? ファンタジーを技術的かつ現実的に成立させようと再構築した物語だったらSFになるだろうけど、竹取物語《たけとりものがたり》は違《ちが》うでしょ」

「それを言うなら、まずは前提の認識《にんしき》を再定義するところから――」

これからが本番というところで、部室のドアが開けられた。みんなの動きが止まって、視線がドアに集中する――入って来たのは、依田《よだ》先生だった。

「お、全員居るな。ちょうど良かった。夏休みの活動についてだが、予定はあるか? 本当だったらもっと早く訊《き》かなきゃいけなかったんだが、失念していた。すまない」

さっきまで黙《だま》っていた教授が、「それって合宿とかってことですか?」と口火を切った。

教授の言葉に、部室内が静かに反応した。誰一人《だれひとり》口を開かなかったが、依田《よだ》先生がどう答えるのか、皆《みな》の意識が蝟集《いしゅう》した。以前、那織《なおり》が合宿したいと言っていたし、部室でそんな話になったこともある――僕だって、合宿には賛成だ。楽しいに決まってる。

「合宿したいのか?」

「もちろん」教授が力強く頷《うなず》いた。これはこの場の総意だ。

「無理だな」

間髪《かんはつ》入れずに、依《よ》田《だ》先生が言い切った。

「いやいや、即答《そくとう》すぎるって」

「どうしてダメなんですか？」そう尋《たず》ねた亀嵩《かめだけ》に顔を向けて、依田《よだ》先生が続けた。「もう夏休みになろうかってこの時期に、合宿所の手配は難しい。あとは、予算と私の都合だ」

「予算だったら、みんなで出し合えばよくない？」

雨宮《あまみや》が食い下がるが、依田《よだ》先生は首を縦に振《ふ》らない——どころか、畳《たた》み掛《か》けてきた。

「それは予算の話だけだ。もともとこの部に予算は割《さ》かれていないから、合宿をするとなれば他の部に比べて持ち出しは多くなる。だが、持ち出せばどうにかなる話じゃない。さっきも言っただろ、場所と顧問《こもん》の都合が付かない。こう見えて私も忙《いそが》しくてな。済まないが、今年は諦《あきら》めてくれ。それに合宿って言っても、泊《と》まって騒《さわ》ぎたいだけだろ？」

ぐうの音も出ない正論だった。依田《よだ》先生の言うことは尤《もっと》もだ。

泊《と》まって騒《さわ》ぎたいだけだろ——「合宿してまでやることがあるのか？」と言われている気がした。ただ、これは想像に過ぎないのだが、依田《よだ》先生の言い方は「そんなに泊《と》まりたいなら、おまえらだけで勝手に泊《と》まれば良《い》いだろう」と含《ふく》みを持たせているように感じた。

「泊《と》まって騒《さわ》ぎたいんだったら、勝手にやれということですか？」

つまり、私を巻き込むな、と。

「白崎《しろさき》、よく考えてみろ。そう訊《き》かれて、はいそうだなんて言うわけなかろう」

「それもそうですね。別に言質《げんち》を取りたくて訊《き》いたつもりは無いです」

「分かってるよ。だが、私としても立場上迂闊《うかつ》なことは言えないんだ。そんなことより、夏休みの活動だ。合宿は無理にしても、夏休み中にこの部室を使うことは可能だからな。それで、顧問《こもん》の私が居る日をこの紙に書いておいた」依田《よだ》先生が手に持っていたプリントを机の上に置いた。「あとは諸般《しょはん》の事情で学校を使えない日なんかも書いてある。ざっくりで良《い》いから、どれくらい活動する予定なのか書いてくれ。質問は？」

「その紙に書いた日は、絶対ですか？」亀嵩《かめだけ》が問う。

「そんなに厳格な物じゃない。あくまで、予定だ。だから後回しにしていた訳じゃないが、ちょっと優先度が低かったのは素直《すなお》に認める。ただ、言ったようにこれは予定だ」

「わかりました」

「他に質問が無ければ戻《もど》るが――大丈夫《だいじょうぶ》そうだな」

依田《よだ》先生が部室を出た瞬間《しゅんかん》、教授が「マジかよっ！」と叫《さけ》んだ。

「でも、ああ言われちゃったら。しょうがないよね」

「しょうがなくないよっ！　私は今年も合宿とは無縁《むえん》の夏休みって事？」

それまで黙《だま》っていた癖《くせ》に、先生が居なくなった途端《とたん》、那織《なおり》が騒《さわ》ぎ出《だ》した。

「それはほら、さっき白崎《しろさき》君が言ったみたいにさ、私達だけで出掛《でか》ければ良くない？」

「そーしようぜ。例えば、こういう時って軽井沢《かるいざわ》とかに別荘《べっそう》を持ってるヤツが居たり……」

教授と那織《なおり》が希望の眼差《まなざ》しを向けるが、雨宮《あまみや》は事も無げに「ない」と言い放った。

「え？　無いのか？　雨宮《あまみや》だったら別荘《べっそう》とか島くらい持ってたりして――」

「そうだよ、慈衣菜《しえな》ん家《ち》だったら、持ってるんじゃ無いの？」

教授と那織《なおり》が尚《なお》も食い下がる。

ただ、気持ちは分かる。雨宮《あまみや》なら別荘《べっそう》くらいは持ってるだろうと臆断《おくだん》してた。

「コーンウォールだったらあるよ」

そっちだったか……休暇用《きゅうかよう》の邸宅《ていたく》ね、はい。

「ん？　コーンなんだって？」

「別案を考えよう」疑問符《ぎもんふ》を浮《う》かべた教授の肩《かた》を、僕は叩《たた》いた。「コーンウォールはイングランドだ。卒業旅行ならまだしも、合宿で海外はハードルが高すぎる」

「そうだね。イギリスはちょっと遠い、かな」亀嵩《かめだけ》が苦笑《くしょう》した。

「でも、飛行機乗ればすぐ――」

「雨宮《あまみや》、それは次の機会にお願いするよ」

雨宮《あまみや》にそう言って、むくれたままの那織《なおり》に向き直る。「那織《なおり》はどこ行きたいとかあるのか？」

「ぱっとは思い付かない。それより、威風堂々《いふうどうどう》を聴《き》くと脳内でLand of Hope and Glory《希望と栄光の国》の歌詞が流れるような英国被《えいこくかぶ》れの純《じゅん》君は、イギリスじゃなくて良《い》いの？」

「そりゃ行きたいけど、流石《さすが》に遠いだろ」

「なぁ、そのランドオブなんとかって何だ？」教授が僕の肩《かた》を叩《たた》いた。

「イギリスの愛国歌だよ。クラシックの威風堂々《いふうどうどう》ってあるだろ？　それに歌詞を付けたのが、さっき那織《なおり》の言ってた『希望と栄光の国』だ。作曲者のエルガーがイングランド生まれなんだ。ホルストの木星に歌詞を付けた『我は汝《なんじ》に誓《ちか》う、我が祖国よ』って愛国歌もある」

「それって、聖グロリアーナ女学院のＢＧＭで使われてたか？」

「聖グロリアーナ女学院はブリティッシュ・グレナディアーズだな」

それからずっと下らない話をして、合宿をどうするかの結論はもちろん出なかったが、久《ひさ》し振《ぶ》りにみんなで好きなことについて喋《しゃべ》り続《つづ》ける愉《たの》しさを存分に味わった。僕にとって、こういう時間は何よりも楽しい――那織《なおり》と仲直り出来たのが一番大きいかもな。

学校からの帰り道、家の前で那織《なおり》が立ち止まって、振《ふ》り返《かえ》った。首を伸《の》ばすように来た道を眺《なが》め出《だ》したので、何かあるのかと思い、那織《なおり》の視線を追《お》い掛《か》けるが何も無い。

「どうした？」

「ううん気にしないで。あのね、それより話がしたいんだけど……上がっても良い？」

「構わないが、夕飯のあとじゃ――いいよ」

僕も那織《なおり》に話さなければならないことがある――頭にふっと雨宮《あまみや》の顔が浮《う》かんだ。雨宮《あまみや》と古間先輩《ミス・マープル》の妹の三人で喫茶店《きっさてん》に行った日のことだ。どうにか古間先輩《ミス・マープル》の妹をやり過ごし、解散した風を装《よそお》って、雨宮《あまみや》と落ち合った。雨宮《あまみや》は早く話したいって雰囲気《ふんいき》だったし、僕も同じ気持ちだった――あの時は、どうすれば那織《なおり》と仲直り出来るかばかり考えていた。

雨宮《あまみや》は那織《なおり》の様子について訥々《とつとつ》と語り出した。僕とすれ違《ちが》いがあった日の那織《なおり》は半端《はんぱ》じゃないくらい落ち込んでいて、ことある毎《ごと》に私じゃダメなのかなと言っていたらしい。そんな那織《なおり》をほっとけなくて、雨宮《あまみや》は自宅に泊《と》めたとのことだった。ひとしきり喋《しゃべ》ったあと、雨宮《あまみや》が強い口調で「にゃおを救えるのはザキだけなんだよ。わかってる？」と言った。

その日の夜には、亀嵩《かめだけ》から連絡《れんらく》があった。雨宮《あまみや》ほど強い言い方じゃなかったし、どちらかと言えば僕の気持ちを確かめるように、諭《さと》すようにあれこれ質《ただ》された。そして最後に「先生の気持ちに無理に応えてなんて言う気は無いけど、気持ちだけは分かってあげてね」と言った。

雨宮《あまみや》も亀嵩《かめだけ》も、本当に那織《なおり》のことを心配しているんだと、心から実感した。

ただ、二人は少し勘違《かんちが》いをしている。

僕は那織《なおり》を救うつもりじゃ無いし、那織《なおり》の気持ちに応えるという言い方も違《ちが》う。

僕が那織《なおり》と居たいんだ。僕の希望はそれだけだ。


家の鍵《かぎ》を開けると、温《ぬる》くて重ったるい空気が足元に溜《た》まった。

靴《くつ》を脱《ぬ》いでリビングに那織《なおり》を通し、エアコンのスイッチを入れる。

今日は母さんが夜勤の日。夕飯を隣《となり》の家で食べる日でもある。それなのにこのタイミングで話をしたいと言ったのは、何か理由があるのだろう。冷蔵庫から冷えた水を取り出し、コップに注いで一気に飲み干した。

「何飲む？」

「私も水で良《い》い」

那織《なおり》の前に水を注いだコップを置いて、向かいに座った。家に泊《と》まりに来た時と違《ちが》って、今日の那織《なおり》は澄《す》ました顔のままだ。

那織《なおり》の髪《かみ》の毛《け》が、汗《あせ》で頰《ほお》に張り付いている。それが妙《みょう》に艶《なま》めかしくて色っぽい。

「エアコン、なかなか冷えなくてごめんな」

「入れたばっかりだからね。でも、外に居るよりは良《い》い」

コップに入った水を半分くらい飲んで立ち上がり、那織《なおり》が僕の隣《となり》に座った。そして、テーブルに手を突《つ》いて、僕の顔をじっと覗《のぞ》き込《こ》むように身体《からだ》を傾《かたむ》けた。

甘い匂《にお》いが、ふわっと香った。

「あのね、ずっと訊《き》きたかったんだけど、あの日どうして私のキスを拒《こば》んだの？」

「答えを出すまでは、やめようって決めたんだ」

「何で？　何かあったの？」

「琉実《るみ》に問《と》い詰《つ》められて……那織《なおり》を泊《と》めたことを言った。どうしても誤魔化《ごまか》せなかった。言えてなくて、ごめん。それで考えたんだ。はっきりするまではやめようって」

「琉実《るみ》に何か言われたの？」

僕を見詰《みつ》める那織《なおり》の目が、訝《いぶか》しさを伴《ともな》って細くなる。

何て言うべきか、言葉に詰《つ》まった——琉実《るみ》には言って、那織《なおり》に言わないのは不公平だ。

「わたしにも同じことしてって言われて、僕は琉実《るみ》とキスをした。このままじゃ良くないって思った。だから、琉実《るみ》にこれで最後にしようって言ったんだ。あの時、今はダメだって言ったのはそう云《い》う理由だったんだ。言葉が足りなくて、本当にすまない」

僕が言いたかった、言わなければならないことは言えた。

責められても仕方ない。覚悟《かくご》はしている。それでも言わなきゃいけなかった。

那織《なおり》は口を噤《つぐ》んだまま、手元を見詰《みつ》めていた。垂れた髪《かみ》で、表情は窺《うかが》えない。

「……今まで言えなくて、ごめん」沈黙《ちんもく》に耐《た》え切《き》れず、そう口にした。

「何となく、そうじゃないかって思ってた」那織《なおり》は俯《うつむ》いたままだった。

エアコンの送風音が小さくなった。

「ねぇ」那織《なおり》が顔を上げた。訴《うった》えるような目で、僕を見た。

「だったら、私とキスしたくないって事じゃないよね？」

「ああ。僕はそんな理由で拒《こば》んだんじゃない」

「良かった。それが聞けて、ほんとに良かった……じゃあさ、私とキスしたい？」

「え？　そ、それはさっきも言ったように——」

「ほんとにするとかじゃなくて、したい？　って訊《き》いてるの」

したいさ。したいに決まってる。

僕は――頷《うなず》いた。「そうだな」

「ねぇ、私はしたい？　って訊《き》いてるの。したいかしたくないかで答えてよ。そんな回答が許されると思ってる？　それで点数取れると思ってる？」

ああっ、那織《なおり》め……「したいよ」

「よく出来ました」そう言って那織《なおり》が、僕の頰《ほお》にキスをした。

「な、何をっ――」

「一方的な不意打ちだったら、問題無いでしょ？」

那織《なおり》が自分の唇《くちびる》をむにっと丸めて噛《か》んだ。「ふふ、ちょっとしょっぱい」

無邪気《むじゃき》で、あどけなくて、人懐《ひとなつ》っこい笑顔《えがお》だった。

「今のキスもミステリー？　それともＳＦ《サイファイ》？　センス・オブ・ワンダーを感じた？」

えっと、ここで言うべきはワイダニット……じゃ、ないよな。女の心は感情も理性もこめて、男性には解きがたきなぞだ――今なら分かるよ、ホームズ。何故《Why》かを問うのは違《ちが》う。

「那織《なおり》」

「ん？」

「また本読もうな」

「何それ。今、言う事？」

「別に良《い》いだろ。そう思ったんだから」

「ふーん。ま、断る理由は無いから良《い》いけど——さて、そろそろ帰らなきゃ。まごまごしてると琉実《るみ》が帰ってきちゃうし——もう帰ってるかも。今日は家《うち》で夕飯食べるんだよね？」

「ああ。着替《きが》えたら行くよ」

「うん、じゃあまたあとで」

心做《こころな》しか那織《なおり》の口元が綻《ほころ》んでいるように、見えた。

※　※　※

（神宮寺《じんぐうじ》琉実《るみ》）


そろそろ純《じゅん》の誕生日だからみたいなわけわかんない理由で、今日の夕飯は大きいピザとかフライドチキンとかラザニアとか——まるでアメリカのホームパーティーみたいだった。わたし的にはテンション上がるから全然オッケーだし、那織《なおり》も目を輝《かがや》かせてたからいいんだけど、よーく考えてみれば買ってきたものがメインだったから、仕事が遅《おそ》くなってお母さんの料理する時間がなかっただけかも。

本当は純《じゅん》が来る前に那織《なおり》と純《じゅん》の誕生日について相談したかったんだけど、全然できなくて、準備とかばたばたしてるうちに夕ご飯になっちゃって、それで那織《なお》《り》を呼びに二階に行った時、トイレから出てきた那織《なおり》を捕《つか》まえて、「例の話、純《じゅん》にした？」と尋《たず》ねた。

「全然。何もしてない」

「そっか……もうご飯だし、純《じゅん》も来てるし、どうしよう」

「食べたあとで良くない？」那織《なおり》はどうでも良《い》いみたいな感じで、階段を下り始めた。

「そう、だね。三人で話そっか……って、あんた手洗ってないでしょ？　汚《きたな》っ」

「下で洗うから。人を不潔みたいに言わないで」

二階にも洗面台あるのに。絶対忘れてたでしょ――ま、それはいいとして、そういう話だったのに、夕ご飯を食べ終わったあと、純《じゅん》はお父さんと話していて、那織《なおり》が横からたまに口を挟《はさ》んだりしていて……つまり、全然三人で話す雰囲気《ふんいき》じゃない。

ご飯のあとにって言ったじゃん。

仕方なくお母さんと喋《しゃべ》ったり、麗良《れいら》とラインでやり取りしてて、ふと三人で話すって言ったけど、どこで？　ってなって、どう考えてもわたしの部屋しかなくて、もちろん普段《ふだん》から綺麗《きれい》にはしてるけど、チェックがてら簡単に片付けに行ったりして、一階《した》に戻《もど》っても純《じゅん》はお父さんや那織《なおり》とまだ喋《しゃべ》っていてっていうもどかしい時間を過ごさなきゃいけなかった。

会話が止まった瞬間《しゅんかん》を狙《ねら》って、那織《なおり》の肩《かた》を叩《たた》いてようやく移動した。

純《じゅん》は部屋に入るなり「話って何だ？」って言ってきたけど無視して座らせて、那織《なおり》は「食べ過ぎてお腹《なか》が爆発《ばくはつ》しそう」ってわたしのベッドに寝転《ねころ》んだ。

椅子《いす》に座る……前に、はだけた那織《なおり》スカートを直して、気を取り直して純《じゅん》に「夏休み入ったら誕生日だよね？　あのさ、三人で出掛《でか》けない？」と言った。

「もちろん良《い》いよ」

「よかった」断られるとは思ってないけど、安心した。「那織《なおり》、いいって」

「いちいち言わなくて良《い》い。聞こえてる」

「だったら……ま、いいや。ねぇ、それで純《じゅん》はどこか行きたいとこある？」

「突然《とつぜん》言われても、これと云《い》って思い付かないな……逆に二人は行きたい所あるか？」

那織《なおり》が何か言《い》い掛《か》けたけど、わたしが「純《じゅん》の誕生日なんだから、純《じゅん》の行きたいとこにしよーよ。わたしたちの行きたいとこじゃなくてさ」って言って、そんなつもりじゃなかったけど、邪魔《じゃま》したみたいになった。那織《なおり》に話を振《ふ》ろうとしたら、純《じゅん》が先に「って言われてもなぁ……那《な》織《おり》、今何か言おうとしてたろ？　何だ？」って那織《なおり》に声を掛《か》けて、ちょっと複雑な気分。

「別に大した事じゃ無くて、わざわざ三人で出掛《でか》けるなら普段《ふだん》行かない所が良《い》いかなって」

「うん、いいんじゃない。わたしも賛成」

「僕も那織《なおり》の意見には賛成だが……具体的にどこにするかだよな。普段《ふだん》行かない場所っていうと、ちょっと遠出するって感じか？」

「でも遠出って、どこ？」

スマホを見ていた那織《なおり》が、脚《あし》をぱたぱたさせて、こっちを一切《いっさい》見ずに言った。

「それだよね……そだ、久《ひさ》し振《ぶ》りに横浜《よこはま》とか？」

「横浜《よこはま》……？　それ、何があるの？」興味なさそうなの那織《なおり》の声。

「ほら、中華街《ちゅうかがい》とかあるし、美味《おい》しいものいっぱいあるよ」

「中華街《ちゅうかがい》か……悪くないけど、他には何があるの？　食べ物だけで私が頷《うなず》くと思わないで。わざわざ横浜《よこはま》まで行くんだったら、それに見合うような魅力的《みりょくてき》な提案を——」

「いや、まず純《じゅん》の誕生日だからね。純《じゅん》はどう？　他に行きたいとこはある？」

「横浜《よこはま》か……前に琉実《るみ》と行った以来——ごめん、そういう積もりじゃ無くて」

那織《なおり》が起き上がった。「ねぇ、そうやって謝られるのが一番苛立《いらだ》たしいんですけど」

「まぁまぁ……純《じゅん》も悪気があったわけじゃないんだし」

「悪気とかじゃなくて、気遣《きづか》いの問題じゃない？　てか、琉実《るみ》は自分の思い出の場所だから良《い》いだろうけど——うん、横浜《よこはま》にしよっか。その二人だけが分かってます感がむかつく」

思わず、純《じゅん》と目が合った。「じゃあ、横浜《よこはま》にする？」

「純君《じゅん》は？」那織《なおり》に訊《き》いてるのに、何故《なぜ》か純《じゅん》に振《ふ》る那織《なおり》。

「那織《なおり》がそれで良《い》いなら」

那織《なおり》がそれで良《い》いならって何？

その二人で話してる感の方がムカつくんですけどっ！　何よ、ついこの前までケンカしてた癖《くせ》に——ま、いいや。うん、ケンカしてるより、全然いい。

「じゃあ、それで決まりねっ！」

「おう。ただ、横浜《よこはま》って言っても色々あるよな？　前に行ったのはみなとみらいだったけど、今回はどうする？　さっき、他には何があるのって那織《なおり》も言ってたし……」

「前にみなとみらい行ったなら、そこは今回も行くでしょ。ほら、他には何処《どこ》行ったの？　昔《むかし》懐《なつ》かし甘酸《あまず》っぱいデートで行った場所を包《つつ》み隠《かく》さず教えなさいっ！」

なんでそんなに怒《おこ》ってるのよ、この妹は……この調子だと、純《じゅん》と行ったデート先を全部回らないと気が済まなそう。わたしとしては、それはそれでイイんだけどね。思い出だし。

「えっと……中華街《ちゅうかがい》とか赤レンガ倉庫とか」純《じゅん》が助けを求めるようにわたしを見る。

ベッドから下りた那織《なおり》が言《い》い淀《よど》んだ純《じゅん》にすり寄って、「他には？」と詰《つ》める。

「他にはって……それくらいだ」

「あとは港の見える丘《おか》公園」

キスして欲しかったのに、全然してくれなかったある意味思い出の場所。

山下公園《やましたこうえん》で、カップルが歩きながらさりげなくキスするのを見て、憧《あこが》れるなぁって思って、それとなく純《じゅん》にも聞こえるように言ったりして、それで港の見える丘《おか》公園に行ったら、カップルが大勢居て、みんな肩《かた》を寄せ合ったり抱《だ》き合《あ》ったりしてて、中には当然キスする人も居て、さっきそんな話もしたし、ここなら雰囲気《ふんいき》も十分だしって……めっちゃ期待して、純《じゅん》の顔を見られないくらい緊張《きんちょう》してたのに、してくれなかった遺恨《いこん》の残る場所。

純《じゅん》がキスしてくれたんだったら、わたしは言わなかった——悪魔《あくま》が囁《ささや》いた。

これはわたしが言うしかないでしょ。

「ちょっとっ！　琉実《るみ》があぁ言ってるけどっ！」

ほらほら、那織《なおり》に詰《つ》められるがいいっ！　って、ちょっと性格悪かった？

「忘れてただけだろ……行ったよ。港の見える丘《おか》公園も行った」

「ほんとは隠《かく》してたんじゃないの？　やましい事があるとか？」

「無いよ。何も無かった」

「ふーん、なら良《い》いけど」

何も無かった、ねぇ。そんな言い方されると——悔しくて、わたしは言った。

「わたしはキスして欲しくて行ったんだけど、純《じゅん》は全然気付いてくれなかったんだよね」

余計なこと言ったかな？　怒《おこ》るかな？　って軽く心配したけど、那織《なおり》は悪い顔になって「そうなの？　純《じゅん》君は気付いてあげなかったの？　鈍感《どんかん》さんだから？」と純《じゅん》を煽《あお》り出《だ》した。

「昔のことだろ。やめろよ」

「まぁ、純《じゅん》君はそういうとこあるし、当時の琉実《るみ》の心中を察すると可哀相《かわいそう》ではあるけれど、私の立場的にはちょっと腹立たしいのはあって……強《し》いて言うなら、ご愁傷様《しゅうしょうさま》」

那織《なおり》が今日イチにんまりした楽しそうな顔で言った。

終業式当日、女バスのみんなで学校帰りにそのまま遊んで、けど那織《なおり》と純《じゅん》の誕生日のことを考えなきゃいけないんだけど、でも今はとりあえず保留って感じでみんなと夕飯を食べた。

真衣《まい》は瑞真《みずま》と遊びに行くって言ってて、その話題で盛り上がって、それとは別にみんなで遊びに行こうって話で、どこ行こうかスマホで調べたりして、超楽《ちょうたの》しかった。

遊び疲《つか》れて家に帰ると、ちょうど那織《なおり》も帰ったとこだった。

那織《なおり》も部活のみんなと遊んで夕飯を食べてきたとかで、「遊《あそ》び疲《つか》れてしんどい」って溜《た》め息《いき》を零《こぼ》してて、明後日《あさって》のことを決めなきゃって思ってたわたしは、「とりあえず一緒《いっしょ》にお風呂《ふろ》入らない？　誕生日のこと決めよ」って提案した。

「やだ」

「なんでよ。たまにはいいじゃん。誕プレだってまだだよね？」

「まだだけど……それがお風呂《ふろ》と何の関係があるの？」

「わたしもまだだしさ、一緒《いっしょ》に考えようよ。明日、買いに行くでしょ？」

「お風呂《ふろ》から出たらで良くない？」

「そうだけど……お風呂《ふろ》入ってる時って、いいアイディア浮《う》かんだりするじゃん」・

わたしは結構お風呂《ふろ》で色々思い付いたりするタイプだし、だから二人であれこれ話してるうちに何か思い付くかもって……てか、そんなに拒否《きょひ》ることなくない？

「私、誰《だれ》かとお風呂《ふろ》に入りたい派じゃないんだけど。一人でゆっくり浸《つ》かりたい」

「……お風呂《ふろ》、嫌《きら》いな癖《くせ》に」

「ちーがーう。嫌《きら》いじゃないから。お風呂《ふろ》に入るまでが面倒臭《めんどうくさ》いだけだし。入っちゃえば全然良《い》いんだけど、服脱《ぬ》いで、身体《からだ》洗ってってプロセスが面倒《めんどう》なの。出来る事なら自動で全身洗って欲しい。服脱《ぬ》いだ瞬間《しゅんかん》、一瞬《いっしゅん》で洗い終わる感じの機械があれば、即《そく》導入して欲しい。全自動身体洗《からだあら》い機《き》が発明されたら、大ヒット間違《まちが》い無《な》い。断言する。あと、一瞬《いっしゅん》で髪《かみ》が乾《かわ》く機械」

「そんな言うほど？　わたしは、そこまで面倒《めんどう》って思わないけど……」

「ごめん。琉実《るみ》に分《わ》かって貰《もら》おうとした私が愚《おろ》かだった」

「何それ。わたしに洗ってくれってこと？」

「髪《かみ》くらいなら良《い》いけど……多分、不満が出るからいい」

まったくっ！　あんたが一番めんどくさいんだって！

「じゃあいいっ！　ひとりで入るっ！」

これ以上那織《なおり》と話すのめんどくさい。わたしは那織《なおり》を無視して、お風呂《ふろ》に入った。身体《からだ》を洗って湯船に浸《つ》かりながら、純《じゅん》のプレゼントをどうしようか真剣《しんけん》に考える。

最初は自分だけで選ぶつもりだったし、デートだって二人で行きたいって思ってたけど、那《な》織《おり》とってなったら、それはそれでちょっと安心したっていうか、張ってた気がゆるんだっていうか、やっぱりこれはこれで悪くない、良かったんだなって気がする。

――ガチャ。

いきなり浴室のドアが開いて、びっくりして振《ふ》り返《かえ》ると那織《なおり》だった。

「何？」

「琉実《るみ》がうるさいから来てあげたのに、逆にその反応は何？」

「だって来るとは思ってなかったし……」

「だったら出ろって事？　もう全裸《ぜんら》なんだけど」

「出ろとは言ってないじゃん」ほんっとに私の妹は全力でめんどくさいな。

わたしの言葉をかき消すように、那織《なおり》がシャワーを出して頭を流し始めた。

シャンプーで髪《かみ》を洗い出した那織《なおり》に「洗ってあげようか？」と冗談《じょうだん》で声を掛《か》ける。

「良《い》いって言ったでしょ。シャンプーが口に入るから、喋《しゃべ》らせないで」

「はいはい」

浴槽《よくそう》の縁《ふち》に腕《うで》を乗せて、髪《かみ》を洗う那織《なおり》をぼんやり眺《なが》めていると、どうしても胸に目が行ってしまう。こうまざまざと見せられると、なんていうか、悔《くや》しい。

どうしてこんなに差が付いたんだろう……ずるい。

わたしも今から頑張《がんば》れば大きくなるのかな？　頑張《がんば》るって言っても、どう頑張《がんば》っていいかわかんないし……豆乳はいいって聞くよね？　あとは鶏肉《とりにく》？　那織《なおり》に――やめよ。訊《き》いたら訊《き》いたで、めっちゃイライラしそうだからいいや。自分で調べる。

那織《なおり》がシャワーを手に取って、お湯を出した。顔に飛沫《しぶき》が掛《か》かって、慌《あわ》てて逃《に》げる。

「めっちゃ顔にかかったんだけど」

「知らないし。そんな所で見てる方が悪いんでしょ。そんなに私の身体《からだ》が羨《うらや》ましいの？」

うっざ。ほら、言わんこっちゃない。

でも、ちょっと――ほんのちょびっとだけ、昔みたいで楽しい。前は二人でお風呂《ふろ》に入ってたのに、別々に入るようになったのはいつからだろう。那織《なおり》から言い出したんだっけ？

最後に一緒《いっしょ》に入ったのは……あっ、この前のゴールデンウィークか。

あれから色々あったなぁ。本当に色々あった。思い出したくもない失敗もいっぱいしたし、楽しいことも沢山《たくさん》あった……けど、トータルすると、楽しかった、でいいよね？

身体《からだ》を洗い終わった那織《なおり》が、わたしを手で追《お》い払《はら》うみたいにしてきて、浴槽《よくそう》の端《はし》に寄る。

「狭《せま》いんだから、もっと寄ってよ。それか出て」

「寄ってるって」膝《ひざ》を抱《かか》えて体育座りしてるのに、これ以上寄れないって。

那織《なおり》が気持ちよさそうに「はぁぁぁぁぁぁぁ」って盛大《せいだい》な溜め息《いき》をついて浴槽《よくそう》に身体《からだ》を沈《しず》めると、お湯がざばぁっと零《こぼ》れていった。

「んで、何を話すって？」

「純《じゅん》のプレゼントどうするとかの話。明日、一緒《いっしょ》に買いに行こうよ」

「一緒《いっしょ》に行くの？　琉実《るみ》と？」

「イヤなの？」

「良《い》いけど……選ぶのは別々で良《い》いよね？」

「うん、まぁ。那織《なおり》は何渡《わた》すかもう決めてるの？」

「何となく、ぼんやりと。琉実《るみ》は？」

「わたしもぼんやりって感じかなぁ」

「待って。だとしたらこの会話、要《い》る？　要《い》らなくない？　明日の買い物をどうするかだけで良《い》いじゃん。一緒《いっしょ》に入って損したんだけど。どうしてくれるの？」

「そうやってすぐ文句言う。昔は一緒《いっしょ》に入ってたんだし、そんな言わなくてもいいじゃん」

「昔でしょ？　身体《からだ》のサイズ考えてよ。もっと大きなお風呂《ふろ》ならまだしも——温泉とかね」

「温泉かぁ。それ、最高。夏休み、温泉行ってお母さんに言ってみる？」

「その提案には大いに賛同するよ。異論無し。山奥《やまおく》の温泉でふやけるまで浸《つ》かりたい」

「そんで、浴衣《ゆかた》で温泉街散策したりとか？」

「良《い》いね。温泉饅頭《まんじゅう》食べたい」

「うん。めっちゃいい。あとで言ってみよう」

「どうせだったら、隣《となり》の唐変木《とうへんぼく》も誘《さそ》っちゃう？」

純《じゅん》と浴衣《ゆかた》で……いいっ！　すごくいいっ！

「そうしよ。絶対に楽しいよっ！」

※　※　※

（白崎《しろさき》 純《じゅん》）


明日は三人で横浜《よこはま》か――どのタイミングで二人に話をするかを決めないと。

帰る時なのは当然として、いつ言うかだよな。

その話をしたが最後、今の関係が壊《こわ》れてしまうかも知れない。何度闘《たたか》ってきたか分からない危惧《きぐ》に、収まりを付けなければならない。だが、最近は少しずつ考えが変わってきた。

僕等なら大丈夫《だいじょうぶ》なんじゃないか、と。

昨日今日知り合った関係じゃない。ずっと過ごしてきた時間がある。ずっと積み重ねてきた言葉がある。そんな簡単にすべてが壊《こわ》れることは無い。僕はそう信じたい。

家に居ると何となく息苦しくて、遠慮《えんりょ》を知らない太陽に熱せられた窓から見える外の景色は辺りが白光りしていて見るからに暑そうではあるが、家で鬱々《うつうつ》としているよりは幾分《いくぶん》かマシに見えた。問題は何処《どこ》に向かうか、だ……一昨日の話と一緒《いっしょ》だな。あの時は横浜《よこはま》って結論が出たが、今日は案が浮《う》かびそうにない。そうだ、教授に連絡《れんらく》するのも手だな。いきなりだし、ダメならダメで別に構わない――とりあえず、家を出るか。

当ても無く電車に乗り、冷房《れいぼう》の有《あ》り難《がた》みを感じながら学校の方面に向かう。まだ教授に連絡《れんらく》はしていないが、断られたらその時どうするか考えれば良い。これと云《い》った目的がある訳じゃない。その時は適当にぶらついて喧噪《けんそう》に身を置こうと考えていた。

電車が学校の最寄《もよ》り駅《えき》に着いて外に出ると、一気に熱気に包まれる。暑いのは苦手だが、冷《れい》房《ぼう》で冷えた身体《からだ》がじんわりと暖まっていくのは嫌《きら》いじゃない。

コンビニで飲み物を買おうとした時だった。

見覚えのある姿があった——古間先輩の妹《ミス・マーブル》が飲み物コーナーに居た。

今から部活なのか、その帰りなのか、大きい鞄《かばん》を背負っている。今日は古間先輩の妹《ミス・マーブル》と話す気分じゃない。ニアミスは避《さ》けておきたい。幸い向こうはこっちに気付いて居ない様子だったので、踵《きびす》を返《かえ》して雑誌コーナーに留《とど》まって様子を窺《うかが》う。

それにしても、このコンビニでの遭遇率《そうぐうりつ》が高すぎる。駅近くのコンビニと言えばここだが、幾《いく》ら何でもここまで会うのは異常だ。これこそミステリかＳＦだぞ……ただ意外だったのは、この前もそうだが一人で居ることだった。あの闊達《かったつ》な性格からすると、普段《ふだん》は大勢で居るイメージがある。そうなると、今から部活なのかも知れない。

ま、余計なお世話だな。古間先輩の妹《ミス・マーブル》が早く会計を済ませてくれれば——

「あれ？　白崎先輩《しろさきせんぱい》じゃないですか」

早速《さっそく》見付かったたっ！

「こんなとこで何してるんですか？　普段、学校と家の往復しかしないからって、夏休みにもかかわらず、つい学校に来ちゃった感じですか？　寂しすぎません？」

「開幕から失礼過ぎるだろ。礼節の調整装置《レベライザ》どうなってんだよ」

「はい？　意味わかんないんですけど」

「何でもない。気にすんな」

「じゃあ、気にしないです。で、何してるんですか？　琉実先輩《るみせんぱい》待ってるとか？」

「違《ちげ》ぇよ。そっちこそ部活か？」

「はい。今からです。あっ、これ買ってきちゃいますね」

買ってきちゃいますねって、戻《もど》って話を続ける気か？　ま、部活前なら長時間拘束《こうそく》されることはないか。僕も飲み物をさっと選んでレジを済ませ、古間先輩《ミス・マーブル》の妹とコンビニを出た。

「うわ、暑っ」

「これだけ暑いと息をするだけで疲《つか》れるな」

「息をするだけで？　そんなん考えたことないんですけど。体力ヤバくないですか？　先輩《せんぱい》、もしかしてそろそろ死ぬんじゃないですか？」

「そこまで生命力低くないわ」

「そんなことよりですよっ！　琉実先輩《るみせんぱい》なんですか？　それとも妹さんの方なんですか？　この前だって結局教えてくれなかったじゃないですか。いい加減、教えてくださいよ」

「なんで言わなきゃいけないんだ。個人的な問題なんだから放っておいてくれって言っただろ？　その話はお終《しま》いだ」

「後輩《こうはい》としてそうもいかないんですよっ！　琉実先輩《るみせんぱい》かわいそうじゃないですか」

頼《たの》むからそれは言わないでくれ。

「ちょ、なんで黙《だま》るんですか……？　もしかして……えっ？　琉実先輩《るみせんぱい》かわいそう……」

「何も言ってないだろ」

「否定しないってことは……そういうことなんですよね？」

「仮にそうだとしても、僕の口からは何も言わない」

「どうしてですか？　そんなにあの人が――」

「時間は良《い》いのか？　部活なんだろ？」

「そうですけど……気になって練習になんないですっ！」

「僕のことなんてどうでも良《い》いだろ。練習に集中してくれ」

「先輩《せんぱい》のことじゃなくて、ゆずは琉実先輩《るみせんぱい》のことが心配なんですって。てか、時間ヤバっ！　ああっ……じゃあ、教えてくれる気になったら、教えてくださいっ！　ね？　だからＩＤ交換《こうかん》しましょ？　それならイイですよね？」

古間先輩《ミス・マーブル》の妹と別れたあとも、さっきの言葉が頭に膠着《こうちゃく》して離《はな》れない。吹《ふ》っ切《き》ったはずの言葉が責め立ててくる。今更悩《いまさらなや》んでも仕方がないことなのに。

コンビニの前で取り残されたまま暫《しばら》く惚《ほう》けていたが、気を取り直して教授に連絡《れんらく》してみると、外に出ているらしく、アポ無しで近くまで来たことが仇《あだ》となった。

ただ、元々会えたらくらいの気持ちだったし、気を取り直して大宮《おおみやと》図書館《しょかん》とかイエローサブマリンにでも行くかと考えたところで、一人で映画に行くのも悪くないなと思い至った。今は何をやっているのか調べようとすると、教授から《合流しようぜ》と来た。

一人映画デビューはまたの機会としよう。

教授は親と出掛《でか》けていたらしい。指定された待ち合わせ場所のコンビニは、ちょっと遠いと云《い》う教授の言葉通りで、地図で確認《かくにん》する限り炎天下《えんてんか》の中歩いて行ける距離《きょり》じゃない。

教授のアドバイス通りコンビニでシェアの自転車を借りて、汗《あせ》だくになりながらもなんとか辿《たど》り着《つ》くと、自転車に跨《また》がった教授が気怠《けだる》そうにアイスを食べていた。

自転車の色が僕と同じなところを見ると、教授もシェアの自転車を借りたらしい。

「遠かったろ？」

「汗《あせ》だくだよ。さっき買ったばかりのお茶、速攻《そっこう》で飲み切ったわ。で、こんなとこまで呼び出して、何処《どこ》に行くんだ？　目的地があるんだろ？」

「まぁな。とりあえず、飲み物買って来いよ。スポドリとかのが良《い》いぞ」

「だな。そうするわ」

　店内で身体《からだ》を冷ましつつ、スポーツドリンクを買って、失われた水分を補給する。余程《よほど》水分が足りてなかったのだろう、一気に半分近く飲んでしまった。

「今日はあてもなく彷徨《さまよ》ってたのか？」

「たまには良《い》いかなって。家に居ると余計な事を考えちゃうんだよ」

「余計なことって？」

「明日、琉実《るみ》や那織《なおり》と出掛《でか》けようって話があるんだ」

「は？　いきなり自慢《じまん》か？　自慢《じまん》する時は事前に申告《しんこく》してもらっていいか？　腸《はらわた》が煮《に》えくり返《かえ》る準備をする必要があるんだ。さもなくば周囲に怒《いか》りをまき散らす化け物になっちまう」

「ハルクかよ……つーか、自慢《じまん》じゃねぇよ。ほら、明日誕生日だろ。それで――」

「誰《だれ》の？」

「僕のだよ」

「マジか」教授が大袈裟《おおげさ》に言った。「そう言えば、こんくらいの時期だったな。悪《わり》ぃ、すっかり忘れてた。じゃあ……ちょうど良《い》いな、俺が奢《おご》るわ」

「何が？」

「これから行くとこ」

「それだよ、何処《どこ》行くんだ？」

「バッティングセンター」

「え？　普通《ふつう》に嫌《いや》なんだが。汗《あせ》かいたばっかだぞ？」

それに僕は球技が苦手だ。尋常《じんじょう》じゃなく苦手だ。父親とキャッチボールすらしたことないこの僕が、バッティングセンター？　不似合いにも程《ほど》がある。

「まぁ、いいじゃねぇか。明日は女子と遊ぶんだろ？　今日くらい俺に付き合え」

「どういう理屈《りくつ》だよ。球技苦手なの知ってるだろ？」

「ああ。でもよ、授業じゃないし、遊びでやるんだ。意外と楽しいかも知れねぇぞ」

「そうだけど、バットに当たらなきゃ楽しくないだろ？　そもそも当てられる自信が無い」

「まあまあ。そう言うなって。物は試《ため》しだ、奢《おご》ってやるからとにかくやろうぜ」

「奢《おご》ってくれるとかそういう話じゃ――」

「良《い》いから行くぞ」

そう言って教授が僕の意見を聞かずに走り出した。

今からバッティングセンター？　マジで行くのか。

こんなに嬉《うれ》しくない誕生日プレゼントは中々無い。


人生初めてのバッティングセンターとやらは、想像していたよりも小さい施設《しせつ》だった。外観も年季が入っていて、建ってからそれなりの年数が経過しているのだろう。

「なぁ、マジでやるのか？」

「ここまで来て何言ってんだ。やるに決まってるだろ」

「つーか、教授がどうしてこんなとこに居たんだ？」

「あー、親父《おやじ》が車の何だかが欲《ほ》しいってんで、そこのカー用品店に来てたんだ。それで親父《おやじ》を待ってる間、バッティングセンターにでも行こうかなって思ってた所に──」

「僕から連絡《れんらく》が来た、と」

「そういうこった。で、覚悟《かくご》は決まったか？　関係ない話をして時間稼《じかんかせ》ぎしようたって無駄《むだ》だからな。俺は打つ気満々なんだ。悪《わり》ぃな」

「いいよ、ここまで来たんだ。やれば良《い》いんだろ？」

「そう来なくっちゃ」

店内に入ると、前に教授と行ったレトロ自販機《じはんき》があるゲームセンターみたいな、昭和の残り香とでも言えば良《い》いのか（昭和を微塵《みじん》も知らないので、それが適当なのか分からない）、独特な雰囲気《ふんいき》が漂《ただよ》っていた。「こういうの、好きだろ？」と教授が楽し気に訊《き》いてきたのが何となく癪《しゃく》で、「まあな」なんて返したけど、内心めっちゃテンションが上がっていた。

教授に隠《かく》れて店内の写真を撮《と》る位には、大好きだった。コーラやジンジャーエールが瓶《びん》で売っているのも、かなり高ポイントだ。あとで絶対に飲む。バック・トゥ・ザ・フューチャーのマーティよろしく、自販機《じはんき》の栓抜《せんぬ》きで王冠《おうかん》を外すのが楽しみで仕方ない。

正直、ボールを打つより、そっちの方が楽しみ……流石《さすが》に言わないが。

「さて、まずは何キロから……って、白崎《しろさき》なら八〇キロか？」

「八〇キロって時速だよな？」

「そらそうだろ。何を寝《ね》ぼけたこと言ってんだ」

「速くないか？」

「そんなもんだって。八〇キロくらい小学生だって投げるぞ？」

いやいや、何を今さらみたいに言うけど、小学生がそんな速度で物を投げられるって俄《にわ》かには信《しん》じ難《がた》いぞ。八〇km/hの球速って普通《ふつう》に速いだろ。仮に当たったとして、かなりの衝撃《しょうげき》なのは間違《まち》いない。ボールの重量ってどれくらいだ？　F＝mv/Δtで言うと——

「おい、何突《つ》っ立《た》ってんだ？　やるぞ」

言われるがままバッターボックスに連れられ、抗《あらが》う間もなくバットを持たされ、教授が小さい箱に百円を投入してボタンを押した。「ちょっ、待ってくれって。心の準備が——」

「ほら、飛んでくるぞっ！」

慌《あわ》てて前を向くと、青い機械の上に空いた穴からボールが——ダンッ。

速っ……いや、意外と見える、か？

「勿体《もったい》ねぇ、一球無駄《むだ》にしたぞ」

「せめて呼吸を整えるくらい——」

「はい、次来るぞっ！」

バットを構えて――ダンッ。振《ふ》ってみるものの、当たらない。球が低い？

もう少し腰《こし》を落とさないと、弾道上《だんどうじょう》にバットが来ない。

「なぁ、球が低い気が――」

――ダンッ。

ああっ、もうっ！

「そこの機械に、高いとか低いって書いてあるだろ。それで調整できる」

今回は見送ることに決めて、機械のボタンを押す。背後で球がネットに当たった音がした。

もう一度バットを構え、穴を見詰《みつ》める。白い物体が放たれて――当たらない。

だが、さっきに比べれば、球の位置が高くなった。丁度《ちょうど》良《い》い高さだ。さっきの球の位置を考えると、バットはもう少し上か？　これくらいの高さだったよな――球が飛んできて、咄嗟《とっさ》にバットを振《ふ》るが、やはり当たらない。ダメだ。

振《ふ》り上《あ》げた位置から、目標とする高さにバットを持って来る。それだけのことなのに、上手《うま》く行かない。何度か試行錯誤《しこうさくご》するが、バットはボールを捉《とら》えない。

何球来たか分からない。何度バットを振《ふ》ったか分からない。そろそろ終わりか？　と云《い》うところで――ドンッ。鈍《にぶ》い音がして、手に衝撃《しょうげき》が伝わった。バットにボールが当たった。

ボールの中心を捉《とら》えることは出来なかったが、当たった。ボールは緩《ゆる》やかな放物線を描《えが》いて、地面に落ちて何度か撥《は》ねた。ようやく当たった。なんだか、めっちゃ嬉《うれ》しい。

そうか、こういう感じなんだ……待てよ、もしかしてボールの中心を捉《とら》えるのでは無く、掬《すく》い上《あ》げる様にした方が良《い》いのか？　投擲《とうてき》や大砲《たいほう》だって最大飛距離《ひきょり》を考慮《こうりょ》した時の仰角《ぎょうかく》は四十五度が基本だよな。だとすると、ボールの中心よりも若干《じゃっかん》下を――

「終わりだな」ネットの後ろから、教授が言った。

「もう終わりか」

「お、意外に物足りなさそうだな」

「そうだな。もうちょっと試《ため》してみたい」

「その意気だ。次は速度上げても良《い》いかもな。八〇キロでも見えるだろ？」

「ああ、思ってたよりは。これくらいなら見える」

「だろ？　おまえだって弓道《きゅうどう》やってたんだし、ちったぁ動体視力あるだろ」

「クレー射撃《しゃげき》か何かと勘違《かんちが》いしてないか？　弓道《きゅうどう》の場合、的は動いて無いからな」

「確かにそうだな。ま、細けぇこたぁ良《い》いんだよ。俺もちょっと打ってくっからよ」

教授が機械の上に百円を何枚か置いた。「ほら、これくらいあれば結構打てるだろ」

「ありがと」

「いいってことよ。誕生日だからな」

「教授は何キロでやるんだ？」

「俺は当然一四〇キロだ」

一四〇キロ？　どんな速さだ？　「あとで見に行っても良《い》いか？」

「もちろん。何なら打ってみるか？」

「……考えとく」八〇キロでも満足に当たらないのに、一四〇キロは流石《さすが》に無理がある。

それから僕は、一生分と言っても過言じゃ無いくらいバットを振《ふ》った。理屈《りくつ》であれこれ考えても、自分の身体《からだ》が理屈通《りくつどお》りに動かないもどかしさも同じくらい味わった——それは言い過ぎか。空振《からぶ》りは相変わらずだったが、一〇〇キロの球に当てることも出来た。

途中《とちゅう》で盗《ぬす》み見《み》た、ホームランみたいな飛距離《ひきょり》では無いにしろ、一四〇キロに当てた教授からすれば、僕なんかは相当レベルが低いのだろうが、楽しさを幾分《いくぶん》か理解した。

琉実《るみ》なんかは喜びそうだ——もしバッティングセンターに誘《さそ》ったら、何て言うかな。

教授が終わったタイミングで声を掛《か》け、おしぼりで手を拭《ふ》いて、瓶《びん》のコーラを片手に外のベンチに座る。ベンチにコーラを置いて、教授が手をぶんぶん振《ふ》りながら座った。

「あー、手が痛ぇ」

「やっぱ、一四〇キロともなると、衝撃凄《しょうげきすご》いのか？」

「久々だから、ビリビリする。でも、どうだ？　やってみると、案外楽しいだろ？」

「一人でやるかと言われたら絶対にやらないだろうけど、楽しかったよ。また来ても良《い》いかも知れない。想像より面白《おもしろ》かった」

「だろ？　何事もやってみると、そんなもんだよな」

「ビリヤードとかダーツもそうだったよ。教授に誘《さそ》われなければやらなかった」

「親父《おやじ》が好きなんだよ、その手の遊び。小《ち》っちゃい頃《ころ》から、色々連れ回されたよ。弟なんてバッティングセンターにはまった結果、野球部に入ったくらいだしな」

教授の家の倉庫には、古いビリヤード台やらダーツの的やらも置いてあって、中等部の頃《ころ》に見《み》よう見真似《みまね》で遊んだ。何となく大人の遊びって感じがして、妙《みょう》にわくわくしたのを覚えている。考えてみれば、教授ん家《ち》の庭にはネットもあった。かつては教授がボールを蹴《け》っていたんだろうし、今は弟がボールを打っている（投げているのかも知れない）のだろう。

「なぁ」

「ん？　どした？」

「明日、二人に言うよ。これからどうするのか」

教授には言っておこうと思った。僕にとって教授は、古間先輩《ミス・マーブル》の妹とは違《ちが》う。

コーラを流し込んでから、教授が顔を戻《もど》した。

「やっと腹括《くく》ったのか」

「ああ。分かってはいたが、もう諸々《もろもろ》の限界はとっくに超《こ》えていた。言う時は二人同時じゃなきゃ意味が無い。だから、明日は丁度《ちょうど》良《い》いんだ」ひとつ、大きく息をする。

「明日、那織《なおり》に付き合ってくれって言う。そう決めたんだ」

「それを聞いてほっとした。俺は応援《おうえん》する」

「ありがとう。ずっと悩《なや》んでた。こんなに二人のことを考えたことは無かったってくらい色々考えた。ただ、考えた所で答えは出なかった。だから、自分の感情に従った。僕は那織《なおり》と居る時が、一番自然で居られるんだ。那織《なおり》だったら、話したいことを話せて、言いたいことを言える。どんな話題を振《ふ》れば良《い》いかみたいに悩《なや》むことも無い。自分の好きな話をしても、那織《なおり》なら返してくれる。ちゃんと付き合ってくれる。話だけじゃない。僕が読書に夢中になっていれば、那織《なおり》は那織《なおり》で本を読む。そうしようって言わなくたって、那織《なおり》はそうする。那織《なおり》が本を読んでいれば、僕も本を開く。気を遣《つか》わないと言えば語弊《ごへい》があるけど、那織《なおり》とは自然にそういうやり取りが出来る。それが何よりも嬉《うれ》しくて、心地好《ここちよ》いんだ」

　風《ふ》が吹いた。それは暑くて湿度《しつど》の高い夏場の風で、決して気持ちが良《い》い訳では無かったが、首元が涼《すず》しくなった気がした――初めて自分の気持ちを人に言った。

「ようやく気付いたか」

「何だよそれ。まるで僕が分かって無かったみたいに――」

「俺からすれば、そんなの分かり切ってただろ？　って感じだわ。ただ白崎《しろさき》、安心しろ。あいつも同じだと思うぜ。白崎《しろさき》とだったら、自分を着飾《きかざ》らずに本音で話せて、言いたいことを言い合える――そう思ってる筈《はず》だ。そもそも、あいつの相手を出来るのはおまえしか居ねぇ」

あいつの相手を出来るのはおまえしか居ねぇ、か。那織《なおり》も同じように、僕のことをそんな風に感じてくれているのなら、本当に嬉《うれ》しい。

教授の言葉で、楽になったのは確かだ。話して良かったと思った。

だが、良《い》いことばかりじゃない。僕の結論の裏には――

「けど、琉実《るみ》のことを考えると、やっぱり複雑だ。気持ちに応えられなくて申し訳無いって気持ちで一杯《いっぱい》だよ。安吾《あんご》の件も含《ふく》め、どうしてもな」

「それは関係ないだろ」

「関係なく無いさ。僕がもっと早く心を決めていれば、もしかして琉実《るみ》は安吾《あんご》と――」

「バカじゃねぇの？　つーか、本当にバカだな。それは二人に失礼だし、どんだけ傲慢《ごうまん》なんだよって話だ。おまえがだらだらと先延ばしにしてたのは事実だが、それはそれだ。安吾《あんご》の件は別の話だろ。AがダメだからBとかじゃないんだろ？　そんなこと、おまえが一番よく分かってるだろ？　この二ヶ月、何に悩《なや》んでたのか思い出してみろよ」

教授の意見も分かる。理解はしているが、僕が可能性の一つを残毀《ざんき》した事実は消えない。その自責はどれだけの理屈《りくつ》を宛《あて》がっても追《お》い払《はら》えない……確かに傲慢《ごうまん》かもな。

「分かってるさ。ただどうしても考えちゃうんだよ」

「安心しろ。きっと姉様《あねさま》はおまえが考えてるより強い。虚勢《きょせい》を張ってるからわかりづらいかも知れんが、神宮寺《じんぐうじ》の方がよっぽど脆《もろ》くて弱い。一番ギリギリだったのはあいつだよ。長年あいつを見てきた俺なりの結論だ」教授が身を乗り出して続ける。「それと、これだけは覚えておいてくれ。可能性と呼ぶのもおこがましいレベルの話も含《ふく》めてだが、おまえが潰《つぶ》した可能性とやらは、安吾《あんご》だけじゃない。そんなこと考えるだけムダだ。おまえは神宮寺《じんぐうじ》のことだけを考えろ。なぁ白崎《しろさき》、言うまでもないけど、大事にしてやれよ」

「もちろん。この前、ちょっと那織《なおり》と喧嘩《けんか》みたいになっただろ。実感したんだよ、ずっと傍《そば》で僕の相手をし続けていてくれたのは、那織《なおり》だったって。那織《なおり》だけがずっと変わらずに僕の下らない話に付き合ってくれていたんだ。僕はこれからもそうでありたいって――」

「そこまでだ。それ以上は本人に言え。惚気《のろけ》のラインを越《こ》えてる。金取るぞ」

「別に惚気《のろけ》て無かっただろ。ただ、素直《すなお》な気持ちを述べただけで」

つーか、真面目に話してる時の指摘《してき》が一番恥《は》ずかしいんだよ。

「いや、惚気《のろけ》てた。自覚がないようで何よりだが、さっきの話はおまえが神宮寺《じんぐうじ》からどれだけ愛されてるかを自慢《じまん》してただけだからな。やっぱダメだ。腹立ってきた。なんか奢《おご》れ」

「さっきと言ってること違《ちが》うぞ。僕の誕生日の話はどうなったんだ？」

「うるせぇな。ストレス料は別会計なんだよ。澄《す》ました顔で人の体力ごりごり削《けず》りやがって」

教授の言い方が本気っぽくて……もしかしてまだ那織《なおり》を――余計な深読みはやめよう。

「俺はおまえらと楽しくやれればそれでいい。俺だって一緒《いっしょ》だ。ずっと下らない話をしてぇんだ。ケンカして部活解散とかになったら、マジで山に埋《う》めるからな。覚悟《かくご》しとけ」

僕の疑念を晴らすみたいに、教授がさっきの含《ふく》みを補正した。

そういう意味じゃねぇからな、と言っている。だから触《ふ》れない。

明日のことを、教授に話して良かった——その感情のままで居たい。

そう言えば、山に埋《う》めると動物が掘《ほ》り返《かえ》すから露見《ろけん》し易《やす》いって聞いたことあるけど、これはこれで火に油を注ぎそうなので口にはしない。「それだけは避《さ》けないとな」

「ちなみに明日はなんで三人なんだ？　明日言うとでも伝えたのか？」

教授に言われるまで思い至りもしなかった。違和感《いわかん》すら抱《いだ》かなかった。

僕等の状況《じょうきょう》で三人で出掛《でか》ける……傍《はた》から見ればデート的なことをする特異さに、僕自身《じしん》が完全に麻痺《まひ》していた。何故《なぜ》このタイミングで、琉実《るみ》は三人で出掛《でか》けようと言ったのか。

「その話はしてない」

そろそろ潮時だとは言ったが、具体的にいつみたいな話はしていない。誰《だれ》にも言わないようにしていた。亀嵩《かめだけ》や雨宮《あまみや》、古間先輩《ミス・マーブル》の妹にももちろん言っていない。

教授に話したのが最初だ——もしかして、何となく勘付《かんづ》いているのか？　仮にそうだとしたら、琉実《るみ》や那織《なおり》は分かってて……まさかな。考え過ぎだよな。

「ま、どっちがみたいになるよりは、一緒《いっしょ》にってこったろうな。話は戻《もど》るけどよ、これから神宮寺《じんぐうじ》とどうしていきたいとかあんのか？」

「今まで通り、楽しく過ごせればそれで僕は満足だ」

「何だよそれ。もっとちゃんと考えろって。こんなこと言うと神宮寺《じんぐうじ》に殺されそうだが、あいつと付き合うって、想像するだけでも大変そうっつーか——あのわがまま娘《むすめ》をおまえが手懐《てなず》けられるとは思えない……おまえは尻《しり》に敷《し》かれる方だったな。すまん、解釈違《かいしゃくちが》いだった」

「どんな解釈違《かいしゃくちが》いだよ。手懐《てなず》けるとか尻《しり》に敷《し》かれるみたいな意見自体、僕にとってはどうでも良《い》い。それこそが解釈違《かいしゃくちが》いだ。大体、那織《なおり》は自分が納得《なっとく》しない限り人の言う事は聞かないし、だからと言って自分の意見を僕に無理強《むりじ》いしたりしないだろ？」

「そうか？　俺には白崎《しろさき》が毎回押されてるように見えるけどな……ま、それは良《い》いとして、付き合うってことは何なのか、しっかり考えてやれよ」

琉実《るみ》と付き合っていた時、僕はそれで失敗した。すべて琉実《るみ》に言われるがままだった。那織《なおり》と付き合う——僕は那織《なおり》と居られればそれでいい。でも、教授が言わんとしていることは、多分違《ちが》う。常に那織《なおり》のことを最優先に考えろ、そう言っている。

「……そうだな。教授の言う通りだ」

「今の間は何だ？　さてはエロいこと考えたな？」

「考えてねぇよ。僕は真面目に——」

「うるせぇ。何が僕は真面目に、だ。どれだけ取《と》り繕《つくろ》おうが、俺にはわかってんだよ」

「そうじゃなくて、僕は——」

琉実《るみ》と付き合ってる時、何度も失敗したから……そう言おうと思ったのに、遮《さえぎ》られた。

「いいんだ。皆《みな》まで言わなくていい。ちゃんとわかってっからよ」

教授が僕の肩《かた》をぽんぽんと叩《たた》いた——絶対に分かってねぇよ。

面倒臭《めんどうくさ》いから言い直さないけどさ。

「白崎《しろさき》だって男だからな。神宮寺《じんぐうじ》とあれこれ経験する気満々なんだろ？　ただ、水を差す気はないが、これだけは言わしてくれ……例の約束は覚えてるよな？」

「分かってるよ。安心しろって。付き合ったからと言って、すぐそうなるつもりは無い」

「信じてるからな。裏切ったらマジで許さねぇ。それまでは一人で我慢《がまん》してろよ？」

教授が立ち上がった。「さて、腹減ったし、飯でも行こうぜ」

「おう。お腹《なか》が空いて倒《たお》れそうだ」

そう言えば、お昼を食べて居なかった。時間を確認《かくにん》すると、既《すで》に一時を回っている。

空《あ》き瓶《びん》を返し、店を出て、自転車に跨《また》がる——熱っ！　高温に熱せられたサドルでお尻《しり》が火傷《やけど》しそうだ。それなのに教授ときたら、「昼はラーメンにしようぜ」と言い出した。

「この暑いのにラーメンか？」

「敢《あ》えてラーメンを食べる。風情《ふぜい》があっていいじゃねぇか。それに流れ出した塩分を補給しないとな。奢《おご》ってやるから。いいだろ？」

「分かったよ。ラーメンなら明日の昼飯と被《かぶ》ることもないだろうしな」

「そうだ、明日はどこ行くんだ？　訊《き》いてなかったよな？」

「横浜《よこはま》」

「横浜《よこはま》ね、いかにもだな。それっぽい雰囲気《ふんいき》に流されて、ハーレムルートで3P狙《ねら》いみたいなのはやめろよ。確実に失敗するからな。成功したら山に埋《う》める。どっちみち地獄《じごく》だ」

「さっきからしつこいぞ。そんな予定は無いから安心しろって」

「冗談《じょうだん》だよ。ま、女子と出掛《でか》けるんだ、体臭《たいしゅう》には気を付けろよ」

「ん？　そんなに汗臭《あせくさ》いか？」

Tシャツの匂《にお》いを嗅《か》ぐと、確かに汗《あせ》の臭《にお》いがした。汗《あせ》に濡《ぬ》れては乾《かわ》くのを繰《く》り返《かえ》しているし、汗《あせ》の匂《にお》いがするのは仕方ないが——指摘《してき》されるほどだったか？　自分じゃ分からない。

「今から行くの、ニンニクの効いた豚骨《とんこつ》ラーメンなんだ。身体中《からだじゅう》からニンニク臭《しゅう》をぷんぷんに撒《ま》き散《ち》らして横浜《よこはま》を練り歩いてくれ。二人に指摘《してき》されたら、かなりの高ポイントだ」

「……別の所にしてくれないか？」

僕は明日、那織《なおり》に告白するんだぞ？　人生で初めての告白だぞ？

「無理だ。消耗《しょうもう》した体力を明日までに回復させてやるっていう友達想《ともだちおも》いの優《やさ》しさと嫌《いや》がらせが絶妙《ぜつみょう》に混ざり合った、俺からの誕生日プレゼントだ。ありがたく受け取れ」

※　※　※

（神宮寺《じんぐうじ》那織《なおり》）


朝も早くから琉実《るみ》に起こされて、こっちは自分のペースで準備をしたいのに、やれあれをどうするだの何を持って行くだの、辺りをちょこまかちょこまかと喧《やかま》しい事この上なかった。

この暑い中出掛《でか》けるのを考えるだけで億劫《おっくう》だし、どうせならお母さんに車を出して欲しいなって思って、琉実《るみ》に「お母さんに送《おく》って貰《もら》わない？」と提案したのに、「お昼に用事があるって言ってたから無理じゃない？」と一蹴《いっしゅう》された。何でよ。

ただ、買い物に行くとは言っても、実の所どこに行くかはちょっと悩《なや》んでいて、琉実《るみ》には渡《わた》すものをぼんやり決めているって言ったけど、どうしよっかなって考えている部分もあったりして、本音を言えば琉実《るみ》とじゃなくて部長辺りと雑貨屋とか書店に行きたい。ヴィレヴァンとかからプレゼント探しをスタートして、ついでに私も楽しみたい、みたいな。

純《じゅん》君はああ見えて中身は超《ちょう》お子ちゃまだから、映画なんかのグッズやダイキャストモデルみたいな物に興奮するタイプだったりする。去年の誕生日、スタートレックのコミュニケーターを模したバッジをあげたら超喜《ちょうよろこ》んでたし。あとはマニアックっぽい本。

言うなれば、書斎《しょさい》にグッズが並ぶ、どっかの誰《だれ》かさんと一緒《いっしょ》。

「那織《なおり》はどこ行きたいとかある？」

「私は本とか雑貨が見たい」

「池袋《いけぶくろ》とか？」

「それでも良《い》いよ。琉実《るみ》は？」池袋《いけぶくろ》なら、良さそうな本が見付かるだろうし。

「正直迷ってて、わたしはボトル貰《もら》ったし、なんか関連する物がいいかなぁって。でも、純《じゅん》はそういうの使わなそうだし、マグカップは前に送り合ったしで……決まってないんだよね」

「だったら、何が欲《ほ》しいか訊《き》いちゃったら？」

「えー、それはなんか違《ちが》くない？」

「じゃあ自分で見つけ出すしかないよね」

「なんでそんな冷たいこと言うのよ。ねぇ、なんかアイディアない？　普段使《ふだんづか》いできるものがいいかなとは思ってるんだけど……」

「私に訊《き》くの？　えー……ブックカバーとか？」

「あっ！　ブックカバーかっ！　いいね、それ」

頭が書店にシフトしてたから思い付いただけなんだけど、言ってから後悔《こうかい》した。良《い》い本が見付からなかった時に使える手札を捨ててしまった。完全にやらかした。

去年、琉実《るみ》は栞《しおり》を送った。

純《じゅん》君や琉実《るみ》に直接訊《き》いた訳じゃないけど、間違《まちが》い無《な》いと確信している。純《じゅん》君はそれまで図書館の本だったら貸出票、買った本なら帯や広告を栞《しおり》にしていた——私と同じだった。その純《じゅん》君が、誕生日を境に洒落《しゃれ》た金属製の栞《しおり》を使い始めた。

琉実《るみ》にしてはやるなと感心したけれど、栞《しおり》の厚みがちょっと気になった。栞《しおり》に厚みがあると本が綺麗《きれい》に閉じない。微妙《びみょう》に空間が出来る。その所為《せい》か分からないけれど、気付くと栞《しおり》は机の上に飾《かざ》られていた。だから、悔《くや》しく無かった。私のあげたバッジと並んでいたから。けど、ブックカバーは使える。栞紐《スピンつ》付きなら尚更《なおさら》。付《つ》け替《か》える手間はあるにしても。

あー、しくった。

でもでも、琉実《るみ》と一緒《いっしょ》に選べば私の意見も反映される訳だし……そうじゃなかったとしても、これは私のアイディアだからって言える。うん、それで我慢《がまん》する。

与《あずか》り知《し》らない所でやり取りされる苛《いら》みに比べたら余裕《よゆう》で耐《た》えられるって云《い》うか、この場合はそう割り切るしか無いでしょ。私の手落ちなんだし。ほんと、失敗した。

家を出て、電車の中で良さそうな本を調べる。お父さんが持ってなくて、純《じゅん》君の本棚《ほんだな》に並んでいない本――ミステリーかSF関連。あ、この『ミステリーの書き方』は面白《おもしろ》そう。ミステリー好きじゃない私でも分かる位、錚々《そうそう》たる面々が参加してる。これは絶対好きでしょ。けど、文庫一冊ってのはちょっと弱いかな？　私の誕生日に貰《もら》った物、そこそこしてそうだし。

そう考えると、こっちもそれなりの物を――お金あったっけ？　えっと、さっきコンビニ寄った時に財布《さいふ》出したよね、どれくらい入ってたっけ？　あー、そこそこは行けるかも。

頭の中で計算して、ざっくりとした予算を組み立てる。これは母上に追加予算を貰《もら》わないと今月死ねる……いや、純《じゅん》君の誕生日の翌日って母上の給料日じゃない？　ってことは、お小遣《こづか》い貰《もら》える日じゃん。やば、余裕《よゆう》過ぎん？　いける。てか、予算を前日に考えてる時点で終わって無い？　ま、いいけど。終わって無いし。始まったばっかだし。

そう言えば——思い出す。純《じゅん》君が気になってるって言ってて、地元の図書館にも置いて無かったお値段高めのムック。うん、悪くない。寧《むし》ろ、これでしょ。スマホで店舗《てんぽ》在庫を確認《かくにん》して、店頭にある事も確認出来《かくにんでき》た。琉実《るみ》、ごめん。私は決まった。

植民地《いけぶくろ》に下り立ってジュンク堂を目指す——琉実《るみ》と三階で別れて、私は最上階に向かう。映画関係の棚《たな》に行って背表紙を目で追って……あった。

中をぱらぱらと確認《かくにん》。うん、好きそう。購入《こうにゅう》決定。以上、作戦終了《ミッションコンプリート》。

他に面白《おもしろ》そうな本はあるかななんて四望しない事が重要。私は何度も来ているから知っている。この周辺にはスターウォーズやらスタートレック、エイリアン、バック・トゥ・ザ・フューチャー、００７なんかの本が沢山《たくさん》並んでいて、純《じゅん》君と盛り上がった記憶《きおく》がある。ここで速《すみ》やかに身を引く恬淡《てんたん》なる潔《いさぎよ》さこそが私の優秀《ゆうしゅう》たる所以《ゆえん》。

数多《あまた》の買い物で鍛《きた》えた絶巧《ぜっこう》なる遂行《すいこう》能力の高さを称《たた》えるのも早々に、通信端末《スマートフォン》で琉実《るみ》に状《じょう》況《きょう》を確認《かくにん》する。慊焉《けんえん》としない表情で泣き付かれるかと思いきや、どうやらブックカバーという妙案《みょうあん》が功を奏したらしい。やっぱ、私って天才じゃない？　さて、琉実《るみ》も居ることだし文芸のフロアに——行ったらだめ。那織《なおり》、落ち着きなさい。貴方《あなた》の財布《さいふ》は氷河期なの。

そうだった。ありがとう、我が理性《しもべ》よ。

〈一階のレジで〉これで良《い》い。ちゃんと一階のレジって言ってあげる優《やさ》しさ。琉実《るみ》の事だから、フロア毎《ごと》の会計だと思い込んでそうだし——エスカレーターでフロアを下っていると、タイミングよく三階で琉実《るみ》と一緒《いっしょ》になった。琉実《るみ》の手には岩波文庫を模したポーチ。

「ブックカバーじゃなかったの？　でも、それ可愛《かわい》い」

むぅ、意外にセンスあって悔《くや》しい。ちょっと欲《ほ》しいじゃんっ！

「ね、本みたいになっててカワイイよね。しかも、ちょうど文庫本が入る大きさなの」

「ちょっと見せて」何これ、普通《ふつう》に欲《ほ》しいんですけど。部長に見せびらかしたい。題名の部分には『An Encouragement of Learning』と書かれている……『学問のすゝめ』か。

「これって、他にはどんなのがあった？」

「太宰治《だざいおさむ》とか芥川龍之介《あくたがわりゅうのすけ》とかあったよ。あと、このタイプのブックカバーもあったんだけど、ポーチの方が高かったし、こっちなら使い道が色々あるかなって。ほら、わたしが貰《もら》ったのも良《い》い値段したと思うんだよね、だから、どうせだったらと思ったの」

値札を見ると、私が選んだムックとちょうど同じ位。

一階に着いてレジに足を向けると、琉実《るみ》が「那織《なおり》はどんなのにしたの？」と訊《き》いてきたので、無言で本を手渡《てわた》した。「普段《ふだん》だったら買うのを躊躇《ためら》うような値段の本にした」

「え？　もしかして一万とか？」琉実《るみ》が本を裏返した。「あ、良かった。同じくらいだ。わたしのプレゼントの倍以上するのかと思って焦《あせ》った。でも、そうだね。普段《ふだん》だとこの値段はためらっちゃう。わたしなんて余り本買わないから余計に……で、これは、えっと『SF映画のタイポグラフィとデザイン』？　タイポグラフィって何？」

「文字の配置とか構成だよ。映画の中で使われてる書体——例えば、宇宙船の操作盤《そうさばん》に書かれた文字にはどんな書体が使われてるとかデザインがどうなってるかみたいなのが載《の》ってる。マニアックで良くない？　純《じゅん》君は好きそうでしょ？」

「確かに好きそう。写真もいっぱいあって良《い》いね」

「でしょ？」ふと思った。「あのさ……私、文庫を一冊選ぶから、琉実《るみ》もブックカバーを一個増やさない？　さっき、太宰《だざい》とか芥川《あくたがわ》のもあったって言ってたよね？」

「うん、あったよ。無地のブックカバーとかもあった。けど、どうして？」

「私の選んだ文庫と琉実《るみ》の選んだブックカバーを合体して渡《わた》せば、二人からのプレゼントになるかなって……このムックとかポーチはそれぞれのプレゼントで。どう？」

なんて、ちょっと格好付けすぎ？　歩み寄り過ぎ？　私らしく無いよね。

でも——琉実《るみ》には助《たす》けて貰《もら》ったし、悪くないかなって思っちゃったんだ。

「いいっ！　そうしよっ！　那織《なおり》、めっちゃ頭イイじゃん」

琉実《るみ》が余りにも喜んだ顔で褒《ほ》め称《たた》えるから、言った私が恥《は》ずかしくなる。

もう、照れるからやめて。べ、別に琉実《るみ》の為《ため》じゃないし。

並んでいた列から抜《ぬ》け出《だ》して、エスカレーターでフロアを上がる。

琉実《るみ》はブックカバーを。私は『ミステリーの書き方』を追加する。

「ねぇ、ちょっと相談なんだけど」

歩み寄りの代償《だいしょう》について、琉実《るみ》に言わなければならない事がある。

「何？」

「余計な案を追加した所為《せい》で、完全に手持ちのお金が尽《つ》きた。それなのに、さっきから私のお腹《なか》が空腹を訴《うった》えてる。どうしたら良《い》いと思う？　難問過ぎて私には解けない」

「わたしにお昼代を出せって言ってる？」

「そんなこと言ってないじゃん。私はお金が無い事とお腹《なか》が空いてるって事実を列挙しただけで、聡明《そうめい》な琉実《るみ》がそこに相関関係を見出《みいだ》した結果、その解が浮上《ふじょう》した可能性は――」

「いいよ。わたしもお腹《なか》空いたし、何か食べよっか」

琉実《るみ》のオススメの店で、慈悲深《じひぶか》い琉実《るみ》様のお金でふわふわのシフォンケーキを食べて、それから何をするでもなく二人で色んな店を回って歩いた。雑貨を見て、アクセを見て、コスメを見て、服を見て、ゲームセンターでぬいぐるみを獲《と》って貰《もら》って、琉実《るみ》がどうしてもって言うから加工盛り盛りのプリも撮《と》った。琉実《るみ》にありがちなオチの無い話だって無視せずに最後まで聞いてあげたし、冗談《じょうだん》を言い合ったりもした。明日何処《どこ》に行くか話し合ったりもした。

部長とはよくやる事が大半だけど、琉実《るみ》と二人でって凄《すご》く新鮮《しんせん》でとても懐《なつ》かしい。年に一回位はこんな日があっても良いかも――そう思えるくらいには楽しかった。体力お化けの琉実《るみ》と出掛《でか》けると疲《つか》れるから、年イチで十分だけどね。

帰宅してからが大変だった。激甚極《げきじんきわ》まりない明日何着て行こう攻撃《こうげき》が始まった。服を持っては我が領域に易々《やすやす》と闖入《ちんにゅう》して「これはどう？」だの「こっちだと子どもっぽい？」だの喚《わめ》き散《ち》らして、終《しま》いには「わたしの部屋で一緒《いっしょ》に見てよ」なんて暴慢《ぼうまん》かつ専横な事を口にした。

琉実《るみ》の部屋は私の部屋の事言えないくらい散らかっていて、そこら辺に服がばら撒《ま》かれていて、比喩《ひゆ》でも無く、文字通り足の踏《ふ》み場《ば》が無かった。ドアに寄《よ》り掛《か》かってざっと見回すと、ジャージとかドルフィンパンツみたいな、それは絶対着ないでしょって服まで出しっ放しになっていた。人には出したら仕舞《しま》えって言うのに、自分だって仕舞《しま》ってないじゃん。

「それで良《い》いんじゃない？」

買《か》って貰《もら》ったばかりのマーメイドスカートを、ドアに凭《もた》れたまま顎《あご》でしゃくる。いちいち組み合わせを考えるのも面倒臭《めんどうくさ》いし、私がららぽで見てあげたコーデで良《い》いでしょ。

それなら私とは被《かぶ》んないだろうし、デニムのショートとかで生足を見せびらかされるよりは断然良《い》い。琉実《るみ》の脚《あし》、私より細いんだもん。冗談《じょうだん》じゃない。

「てきとーに言ったでしょ？　ちゃんと見てよ」

「見てるって」

「もう、見てるだけでしょ」

琉実《るみ》を無視して、ある臆説《おくせつ》を一つ投げる。「明日、純《じゅん》君はどうするか言う積もりかな？」

確信があった訳じゃない。何か言われたりもしていない。ただ何となく、純君《じゅん》はそう云《い》う
切《き》っ掛《か》けを照準《レティクル》に据《す》えそうだなって思った——完全なる女の勘《かん》。ううん、幼馴染《おさななじみ》の勘《かん》かな。

「なんで？」ベッドに並んだ服を眺《なが》めたまま、琉実《るみ》が返事した。そして、こっちを窺《うかが》うように
顔を上げる。スタンドミラー越《ご》しに目が合った。

「何となく」

「わたしも何となくだけど、そんな気がする」

「だよね」

私が思う位だもん、やっぱりそう勘繰《かんぐ》っちゃうよね。

「ねぇ」琉実《るみ》が振《ふ》り返《かえ》った。「どんな結論だったとしても、わたしたちは家族だからね」

言い方が何とも琉実《るみ》らしい。家族・姉妹《しまい》と云《い》う名の係累《けいるい》——言われなくても分かってるよ。

こっちは一回経験してるんだって。

「もし純《じゅん》君が何か言うとして、僕には選べませんって言われたらどうする？」

「どうしよっか。置いて帰っちゃう？」

「いいね、それ。乗った——と言いたい所だけど、そう言われたら言われたで、琉実《るみ》は安心し
ちゃうんじゃないの？　結論が先延ばしされた事に。それとも、もう限界？」

寸時の緘黙《かんもく》の後、琉実《るみ》が言った。「……ほんと言うと、わたしは怖《こわ》い」

「那織《なおり》は怖《こわ》くないの？」発せられた言葉が、静かに蹌踉《よろ》めいた。

「Hodie mihi,《今日は私》 cras tibi.《明日は貴方に》——そんな感じかな」

死は等しく訪《おとず》れるってね——私は一度死んだけど、賭《か》けに勝った私はもう死なない。

だから怖くなんて無い。

時間が掛かっても良《い》い。

最後に生き残るのは私。

「それ何語？　どんな意味なの？」

「どうしても気になるんだったら、自分で調べて」

さて、次は私の服選びに付《つ》き合《あ》って貰《もら》おうかな。

やっぱいいや。琉実《るみ》のセンスは雑音《ノイズ》になりそう。

TITLE

エピローグ

EPILOGUE

KOI WA FUTAGO DE WARIKIRENAI

（神宮寺《じんぐうじ》琉実《るみ》）

みんなで出掛《でか》けるわくわく感と不安感で、昨日の夜はなかなか寝付《ねつ》けなかった。ベッドの中で、三人のトークに書いた予定を見直して、そのあとは昔の写真とか付き合ってた頃《ころ》の写真を見返してたりして——もし、純《じゅん》がデートの時に答えを言うかも知れないって思うと、どんどん不安になってきて、どんどん寂《さび》しくなってきて、涙《なみだ》が出てきちゃったりして、だってそれは、恐《おそ》らく……そんなことを考えているうちに眠《ねむ》るどころじゃなくなった。早く寝《ね》なきゃって思うほど息苦しくなって、どんどん寝《ね》られなくなった。

自分じゃどうしようもなくなって、那織《なおり》の部屋をノックした。

那織《なおり》に助けを求めるのは違《ちが》うかもって自分でも思うし、那織《なおり》の前ではずっと強がってたから余計になんだけど——それでも、わたしには那織《なおり》しかいない。

「起きてる？」ゆっくりとドアを開けて、隙間《すきま》から声を掛《か》けた。

枕《まくら》の辺りがぼんやりと光っている。

「寝《ね》てる」

「一緒《いっしょ》に寝《ね》てもいい？」

「嫌《いや》」

　ごちゃごちゃ言う那織《なおり》を無視してベッドに潜《もぐ》り込《こ》む。自分の部屋から持ってきたタオルケットにくるまろうとすると、那織《なおり》が追い出そうとお尻《しり》でぐいぐい押してきた。

「入って来ないでよ。暑苦しい」

「いいじゃん。てか、この部屋、寒くない？」

　エアコンのリモコンが何度になってるか見ようと手を伸《の》ばしただけなのに、ミノムシみたいに毛布にくるまっていた那織《なおり》が「温度上げないでっ！」とわたしからリモコンを奪《うば》った。

「だって温度下げ過ぎじゃない？」

「暑くて寝苦《ねぐる》しい方が嫌《いや》」

　エアコン苦手な癖《くせ》に。いっつもそれで具合悪くなるのは誰《だれ》よ。

　まったく、難儀《なんぎ》なんだから。

「本気で寝《ね》る気？　迷惑《めいわく》ですので退出して頂けます？」

「今日だけ。ね？」

「何が今日だけなの。嫌《いや》だって言ってんじゃん」

「明日、楽しみだね」

「知らない。無視しないで」

「いっぱい写真撮《と》ろうね」

「勝手にして」

那織《なおり》は壁《かべ》の方を向いてスマホをいじっていて、こっそり覗《のぞ》き込《こ》むと、中華料理《ちゅうかりょうり》の写真が並んでいた。多分、中華街《ちゅうかがい》のことを調べているんだろう。ほんとに素直《すなお》じゃない。

「あんただって楽しみなんじゃん」

那織《なおり》がスマホを胸に抱《だ》くようにして隠《かく》した。「見ないで。訴《うった》えるよ」

「何見てるのかなって……ごめん」

那織《なおり》の後《うし》ろ髪《がみ》を指に巻き付けると、さらっと回転して流れていった。めんどくさがり屋なのに手入れが行き届いていて、触《さわ》っていて気持ちがいい。わたしも伸《の》ばそうかな。

「エッチな画像とか見てなくて安心したよ」那織《なおり》ならやり兼《か》ねないし。

「琉実《るみ》じゃあるまい、この状況《じょうきょう》でそんなの見ないから」

「どうしてそこでわたしの名前が出るわけ？」

「人にスマホを貸す時は、検索履歴《けんさくりれき》とか予測変換《へんかん》に気を遣《つか》った方が良《い》いよ。これは家族からの有《あ》り難《がた》くて貴重な庭訓《ていきん》。よーく頭に入れておくんだよ」

ちょっと待ってっ！

えっ？　それ、どういうこと？

今日、那織《なおり》に貸した時、何か見られたってこと？　「那織《なおり》、あんた一体何を――」

「もう寝《ね》る」

「待ってよ、ねぇ、那織《なおり》」

そんな言い方されたら、何をどこまで見たのか気になるでしょっ！

「うるさい。早く寝《ね》て」

それからわたしは、別のことが気になって眠《ねむ》れなくなった……んだけど、それだけじゃなくて、那織《なおり》の寝相《ねぞう》は相も変わらずで、何度かベッドから落とされそうになったし、わたしのタオルケットは取られるし、部屋は冷え過ぎてて寒かったし、その所為《せい》で案の定那織《なおり》は調子悪いとか言って寝起《ねお》きはめっちゃ機嫌《きげん》悪かったし、顔もむくんでるし。最悪。

だから、今日は絶賛寝不足《ねぶそく》。一人で居ても、那織《なおり》と居ても、結局寝不足《ねぶそく》だった。

那織《なおり》の部屋で寝《ね》なきゃ良かった。後悔《こうかい》しかない。

万全《ばんぜん》の体調で臨《のぞ》もうと思ってたのに、大失敗。

はぁ、やめやめ。考えるの、終わりっ。終了《しゅうりょう》。

深呼吸をして――よしっ！！！　気合完了《かんりょう》っ！

やっぱ、気合を入れるには声出しに限る。

「うるさいっ！」壁《かべ》を叩《たた》く音とともに、くぐもった那織《なおり》の声がした。

うるさいじゃないっ！　まったく、誰《だれ》の所為《せい》だと思ってんのよっ！

人が気合入れてるとこ、邪魔《じゃま》しないでよね――今日だけは。

さ、服を着て準備しなきゃ。那織《なおり》になんて構ってられない。

今日は楽しむって決めたんだから。

※　※　※

(神宮寺《じんぐうじ》那織《なおり》)

昨夜、私の枢要《すうよう》で愛おしい微睡《まどろみ》時間を琉実《るみ》に邪魔《じゃま》された所為《せい》で、寝起《ねお》きの気分は最&悪。ま、寝起《ねお》きすっきりなんて経験は無いんだけど。低血圧かつ低体温を舐《な》めないで頂きたい所存な訳だけど、普段《ふだん》よりは増し。だって今日は、とことん遊んで、たらふく美味《おい》しい物を食べるんだから。いつもだったら食べられない朝ご飯だって、ちゃんと食べた。

この先がどうなるか——こっちが勝手に想像してる事だし、今日かどうかも分かんない。そんな事に囚《とら》われるのは勿体無《もったいな》い。

純《じゅん》君が私をどう思ってるかは分かんない。そればかりは訊《き》けなかった。訊《き》いた所で教えてくれないだろうし——でも、嫌《きら》われてないのは確かだし、キスは拒否《きょひ》られたけどあれは半ば琉《る》実《み》の所為《せい》だって分かったし、最近は悪くない雰囲気《ふんいき》だし、もしここで琉実《るみ》と付き合ったとして、純《じゅん》君琉実《るみ》と添《そ》い遂《と》げるって決まった訳でも無い。琉実《るみ》は私に対して家族とか言ってたけど、純《じゅん》君との関係だってそう易々《やすやす》と途《と》切《ぎ》れる物じゃないって思ってる——少なくとも高校の間は。

なんて思いつつ、図書室で邂逅《かいこう》して以来、私を見る最近の純《じゅん》君の目、ちょっと熱が籠《こも》ってる気がする。頻繁《ひんぱん》に目が合うし、声だって前よりも柔《やわ》らかくて嫋々《じょうじょう》な響《ひび》きがある。

邂逅《かいこう》？　ううん、違《ちが》う。偶然《ぐうぜん》なんかじゃない。

あの時、私は会いに行ったんだ。

私が賭《か》けたのは図書室に居た事じゃ無くて、帰って無いかって事。純《じゅん》君の教室を見に行って、部室に鍵《かぎ》が掛《か》かってるのを確認《かくにん》して、だとしたら図書室かなって考えた。

ほんとはちょっとだけ弱気になってた――ううん、ちょっとじゃ無い。

でも、純《じゅん》君は帰って無いって確信していた。だから、私は賭《か》けをした。

負ける訳無いって思ってた。〈一緒《いっしょ》に帰ろう〉って言ってくれたから。

弱くて、狡《ずる》くて、寂《さび》しがり屋の私は、そうでもしないと動けなかった。

純《じゅん》君が帰って無かったら、私は純《じゅん》君の事を好きで居よう、素直《すなお》で居ようって決めた。

人の世の移り変りは、木の葉のそれと変りがない。風が木の葉を地上に散らすかと思えば、春が来て、蘇《よみがえ》った森に新しい葉が芽生えてくる――この先、私は色んな男の人に出会うだろうし、言い寄られるかも知れない。けど、あんなに話が合って、一緒《いっしょ》に居て心の底から安心出来て、食べ物の好《す》き嫌《きら》いや子供の頃《ころ》どんなだったとか一から説明しなくて良くて、面倒臭《めんどうくさ》くて厄《やっ》介《かい》で我《わ》が儘《まま》な私の性格をきちんと把握《はあく》してくれてて、両親に紹介《しょうかい》する手間なんて微塵《みじん》どころか一ピコグラムも無い――そんな人に出逢《であ》えるとは思えない。

純《じゅん》君が手に入らないんだったら、男なんて要《い》らない。

だから私は、純《じゅん》君が振《ふ》り向《む》いてくれるまで頑張《がんば》る。琉実《るみ》に捕《と》られてたまるか。

幸い、まだ希望はゼロじゃない。ゼロなんかじゃ、全然無い。

今日は私史上最高に可愛《かわい》いを詰《つ》め込《こ》むんだ。

派手になり過ぎ無い様に気を付けつついつもより丁寧《ていねい》に時間をかけてメイクをして、自分が一番可愛《かわい》いって胸の張れる服を着て、私を選ばなかったら後悔《こうかい》するって思わせる。

ま、普通《ふつう》にしてても胸は張っちゃうし、私を選ばなかったら絶対に後悔《こうかい》するんだけど。

もし琉実《るみ》を選んだら当分口利《き》いてあげないし。

私と喋《しゃべ》れなくて寂しかったんだもんね。

もっともっと寂《さび》しくなって。

もっともっと好きになって。

私無しじゃ居られない位。私だけってのは不公平だもん。そんなのむかつく。


（白崎《しろさき》純《じゅん》）

※　※　※

胃が痛い。三人で出掛《でか》けられるのは嬉《うれ》しいし楽しみではあるが、気が重い。

リビングに入ると、母さんがテレビを観《み》ていた。

「おはよう。それと、お誕生日おめでとう」

「ありがとう」

「ご飯出来てるよ。出掛《でか》けるんでしょ？」

「うん。父さんは？」

「外に居るよ。暑くなる前に洗車するんだって」

子供の頃《ころ》はよく洗車に駆《か》り出《だ》されたが、いつしか声を掛《か》けられることは無くなった。

エンジニアである父さんは、よく洗車をする傍《かたわ》らで、自動車の仕組みを教えてくれた。幼い僕の疑問に容易《たやす》く答える姿を見て、将来は父さんみたいになりたいって思った。本を読《よ》み漁《あさ》るようになったのも、機械に興味を持ったのも、切《き》っ掛《か》けは父さんだ。

そんな僕の興味や好奇心《こうきしん》を、隣《となり》に住むおじさんと那織《なおり》がどんどん広げていった。

玄関《げんかん》のドアを開けて父さんの様子を窺《うかが》うと、クルマのボンネットが開いていた。

「おお、起きたか。誕生日おめでとう」

僕に気付いた父さんが、ボンネットの向こうから顔を覗《のぞ》かせた。外に出るつもりは無かったのだが、仕方ない。「ありがとう。何してるの？」

「エアクリーナの交換《こうかん》だ。そろそろ交換《こうかん》時期だったからな」

父さんが外したエアクリーナをこちらに見せた。「汚《よご》れてるだろ？」

「父さんって――やっぱいいや、何でもない」

つい、高校の時に彼女が居たか訊《き》きそうになった。気になるが聞きたくない。

「何だ。気になるだろ」

「ごめん、僕の勘違《かんちが》いだった。朝ご飯食べてくる——やっぱり訊《き》いても良《い》い？」

返しかけた踵《きびす》を戻《もど》して、僕は別の質問を父さんに投げる。こっちだったら良《い》いだろう。

「母さんと結婚《けっこん》しようと思った切《き》っ掛《か》けは？」

「他に選択肢《せんたくし》が無かったからだ」

思わず笑ってしまった。何だよそれ。でも、父さんらしい。一聞しただけだと消極的な言葉だが、父さんは肯定的《こうていてき》な意味で言っている——つまり、母さん以外に居なかった。

「父さんらしいよ」

「至極《しごく》真っ当な回答だろうが。そうだ、ちょっと待ってろ」

クルマのドアを開けて、何やらガサゴソとしたあと僕に一万円を差し出した。

「出掛《でか》けるんだろ？」

「良《い》いの？」

「誕生日だしな。まだ子供なんだ、貰《もら》える物は素直《すなお》に貰《もら》っておけ」

「ありがとう」

朝ご飯を食べ、身支度《みじたく》を整える。時間にはまだ早いが、家で悶々《もんもん》としているよりは良《い》い、先に行って待っていよう。今日の待ち合わせ場所は、琉実《るみ》の提案で駅だ。

駅で待ち合わせなんて、付き合っていた時以来だ。あの頃《ころ》も、琉実《るみ》の提案だった。

家の前で待ち合わせってなんか締《し》まんないし、親とかに見られるかもじゃん？　だからデートの時は駅で待ち合わせようよ——僕はいつも駅で琉実《るみ》を待った。

そうやって始まった慣習だったのに、帰りは常に一緒《いっしょ》だった。

何か尋《たず》ねられたとしても、たまたま駅で一緒《いっしょ》になった、そう言えば良《い》いと思ってた。

誤魔化《ごまか》し通《とお》したつもりだったけど、母さんにはお見通しだったんだろうな。何度もそれっぽいこと、訊《き》かれたもんな。その度《たび》にはぐらかしたりして……懐《なつ》かしいな。

溜《た》め息《いき》が零《こぼ》れそうになる。僕はそれを押《お》し止《とど》めた。

今は過去を振《ふ》り返《かえ》るべきじゃない。

これからを考えなきゃいけないんだ——変わるであろう僕等の、これからを。


さて、行くか。


僕は今日、幼馴染《おさななじみ》の女の子に告白する。

もう一人の幼馴染《おさななじみ》の女の子には、気持ちには応えられないと伝える。

その代わり、たくさんの御礼《おれい》を言おう。

那織《なおり》、好きだ／琉実《るみ》、ありがとう。

（了《りょう》）

あとがき

祇園精舎《ぎおんしょうじゃ》の鐘《かね》の声、諸行無常の響《ひびき》あり。娑羅双樹《しゃらそうじゅ》の花の色、盛者必衰《じょうしゃひっすい》の理《ことわり》を顕《あらわ》す。奢《おご》れる人も久しからず、ただ春の夜《よ》の夢のごとし。猛《たけ》き者も遂《つい》には滅《ほろ》びぬ、偏《ひとえ》に風の前の塵《ちり》に同じ。

言うまでもなく、これは『平家物語』の冒頭《ぼうとう》です。学校でやりましたよね。この文章を見た時、「やべぇ、超《ちょう》かっけぇ」と潤沢《じゅんたく》な語彙力《ごいりょく》を如何《いかん》なく発揮したのを覚えております。

こんな格好良い書き出しで物語を始められたら、さぞ気持ち良いでしょうね。やってやった感でお酒が止まらないこと間違《まちが》いなしです。どう逆立ちしてもこんな文章書けませんけど。

さて、『ふたきれ』四巻の冒頭《ぼうとう》を見てみましょう。

「――土曜日、家に女の子を泊《と》めた？」

これは諸行無常の響《ひび》きがありますね。母親からこう言われる男子高校生の心中、余りにも辛《つら》い物があります。ここであらゆる可能性を考慮《こうりょ》し、見落としもなく、さらっと嘘《うそ》を吐《つ》き通す自信のある方は円滑《えんかつ》な人生を送れるはずです。それか小説を書くことをお勧《すす》めします。純《じゅん》はもう少し嘘《うそ》を吐《つ》く訓練が必要ですね。敢《あ》えて書きませんが、見落としも多いです。そして、親は子供が思う以上にお見通しです。ん？　そういうおまえはどうかって？　親にバレた嘘《うそ》は多々ありますが、バレてない嘘《うそ》もまだまだ沢山《たくさん》あります。人間、生きていれば嘘《うそ》も吐《つ》きますって。

さて、今巻で『ふたきれ』も四冊目になりました。ようやく夏休みになりました。ここまで一年と少し、四冊掛《か》かりました。なんたるスローペース。そう考えると、もう一年以上も『ふたきれ』と付き合っていることになります。今更《いまさら》の話で恐縮《きょうしゅく》ですが、『恋《こい》は双子《ふたご》で割り切れない』は第二十七回電撃《でんげき》小説大賞に応募《おうぼ》した原稿《げんこう》が元になっています（一巻のあとがきで書けよという話ですよね、わかります）。それから考えると二年以上です。感慨深《かんがいぶか》いですね。親からはしょっちゅう嘘吐《うそつ》き呼ばわりされるどうしようもない子供でしたが、皆様《みなさま》のおかげでここまで続けることができました。ちなみに両親は私が本を出したことを未《いま》だに知りません。

何の話をしていたんでしたっけ？　嘘《うそ》つきの話？　とにかく私が言いたいのは、嘘《うそ》はよくないってことです。嘘《うそ》ばかり吐《つ》く人は反省して下さい。例のごとく知性のかけらもないあとがきですが、「嘘《うそ》はよくない」という教訓がありました（そういうことにしてください）。

それではまた次巻でお会いいたしましょう！

【すぺしゃる・さんくす】

担当編集者様、今回は締《し》め切《き》りを伸《の》ばして貰《もら》ったり、いつも以上にご迷惑《めいわく》をお掛《か》け致《いた》しました。すみません！　あるみっく様、毎回素敵《すてき》なイラストに感謝です。私服かわいすぎません？　那織《なおり》のチョーカー最高です。琉実《るみ》のちらっと見える肩《かた》もたまらないです。はだけ具合が絶妙《ぜつみょう》です。ありがとうございます。そして編集部含《ふく》めこの本の出版に携《たずさ》わった方、劇中で触《ふ》れた数々の作品、お手に取って下さった読者の皆々様《みなみなさま》に厚く御礼申《おんれいもう》し上《あ》げます。

日記の端書きより

（亀嵩璃々須《かめだけりりす》）

私にとって神宮寺《じんぐうじ》那織《なおり》は友人でありますが、それは仲良しこよしを演じる表面的な友人ではなく好敵手とでも言いましょうか、私の貧弱《ひんじゃく》な語彙《ごい》では適当な表現が見つからないのがひどくもどかしいですが、刺《さ》すか刺《さ》されるかみたいな緊張感《きんちょうかん》を孕《はら》んだ友人です。

こんな風に書くととても物騒《ぶっそう》に感じますが、そうではありません。私は彼女のことをとても親しく感じていますし、親友などと呼ぶのは気恥《きは》ずかしいので避《さ》けますが、彼女以上に仲の良《い》い友人はおりません。それに彼女は私の自己認識《にんしき》を改めるきっかけを与《あた》えてくれました。

私は元来争いごとは好かない質《たち》だと考えていたのですが、神宮寺《じんぐうじ》那織《なおり》という女の子に出逢《であ》って、自分がいかに負《ま》けず嫌《ぎら》いであったかを思い知ったのです。

私は絵を描《えが》くのが好きで、勉学もそこそこ出来る大人しい優等生タイプ、端的《たんてき》に言えばクラスでは目立たない方です。それで不満を覚えたことはありませんし、目立つことが得意ではない私にとって理想的であったとさえ言えます。たまに先生から褒《ほ》められるくらいで私の自尊心は十分に満たされておりました。私立の中学校を受験する際も、亀嵩《かめだけ》なら大丈夫《だいじょうぶ》だろうと仰《おっしゃ》ってくれましたし、それなりの点数を取ることができる自負もありました。

事実、私はそれなりの成績をもって入学しました。主席をとりたいなどとは思わない性分《しょうぶん》ですから、結果には満足しておりました。ほどほどに勉強して、そこそこの順位を維持《いじ》できれば満足なのです。両親から学費を出して頂いている立場を鑑《かんが》みればより高みを目指すべきなのでしょうが、そこまでの野心はありません。恥《は》ずかしくない程度の成績であれば両親に示しもつきますし、何より重要なのは小説を読むカモフラージュに打ってつけということです。

身内の自慢《じまん》をするつもりは毛頭ありませんが、私の両親はともに有名大学を出ており、文学的な物に対して一定の理解はあるものの、本を沢山《たくさん》読む人間は賢《かしこ》いなどという旧態依然《いぜん》とした価値観に縋《すが》っている嫌《きら》いがあります。確かに表現や語彙《ごい》といった点では効果を発揮するやも知れませんが、日本語科目を除くとどれほど試験の点数に反映されましょうか。

こんなことを言うと読書家の方たちから非難されてしまうかと思いますが、少なくとも私は娯楽《ごらく》以上の価値を小説に求めておりません。然《しか》るに、娯楽《ごらく》を享受《きょうじゅ》しているだけである私が、本を沢山《たくさん》読んでいるから賢《かしこ》いというステレオタイプを両親の前で演じ続ける為《ため》には、アウトプットとしての試験結果が必要なのです。更《さら》に言うと、漫画《まんが》を読む時間や絵を書く時間を捻出《ねんしゅつ》する為《ため》にも成績が良《い》いというのは好都合なのです。

両親はお堅《かた》い小説に余暇《よか》を費《つい》やすことは有意義だと考えていますが、漫画《まんが》に関しては時間の浪費《ろうひ》としか認識《にんしき》しておりません。男性同士が裸《はだか》で絡《から》み合《あ》っている漫画《まんが》など言語道断です。勘違《かんちが》いされても困るので断っておきますが、裸《はだか》で絡《から》み合《あ》っていると言っても、私は性的な目的で読んでいるのではありません。そこに至るまで過程を楽しんでいるのです。

もし拒絶《きょぜつ》されてしまったら――そんな苦悩《くのう》や葛藤《かっとう》の先に告白があり、相手が自分を受け入れてくれるか分からない不安があり、それらを乗《の》り越《こ》えてようやく辿《たど》り着《つ》いた関係として絡《から》みがあるからこそ尊いのです。やっと幸せになれたんだねと晴れやかな気持ちで私は読んでいるのです。だからこそ、愛情を確かめ合う行為《こうい》として絡《から》みは必要なのです。

などと力説したところで両親に理解されないことは承知しております。ですが、そもそも男色とは古くから存在しており、古文や文学作品にもモチーフとして多数存在します。授業で取り上げられた「児《ちご》のそら寝《ね》」だってそうです。学校で習うのですから、特異な趣向《しゅこう》でも何でもありません。私は数多《あまた》のジャンルのひとつとして愛好しているに過ぎません。

また、両親にとって絵とは芸術的な絵画を指し、例えば可愛《かわい》い女の子が蠱惑《こわく》的なポーズをしていたり、水着に類するような際《きわ》どい衣装《いしょう》を纏《まと》っているイラストは、ともすればポルノ的であると断罪されるでしょう。しかし、可愛《かわい》い女の子を可愛《かわい》いと思いながら描《えが》く行為《こうい》のどこに問題があるのか私には理解でき兼《か》ねます。男性キャラだって同じです。私は誰《だれ》かに描《か》かされてるわけではありませんし、自分が描《か》きたいから描《か》いているのです。

ですが、これは偏《ひとえ》に文化的解釈《かいしゃく》における深度の問題でしかなく、アニメや漫画《まんが》の市場規模について訳知り顔で声高《こわだか》に叫《さけ》ぼうが関係ありません。人は皆《みな》、興味のない事柄《ことがら》に対して情報の更《こう》新《しん》を積極的に行わないものです。例えばですが、私に対して野球やサッカーのルールを説いても長期的な記憶《きおく》として定着しないでしょう。だからと言って、野球やサッカーの経済効果や歴史を話されたところでそれほど興味は湧《わ》きません。両親にとって漫画《まんが》やイラストは、私にとっての野球やサッカーなのです。力説しても仕方がないのです。

つまり、私の親は分かってくれないなどと嘆《なげ》いたところで、溝《みぞ》を一層深める以外の効果は生みません。だから私は、成績という実績を暗黙《あんもく》の交渉《こうしょう》材料とすることで、理解は得られずとも消極的な納得《なっとく》を引き出す方法を選択《せんたく》したのです。その為《ため》、交渉《こうしょう》するに足る成績であればそれ以上を望む必要がないのです。そしてそれは、私の性質と合致《がっち》しています。

神宮寺那織《じんぐうじなおり》という少女について述べようと思っていたのに、まずは私の立ち位置を明確にしておこうと考える余り、話が逸《そ》れてしまいました。人に見せることを考慮《こうりょ》しない日記なので話が逸《そ》れようと問題はないのですが、今後に向けた反省点として推敲《すいこう》せずに残しておきます。

神宮寺那織《じんぐうじなおり》の件に話を戻《もど》します。

彼女の第一印象は、可愛《かわい》い女の子だな程度でした。ただ、鼻にかかったような声は作っている物だとすぐに気付きました。つぶさに観察していると、立ち居振《ふ》る舞《ま》いや控《ひか》えめな言葉の端々《はしばし》に、どこか違和感《いわかん》を覚えました。彼女はああやって周囲の人間に溶《と》け込むタイプであるが、本心は恐《おそ》らく別の所にあるのだろう、そう判断しました。

ある日の掃除《そうじ》の時間でした。彼女はゴミ箱を重そうに持ち上げました。大袈裟《おおげさ》な所作ではありません。ほんの少しだけ、重そうな動作をしました。すると、普段《ふだん》はやんちゃな言動が目に余る男子が、彼女のゴミ捨てを代わってあげました。

そのとき私は見たのです。彼女がまるでちょろいとでも言いた気に口を曲げるのを。

それ以来、私は彼女のことが苦手になりました。彼女は自分の容姿を褒《ほ》められる度《たび》に謙遜《けんそん》しますが、褒められる容姿だと分かった上で自分を演出しているのだと得心したからです。

思い返してみれば、心当たりは沢山《たくさん》ありました。同級生はおろか、担任の先生にさえ同じように接しているのです。完全に私の苦手なタイプです。

問題は更《さら》に深刻でした。彼女は私よりも成績が良かったのです。試験ではいつも教室で一番にペンを置く彼女が、「あんまり自信ないなぁ」なんてこれ見よがしに零《こぼ》す彼女が、常に私よりも良《い》い成績を取っていたのです。

私はどこかで願っていました。愛嬌《あいきょう》を振《ふ》り撒《ま》くことで周りの人に助けられながら生きていくタイプであって欲しい、つまり彼女は私より劣《おと》っていて欲しいと。

今まで生きてきて一番悔《くや》しかったです。何でも器用にこなす彼女が許せなかった。唯一《ゆいいつ》、運動は苦手だったようですが、それに関しては私も同様なので語るに及《およ》びません。

どうにかして彼女の仮面を外したい。

いつしか、そんなことばかり考えるようになっていました。

席替《せきが》えで同じ班になった時は、これで神宮寺《じんぐうじ》那《な》織《おり》の正体を暴けると本気で考えていたのですから、正気の沙汰《さた》ではありません。とにかく鼻を明かしてやりたい、負かしてやりたいとばかり考えていました。当時の私はそれくらい彼女に敵意を抱《いだ》いていました。

こうして振《ふ》り返《かえ》ってみると、どうして彼女にそこまでの敵愾心《てきがいしん》を抱《いだ》いていたのか疑問すら感じます。彼女から直接何かされたことは一度もありません。すべて私の妬《ねた》みや嫉《そね》みからくる一方的な嫌悪感《けんおかん》でしかなく、彼女からしてみれば言いがかり以外の何物でもありません。

このエピソードは自身の未熟さの象徴《しょうちょう》でしかなく、恥《は》ずかしくて第三者にはとても言えないのですが（白崎《しろさき》君に伝わっているであろうことを考えると、顔から火が出そうです）、その言《い》い掛《が》かりが嚆矢《こうし》となって現在の関係に至ったことを考えれば、唾棄《だき》すべき過去として記憶《きおく》の奥底に仕舞《しま》い込むわけにはいきません。それこそが、神宮寺那織《じんぐうじなおり》について総括《そうかつ》をしようと考えた理由のひとつなのです。過去の日記を捲《めく》り返せば散逸的《さんいつてき》な事象を拾い上げられますが、彼女について纏《まと》まった文章を書いたことはありません。

彼女について記そうと考えた理由はもうひとつあります。彼女の人間関係に変化が起きるかも知れないからです。双子《ふたご》の姉である琉実《るみ》ちゃんが想《おも》いを寄せる人に、彼女もまた好意を寄せています。双子《ふたご》で同じ人を好きになってしまったのです。想《おも》い人の名は白崎純《しろさきじゅん》といいます。私の浅薄《せんぱく》な見立てでありますが、白崎《しろさき》君は神宮寺那織《じんぐうじなおり》を選ぶ可能性が高いと踏《ふ》んでいます。

もし彼女が白崎《しろさき》君と恋仲《こいなか》になった場合、私と過ごす時間が減ってしまうのではないかという危惧《きぐ》があります。これまでの私達の関係性において、どちらかに彼氏《かれし》なる存在が居たことはありません。にもかかわらず、彼女はしきりに男性と付き合うことを勧《すす》めてきます。

恐《おそ》らくですが、彼女は私と恋愛《れんあい》について語りたいのでしょう。自分だけが恋愛《れんあい》をしている負い目でもあるのかも知れませんが、気にしないで欲しいと思います。私は彼女と会話しているだけでとても楽しいのです。

だからこそ、私は恐《おそ》れているのです。彼と付き合ったからと言って、私と疎遠《そえん》になるような彼女では無いと信じておりますし、二人と同じ部活に所属しているので大丈夫《だいじょうぶ》だと思いますが、ゆく河の流れは絶えずして、しかももとの水にあらずと言います。浮世《うきよ》は絶えず変化していきます。絶対はありません。最悪の事態を想定しておくこともまた、身を守る術なのです。

でも、もしそうなったら……私は寂《さび》しいです。

もっと言い争いたいです。罵《ののし》り合いたいです。

彼女とやり合う為《ため》に蓄《たくわ》えた知識を思う存分ぶつけたいです。そして私の知らない言葉をぶつけられたいです。それが私にとっては最高で最低な、これ以上ないほど刺激的《しげきてき》なコミュニケーションであり、私達だけが楽しめる至極《しごく》のエンターテインメントなのです。それが減ってしまう、ないしは無くなってしまうのは耐《た》えられません……耐《た》えられないのですが、彼女が楽しそうにしている姿、幸せそうにしている姿を眺《なが》めるのも等しく愛おしいので、彼女がそれを望むなら、とても寂《さび》しくて悲しいですが友人として我慢《がまん》します。

したくないけど……我慢《がまん》します。我慢《がまん》するので、せめていちゃつく姿くらいは見せて欲しいです。それを見てにやにやしたいです。それなら私は我慢《がまん》できます。いや、します。

だから先生、これだけはお願い……ううん、お願いじゃなくて部長命令です。
白崎《しろさき》君と付き合うことになったら、私の前でいちゃついてね（絡《から》みは要《い》りません）。

……って、何書いてるんだろう、私。

【引用出典】

■本書53頁／7行目《我が性は自由を想う。自在を欲する。気ままを望む》

↓泉鏡花『夜叉ヶ池・天守物語』岩波文庫（岩波書店、一九八四年）二九刷二七頁

■本書62頁／6行目〜7行目《ひとから聞いたって、君がなるほどと思えるかどうか、わかりはしないんだ。自分自身で見つけること、それが肝心だ》

↓吉野源三郎『君たちはどう生きるか』岩波文庫（岩波書店、一九八二年）四九刷一四二頁

■本書127頁／16行目〜17行目《あらゆる肉体的幸福は、他の存在に被害を及ぼすことによってのみ、ある存在のものとなることを、人は知らなければいけない》

↓トルストイ　原卓也訳『人生論』新潮文庫（新潮社、一九七五年）五〇刷一二八頁

■本書131頁／16行目〜17行目《人を片っぱしから殺したくなったらこのおまじないを唱えるんだ、効くよ、いいか覚えろよ、ダチュラ、ダチュラだ》

↓村上龍『新装版　コインロッカー・ベイビーズ』講談社文庫（講談社、二〇〇九年）三刷六三頁

■本書134頁／13行目〜14行目《よい文学とは単に写実的に真実らしく物を描いた作品でないことを、私はある時に確信した。また巧妙な美しい文章でもないことも、ある時信じた》

↓伊藤整『小説の認識』岩波文庫（岩波書店、二〇〇六年）一九七、一九八頁

■本書135頁／3行目～4行目《小説をつくる時、わたくしの最も興を催すのは、作中人物の生活及び事件が開展する場所の選択と、その描写とである》
↓永井荷風『濹東綺譚』岩波文庫（岩波書店、一九四七年）六四刷二九頁
■本書158頁／7行目《ビッグ・ブラザーをやっつけろ》
↓ジョージ・オーウェル　高橋和久訳『一九八四年』ハヤカワepi文庫（早川書房、二〇〇九年）四五刷三一頁
■本書191頁／11行目～12行目《定められし時を待ち、わが身に変化が訪れる日の巡り来るまで、吾《わ》れはすべての日々を尽くさん》
↓G・マクドナルド　荒俣宏訳『リリス』ちくま文庫（筑摩書房、一九八六年）五刷五〇九頁
■本書204頁／7行目～9行目《笑うかと思うそばから涙に暮れ、快楽のうちにあってなお、多くの不満苦悩に耐えている、幸福は素早く立ち去り、しかも永遠に続いてもいる、枯れ乾きつつ、たちまち緑に萌えもするわたし》
↓安藤元雄　入沢康夫　渋沢孝輔編『フランス名詩選』岩波文庫（岩波書店、一九九八年）一〇刷四七頁
■本書221頁／12行目～13行目《女の心は感情も理性もこめて、男性には解きがたきなぞだ》
↓コナン・ドイル　延原謙訳『シャーロック・ホームズの事件簿』新潮文庫（新潮社、一九五

三年）七〇刷一七頁

■本書269頁／11行目～12行目《人の世の移り変りは、木の葉のそれと変りがない。風が木の葉を地上に散らすかと思えば、春が来て、蘇《よみが》った森に新しい葉が芽生えてくる》

↓ホメロス　松平千秋訳『イリアス（上）』岩波文庫（岩波書店、一九九二年）四二刷一八九頁

【参考文献】

ジェームズ・キャメロン　阿部清美訳『SF映画術　ジェームズ・キャメロンと6人の巨匠が語るサイエンス・フィクション創作講座』（株式会社ディスクユニオン　二〇二〇年）

◉高村資本著作リスト

「恋は双子で割り切れない1〜4」（電撃文庫）

本書に対するご意見、ご感想をお寄せください。

ファンレターあて先
〒102-8177　東京都千代田区富士見2-13-3
電撃文庫編集部
「高村資本先生」係
「あるみっく先生」係

本書は書き下ろしです。

電撃文庫

恋《こい》は双子《ふたご》で割《わ》り切《き》れない4

高村資本《たかむらしほん》

2022年7月10日　初版発行

発行者　青柳昌行
発行　株式会社KADOKAWA
〒102-8177　東京都千代田区富士見2-13-3
0570-002-301（ナビダイヤル）
装丁者　荻窪裕司（META＋MANIERA）
印刷　株式会社暁印刷
製本　株式会社暁印刷

ISBN978-4-04-914461-1　C0193　Printed in Japan

電撃文庫　https://dengekibunko.jp/

電撃文庫創刊に際して

文庫は、我が国にとどまらず、世界の書籍の流れのなかで〝小さな巨人〟としての地位を築いてきた。古今東西の名著を、廉価で手に入りやすい形で提供してきたからこそ、人は文庫を自分の師として、また青春の想い出として、語りついできたのである。

その源を、文化的にはドイツのレクラム文庫に求めるにせよ、規模の上でイギリスのペンギンブックスに求めるにせよ、いま文庫は知識人の層の多様化に従って、ますますその意義を大きくしていると言ってよい。

文庫出版の意味するものは、激動の現代のみならず将来にわたって、大きくなることはあっても、小さくなることはないだろう。

「電撃文庫」は、そのように多様化した対象に応え、歴史に耐えうる作品を収録するのはもちろん、新しい世紀を迎えるにあたって、既成の枠をこえる新鮮で強烈なアイ・オープナーたりたい。

その特異さ故に、この存在は、かつて文庫がはじめて出版世界に登場したときと、同じ戸惑いを読書人に与えるかもしれない。

しかし、〈Changing Times,Changing Publishing〉時代は変わって、出版も変わる。時を重ねるなかで、精神の糧として、心の一隅を占めるものとして、次なる文化の担い手の若者たちに確かな評価を得られると信じて、ここに「電撃文庫」を出版する。

1993年6月10日
角川歴彦